艺海泛舟

王淮曲艺文选

马志明

王　淮◎著

天津社会科学院出版社

图书在版编目（CIP）数据

艺海泛舟 ： 王淮曲艺文选 / 王淮著. -- 天津 ： 天津社会科学院出版社, 2024. 6. -- ISBN 978-7-5563-0995-5

Ⅰ. I239

中国国家版本馆 CIP 数据核字第 2024R0V744 号

艺海泛舟 ： 王淮曲艺文选

YIHAI FANZHOU:WANG HUAI QUYI WENXUAN

责任编辑：付聿炜

装帧设计：高馨月

出版发行：天津社会科学院出版社

地　　址：天津市南开区迎水道 7 号

邮　　编：300191

电　　话：（022）23360165

印　　刷：高教社(天津)印务有限公司

开　　本：710×1000　　1/16

印　　张：26

字　　数：220 千字

版　　次：2024 年 6 月第 1 版　　2024 年 6 月第 1 次印刷

定　　价：78.00 元

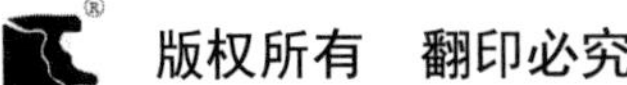

序

细读了《艺海泛舟：王淮曲艺文选》，应该说有眼前一亮的感觉。我阅读后的突出感觉就是王淮在不断地创新，而且是在继承传统的前提下找到新相声的突破口，释放自己对相声创作的情感。在创作中去熟悉传统，体味传统，再去创新。王淮在天津市河西区文化馆工作，他本身既负责文化活动及创作工作，又担任着相声的表演工作，这给他的事业搭建了一个很好的展示舞台，使这些新作品得以充分地展示。从王淮的曲艺文选中能清晰地看到其表演领域的宽广，文选中有相声，有快板，也有喜剧小品，还有他创作的其他曲种，比如京东大鼓、山东快书和北京琴书等。同时还有他的另外一个专业——古典戏法，他继承了他祖父王殿英的技法。在本书的最后，是他的评论文章，抒发了自己对相声理论的理解。王淮是我的学生，他出身相声世家，从小就受到父亲的耳濡目染，从专业舞台到群文天地，使他有机会接触了大量的相声作品。他这部文选中的作品让我觉得有了明显质的提升。他敢于接触社会，反映了现代生活，而且充分利用了相声的讽刺的特点。现在我们看相声，年轻的相声演员风格大体相近，特别突出的不多，因为题材过于狭窄，表演的手法也就显得单调，格调陈旧。其实还有一个根本的症结，是我们回避或者不愿意提到的，那就是相声演员表演的方式越发趋同化，其作品也同质化。看一个演员的表现就能看出一群演员的风格，看一个新作品也能看出其他作品的影子。而这次王淮展现出来的新作品，却能很早地从趋同的风格中跳出来，显示出独树一帜的风格。比如《脱贫路上》《回报》《志愿者》《红白喜事》等，都有着传统的底蕴，但又跳出了旧的框框，既反映了时代生活，又讴歌了新的社会、新的人物。

观众喜欢听相声，就是因为相声在慢慢回归社会、回归生活。这次入集的新作品表现出激情和高亢，有的把作品的内容如同煮粥一样，不断地加温，就是那样用小火炖着，慢慢把味道全都浸透在浓浓香汤里边。如快板书《建党百年颂》《中国力量》《天津人》等，都是这样的作品。曲艺文本的提升，关键是看文本的社会内涵，创作上去了，随之表演也就水到渠成。这次看王淮的创作就完全证实了这一点，观众沉浸在曲艺文本所设置的氛围里，享受曲艺的那种特殊魅力。我发现王淮的相声和曲艺创作给演员提供了很多的表演的空间，他在创作中注重了像演话剧一样在努力刻画着人物，寻找着角色赋予的内容和故事。这样演员自然就能表演出来、反映出来，比如相声《爱心兄弟》、快板书《夸西藏·赞昌都》、小品《情人节的玫瑰》等，演员随着文本设定的环节，人物的变化而变化，生活化而又艺术化。作品的创作把观众瞬间带进到舞台上，带进到人物和故事里边。随着节奏在变化，随着剧情在发展。而且，演员也会在这些新文本中进行二度创作，融入了很多现代的新的东西，影视的、话剧的、小品的综合在一起。再比如津味喜剧《婚外情引出的故事》、山东快书《送猪》、小品《鱼藏剑》等，都看出这方面的进步。

通过王淮的这部曲艺文选，能看出他的观点是社会在发展，自己也要随之进步，所以才诞生了三人双簧《同学聚会》这样的表演形式。观众以前没有见过，觉得很惊奇，但喜剧的包袱又觉得是在表演相声，比如杂唱数来宝《不忘初心》、音乐快板《自豪华融人》等。这次从王淮的曲艺文选中，能看出创作者对相声和曲艺的熟悉，特别应该提出的对评论的喜爱，都能充分展示王淮在相声和曲艺中的全面发展，也能看出他的表演才能。他能够在作品中找出发挥的细节，加以夸张。我有幸能够看到王淮在舞台上的表演，他把自己的新作品表演得十分娴熟，在舞台上闹而不喧，基本功扎实，效果热烈火爆，节奏干脆流畅。王淮的相声表演能运用到自己的作品里，他知道自己创作的包袱在哪响，为什么响，自己在创作中怎么能够把握好节奏，不让每一个包袱哑火。相声作者找包袱点的能力都很强，但不是为了找包袱而找包袱，一定是肉中噱，是与相声人物和故事相符合的，不是在故意节外生枝。而且注重在生活中找情节，在传统段子里去翻新。新相声的包袱都是从生活中寻找出来的，然后先是塑造人物，再从人物中寻找包袱点。包袱应该是为人物服务的，而不是现在一味地找包袱，丢掉人物的本体。在相声创作者中很多人都在寻找怎么吸引观众，怎么才能让相声演员在台上能运用自如。

《艺海泛舟：王淮曲艺文选》一书的出版，应该说将会对他今后的创作产生很大的影响。我们也在这些新作品中看到一种希望，一种冲击和力量。这些新作品提供的多元化信息量也很充足。一些新的创作思维，新的社会生活方式，新的社会导向都包含在文本里面。这些在他的理论部分也能得到充分的证实。我希望正值中年的王淮，今后在这些新相声里也能寻找到更多的新的灵感，找到充满了一种哲学思辨和人生的况味。

李治邦

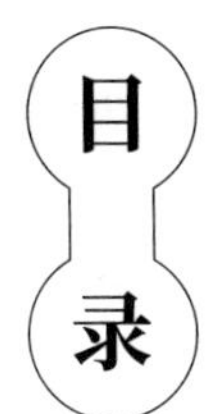

目录

相声篇

快板篇

小品喜剧篇

其他曲种篇

戏法魔术篇

作品评论篇

论文篇

相声篇

群口相声

脱贫路上

甲：哎，我说二位，前不久单位组织咱们相声演员深入脱贫模范村体验生活，你们俩有什么感受？

丙：这我有发言权。

甲：好，你说说。

丙：我感觉，那农家饭真好吃。

乙：就知道吃呀。

甲：别开玩笑。这次咱们深入农村体验生活，是为了更好地宣传脱贫攻坚成功经验，为全面推进乡村振兴，实现共同富裕加油鼓劲儿。

丙：咱的本职工作就是搞宣传，这我能忘了嘛？

甲：那咱们写的化妆相声你们俩台词背下来了吗？

乙　丙：早就背下来了。

甲：那这么着，咱仨在这儿演习一遍怎么样？

丙：好啊，为了区分角色，我们俩简单化化装。（旁边化装）

甲：让他们先化着装，我跟您汇报汇报，您看这次我们体验生活收获不小，尤其是那些扶贫干部，令人印象深刻，他们吃苦在前、勇于担当、无私奉献，个个都是基层模范。您说这扶贫脱贫是好事吧？哎，还有的人啊不理解、不配合……您看，说着说着就来了。（用手一指乙和丙）

丙：这就开始了，我们俩就是这村里的祖孙二人，我是爷爷。

乙：啊……我是孙子，您瞧我赶这角儿。

丙：我说孙子呀。

乙：哎，爷爷。

丙：嗯，大点儿声儿。

乙：我说咱差不多得啦，这伦理哏容易扣分。

丙：哎？这可不是伦理哏，角色分工没有高低贵贱，咱扮演的就是这叮当响村的村民。

乙：哎，咱这村为什么叫叮当响呢？

丙：对啊，穷的叮当响嘛！

乙：今后咱们村不会再穷了。

丙：怎么呢？

乙：听说咱村新来了一个驻村干部，他要开发村里的土特产，带领大家脱贫致富。

丙：咱这儿有什么土特产？

乙：您想想，咱们村什么最多？

丙：孩子。

乙：没听说过！有拿孩子当特产的吗？除了孩子呢？

丙：孩子他妈。

乙：嗨！

丙：这都配套来的。

乙：买卖人口啊？不对！我说的土特产是咱村的野生蘑菇。

丙：嗨！破蘑菇不值钱，想指着蘑菇发财啊，蘑菇菜都凉了。

乙：哎？不应该是黄花菜吗？

丙：咱村没有黄花菜，只有蘑菇。咱这儿是七山二水一分田，山多地少，你啊，听我的，趁着年轻，赶紧进城打工赚钱。

乙：可我要是走了，您就成留守老人了，您年岁大了，我放心不下呀。

丙：爷爷也舍不得你，可是留在这儿啊没前途，你呀到城里挣了钱，给爷爷快递几只烧鸡来，爷爷就知足了。

乙：爷爷，咱村来的是一位年轻的驻村干部，兴许有好的发展思路呢。

丙：年轻干部？

乙：啊。

丙：那他是嘴上无毛，办事不牢。你爷爷我这胡子一大把了，也没想出新思路呢，他小家雀儿斗不过我老家贼，你呀，听我的，赶紧进城打工去，别瞎耽误工夫。

甲：这就该我上场了。请问，这是老朱家吗？

乙：是啊，您是？

甲：我是咱村的驻村干部，小王。

乙：哦，王村长啊，您好您好！

甲：我听说您家是蘑菇种植高手，这不跟您取经来了，咱们一起发展蘑菇产业，振兴乡村经济。

丙：空手来的？

乙：嗨！这是新来的王村长。

丙：甭跟他废话！你呀，听我的，进城打工。

甲：这位是？

乙：哦，这是我爷爷。

甲：老大爷您好，我呀，想跟您聊聊今后的发展设想。

丙：什么？……你要给我做鸡翅膀？好，是油炸还是清炖哪？

甲：不是，我想开发本土资源。

丙：哦，鸡翅膀忘了搁盐。没事，咸了淡了的我不挑食。

甲：嗨！我想开发土特产。

丙：吃完我得禽流感？我说，你安的什么心哪？

甲：这都哪儿跟哪儿啊？

乙：村长的意思是，脱贫致富有良方。

丙：吃完来碗酸辣汤。好，吃饱了溜溜缝儿。

乙：什么呀！您这是成心打岔。

丙：对，看我把他挤兑走的。

甲：老大爷，您身体好啊？（双手比划着）

丙：甭比划，听得见。就我这胳膊和手啊……（俩手和头一起抖动）

甲：您怎么抖上了？

乙：我爷爷踩电门上了。

丙：什么呀！我是吃蘑菇吃的，咱这儿全是毒蘑菇。

甲：啊？！毒性这么大？

丙：也分人，他姥爷吃完手就不抖。

甲：哦。

丙：当天晚上就走了。

甲：啊？

乙：您别听他的，我姥爷身体可硬朗呢。

丙：是硬了，浑身都硬了，还吐白沫呢。

乙：您这不胡说八道吗！

甲：老大爷，咱这儿就没有好蘑菇吗？

丙：不知道，谁知道你找谁去！（扭头冲乙）你呀，甭理他，听我的，赶紧进城打工……

甲：看来老大爷心里有顾虑啊，小伙子，要不咱俩先聊聊？

乙：好。

甲：咱村是个贫困村，长期靠国家救济。

乙：是啊，主要是耕地太少。

甲：可是附近的村子怎么都不穷呢？

（丙一步站到甲、乙的中间）

丙：你说这话我就不爱听，咱村能跟人家比吗？

甲：为什么不能比？

丙：人家都有矿。

甲：那前村有什么矿？

丙：有煤矿。

甲：后村呢？

丙：有铁矿。

甲：咱们村？

丙：有情况。

甲：什么情况？

丙：新来的村长不了解情况。

甲：（微笑）老大爷很幽默呀。不过您说得不对，我已经做过调研了。咱村的蘑菇不像您说的都是毒蘑菇，正相反，是品种多，品相好，还有一些稀缺种类，这可是宝贝呀！

丙：还宝贝呢！看见蘑菇我就烦，天天上顿蘑菇，下顿蘑菇，这不，中午刚吃的小葱儿炖蘑菇嘛。

甲：哎？不应该小鸡儿炖蘑菇吗？

丙：哪儿有鸡呀？

乙：对，现在我爷爷看见鸡，比看见我奶奶都亲。

丙：什么话！

甲：（微笑）别着急，只要咱们齐心协力把蘑菇产业做大，将来想吃鸡肉哇，有的是。

丙：你还是太年轻啊，就这破蘑菇还做大，我看你是做梦。

乙：您不能这么说话。

丙：你少插嘴！这破地儿有什么好待的？听我的，赶紧进城去。

乙：（一脸无奈地苦笑）

甲：（微笑）老大爷，城里的钱也不是大风刮来的，与其让孩子进城打工，不如留下来，我们共同努力振兴乡村经济。

丙：振兴经济，就靠这蘑菇？

甲：您算说对了，这小小的蘑菇照样能做成大产业。咱人穷志不能短，乡村振兴贵在立志，不能总靠国家救济，得自主脱贫哪！

乙：可是传统的种植方法是靠天吃饭，长得慢，产量少。

甲：所以我专门聘请了专家给咱做指导。

乙：嘿！那咱就能形成规模生产啦！

甲：对呀，形成规模化、设施化、工厂化的发展格局，最终实现产供销一条龙。

乙：太好啦！

（以上这部分对话，丙站在甲、乙中间，谁说话时丙就看谁，想插嘴却插不进话）

丙：你们俩聊得挺美呀。

甲：呦！把您给忘了。

丙：我先问问你，照这么弄，能赚着钱吗？

甲：当然了，如果全村人都能投入到蘑菇产业链上，平均每家每年至少增收五千元。

丙：能有那么多？！

甲：大爷，我这只是初步计算，要是细算下来，再加上蘑菇深加工，还有蘑菇观赏、蘑菇采摘、蘑菇基地农家乐等一系列的文化旅游项目，每家年增收一两万都不止！

丙：嚯，看来这小小的蘑菇，还真能让我们脱贫致富。

甲：哎，您这手不抖啦？

丙：啊……我已经解毒了。

乙：爷爷，这下不仅能脱贫，我还能留在您身边照顾您，一举两得啊。有了这位好村长，咱全村的毒都解了。

丙：是啊，这可太好了！我现在很有信心哪！

乙：您刚才可不是这么说的。

丙：我……我刚才不中毒了嘛！

甲：一时的贫穷并不可怕，只要我们有信心、有志气，就没有迈不过去的坎儿。我们不等、不靠、不伸手去要，用勤劳的双手一起建设产业兴旺、生态宜居、乡风文明、治理有效、生活富裕的新农村。咱们撸起袖子加油干，为把我们国家建设成为富强、民主、文明、和谐，自由、平等、公正、法治，爱国、敬业、诚信、友善的社会主义现代化强国贡献力量啊！

丙：好！说得太好了！我明白了，我们不仅要在物质上脱贫……

乙：更要在思想上脱贫。

丙：这孙子，抢我的词儿。

乙：嗨！

丙：村长，别看我老了，我也要为乡村振兴出一份力。

甲：太好了！哎，现在直播带货特别火，可以通过网络直销推广咱的蘑菇。

乙：好想法啊！

丙：直播？好，我帮你直播卖蘑菇。

甲：嘿！老大爷还懂直播带货？

乙：他哪懂啊，就爱凑热闹。

丙：谁凑热闹？不信咱来一回。

乙：行，说来就来。各位老铁欢迎进入我的直播间，首先介绍一下我带货的产品。

丙：嗯……这是我孙子。

乙：我今天推荐的是我们村科学种植的绿色食品——蘑菇。

丙：嗯……这是我孙子。

乙：我给大家介绍一下蘑菇的种类。

丙：这是我孙子。

乙：您跑这儿报户口来了！

丙：你说了半天也不让我说呀！

乙：行，让您说，来，您说吧。

丙：我说？

甲：对，您就说吧！

丙：让我说？

甲　乙：啊！

丙：我说……我说啦……我说啦，（唱天津快板）你们俩让我说，我说就我说，平生第一次直播，我心里还犯哆嗦……

甲：嘿！天津快板！（甲学天津快板的伴奏过门儿，乙双手打节拍）

丙：远的咱不说，我说说这小伙，科技兴农不含糊（读 huo），点子特别多。在脱贫路上，咱得换掉旧脑壳，新思路、新作为，还有新举措。网络搞直播，我来带货。（问乙）哎，我说，咱这蘑菇卖多少钱？

乙：10 块钱一袋。

丙：10 块，嘿！这价格可不错，您算来着了，今天头回做直播，我给您打对折。

甲：哦，5 块钱一袋？

丙：（改普通话）啊，5 块！这不 5 块钱，我狠了狠了吧，就糟了糟了吧，我让去 1 块，您给 4 块钱！

乙：留本儿！

丙：这不 4 块钱，我再让 1 块，您给 3 块钱！

乙：瞧赚儿！

丙：这不 3 块钱，那位还不要，我让 1 块去 1 块，您给 1 块钱！

甲：别让了，赔了！

丙：这不 1 块钱，那位还不要，我让 5 毛去 5 毛……

乙：卖多少钱哪？

丙：白拿去了！

甲：我说您这是直播卖蘑菇？

丙：我这是相声《卖布头》。

甲　乙：嗨！

回　报

乙：朋友们，我是相声演员杨××，这回我给大家说段相声……

甲：（一直山东方言）先生，刚才你说你叫什么名字来着？

乙：杨××。

甲：你就是杨××？俺可找着你了。为找你俺费了老劲啦，见了民警俺就问，看见派出所俺就进，到了公安局俺就网上查看。

乙：你没上监狱看看？

甲：你判刑啦？

乙：你才进去啦！同名同姓的多啦，你可别认错人！

甲：不，你是杨××吧？

乙：没错。

甲：你是相声演员吧？

乙：是啊。

甲：你上过电视台夫妻剧场栏目吧？

乙：上过。

甲：你带的那个女的是你媳妇吧？

乙：废话！别人媳妇也不让我带呀！

甲：你原籍是天津吧？

乙：对。

甲：年龄是五十三吧？

乙：是。

甲：还没到坎儿啦！

乙：你提这个干吗呀！

甲：你性别是男的吧？

乙：你看不出来呀？

甲：现在可说不好。

乙：从出生到现在没改过，男性公民。

甲：这就对上号啦！

乙：你把我查得这么仔细，找我什么事？

甲：欠债还钱！

乙：我什么时候该你账啦？

甲：你怎么不明白。

乙：你没讲清楚。

甲：你借给了俺钱，俺还你的账。

乙：你是变脸的吧，你是要账还是还钱哪？

甲：还钱，还钱，俺还你钱。

乙：你还我什么钱？

甲：你想想，你到山区慰问演出捐过款吗？

乙：那是好多年前的事啦，我捐过一千块钱。

甲：这就对啦！当时你捐的那一千块钱，就扶贫给俺啦！

乙：哦，是这么回事。

甲：对啦！你不知道，俺当时是太穷啦！跟马云都没法比。

乙：你现在跟他也没法比。

甲：咱就说这个意思。俺不是穷吗？正赶上党中央号召精准扶贫，扶贫工作组从县里到乡里，从乡里到村里，从村里到户里，一步步落实扶贫政策，精准到户，对接到人。你说俺多幸运。俺当时拿着你那一千块钱是心情激荡，这就是城里人支援贫困山区的一片心。俺拿着这一千块钱。你说俺先吃点什么呢？

乙：吃点什么？

甲：不吃饱怎么干活儿？

乙：还饿着了。

甲：吃饱了俺一想，这钱得用在刀刃上。

乙：对。

甲：开梯田种果树，不够买树苗的；用拖拉机搞运输，不够买轱辘的；养鸡盖鸡舍，不够买砖头儿的。

乙：那就别干啦！

甲：不干，对不起你那一千块钱。

乙：那就干。

甲：干什么呢？

乙：我知道你干什么？

甲：哎！俺上网。

乙：哦，逮鱼。

甲：俺逮鱼干啥？俺上电脑那个网。

乙：哦，上互联网？

甲：对喽。俺上网去找发家致富的知识。这么一找，可了不地啦！俺感觉就像，寒冬吹来一股春风，茫茫黑夜看见一盏明灯，山东人吃了捆大葱，老光棍娶了个大明星。

乙：哪来的这么四句呀？

甲：俺在网上找到一项发家致富的生意。从那天起，你那一千块就变成了两千，两千变成了四千，四千变成了八千……

乙：你印票子来了？

甲：印票子干啥？犯法俺不干，俺学养猪。

乙：养猪还用学？

甲：不学怎么养？

乙：没养过猪还没看过猪跑吗？

甲：你见的猪什么样？

乙：嘴长腿短。

甲：跟俺要养的猪不一样。

乙：你的猪呢？

甲：腿短嘴长。

乙：还是一样！

甲：猪长得一样，品种不一样。俺用你那一千块钱买了头卡的拉良种小公猪。

乙：还是新品种。

甲：这种猪，瘦肉多，长得快。可要养好它也不那么简单，要分四期。

乙：哪四期？

甲：哺乳期、成长期、成熟期、配偶期。

乙：那一定还有预产期？

甲：看来你伺候过月子。

乙：谁呀！

甲：那你怎么知道有预产期？

乙：我媳妇生孩子时就有预产期。

甲：哦……

乙：嗨！

甲：你的经验太丰富了。

乙：我呀？！

甲：俺跟你说吧，俺养猪比养孩子还精心。养好卡的拉是俺最大的希望，养好卡的拉是俺致富的保障。为了让卡的拉身体健康，俺给它做个全身体检——量量血压、听听心脏、称称体重、验验血糖、打个疫苗、照个 X 光、做个 B 超、抽个血样……让它身体倍儿棒，吃嘛嘛香，好好学习，天天向上……

乙：这什么乱七八糟的！

甲：体检完，大夫说俺的卡的拉精气旺盛，可以传宗接代啦！

乙：猪也传宗接代？

甲：多新鲜！你娶媳妇了吧？

乙：娶了。

甲：它也得娶媳妇。

乙：有这么比的吗？

甲：这么比你好明白。

乙：我明白啦，多了四条腿。

甲：甭管怎么着，卡的拉也得娶媳妇呀！

乙：这对。

甲：哎，有了！俺到山里去抓媳妇。

乙：抓媳妇？

甲：山里不是有野猪吗，俺在山里抓了三头母野猪。

乙：哦。

甲：这回可好了，俺的卡的拉小公猪一气儿娶了仨老婆。

乙：嘿！

甲：你看，你羡慕了吧？

乙：嗨！像话吗？

甲：俺养的这三头母野猪，一个生了八个，一个下了八个，一个养了八个。

乙：你说二十四个多省事。

甲：对，你生的这二十四……

乙：我生的？

甲：不是，野猪生的。

乙：你说清楚了！

甲：野猪生的。这二十四头杂交小猪，又好喂又好养。没一年，都能传宗接代啦！你也生，他也养，俺家房前屋后全是卡的拉啦！俺就办了一个老卡杂交良种场。一年发展进了县，两年上了省里光荣榜，三年进了北京交易会，四年俺们的品种就过了洋！

乙：当里个当！山东快书。

甲：咱是野生杂交独一家，卡的拉集团股票上市有希望啦！这里你的功劳是太大啦，你那一千块钱就是原始股。没有你的一千块，俺怎么发家致富人赞扬；没有你的一千块，俺怎能又娶媳妇又盖房；没有你的一千块，就没有老卡杂交良种场；没有你的一千块，俺就什么也甭想。

乙：又来了！

甲：俺有了钱，不能忘了老大哥呀，说吧！你要啥？

乙：我扶贫可不是为了要回报。

甲：那不行，俺得报复你！

乙：你打我一顿得了。

甲：俺打你干啥？

乙：你不说要报复我吗？

甲：俺是说报答你，俺帮帮你们家。

乙：帮我们家？

甲：你有孩子吧？

乙：有啊。

甲：俺先培养他成了才，再高薪聘用。俺先送你孩子出国留学，你说上哪儿吧！让孩子去印度洋，还是到太平洋，要不北冰洋？

乙：你呀，把我孩子送到海啸那得了。

甲：海啸干啥呀？孩子出国不得过洋吗！

乙：我们孩子太小出不去。

甲：哦。那就把你媳妇送国外去。

乙：你倒卖人口啊！送完孩子送妇女，你是人贩子？

甲：你不明白，俺的意思是把你媳妇送到国外好好培训培训，回来俺们公司聘用她当个副总经理。

乙：哦，是这么回事，你别费劲了，我媳妇太笨，形象也不行。

甲：那没关系，在国外做做美容，让你媳妇儿该垫的垫垫，该点的点点，该切的切切，该钻的钻钻，该缝的缝缝，该连的连连，该补的补补，该粘的粘粘。

乙：你这修鞋来了。

甲：俺是说你媳妇这里、那里……（比划整容位置）

乙：别比划啦！照你说的一折腾。整完容，我们孩子都不认识他妈了。

甲：这多过意不去。那俺就帮帮你吧！你在单位是什么职位？

乙：我是演员。

甲：别干了，你上俺们那儿当总经理吧！

乙：不行不行，我哪会养猪哇？

甲：那俺给你点回报，俺这卡里有二十万，你先拿着！

乙：不不不，谢谢！你把这钱帮助给更需要的人吧！

甲：嘿！那俺就在俺们山上给你立个碑，建个馆。

乙：你再给我修个墓，往里一送，我算入土为安了。

甲：入土干啥？

乙：立碑干吗？

甲：立个丰碑，让山里的男女老少都记着你。

乙：那建馆呢？

甲：建个纪念馆，让山里的子孙后代都念着你。

乙：用不着。凡是有爱心的人，都会这样做。

甲：你的思想太高尚了。可俺们集团所有人还有一个心愿。

乙：什么心愿？

甲：想聘你做个形象代言人。

乙：那让我怎么做呢？

甲：把你的形象放在俺们集团的网站上。你的形象会带领俺们的企业走向全国，走向世界。名称也要以你的名字来命名。还有广告语呢！

乙：什么广告语？

甲：杨××杂交良种场，卡的拉就是杨××，杨××就是卡的拉！

乙：去你的吧！

相声／

法网恢恢

甲：（打量乙）往这一站，我认出你来了。

乙：哦，这位认识我。

甲：没错，就是你，胖乎乎的，（用手指乙脸）这还有个痦子。

乙：（扒拉甲手）干吗这是？你真认识我？

甲：原来不认识，最近在网上认识的。

乙：网上？哦……对，网上有我的照片。

甲：网上你那照片，照得太清楚了……

乙：人家摄影技术好。

甲：头像还特别大……

乙：那叫特写。

甲：上边还有三个字……

乙：明星照。

甲：通缉令。

乙：我是通缉犯啊？！

甲：您看，承认了。

乙：谁呀！

甲：（冲幕后喊）来人哪，抓逃犯哪！

乙：哎哎哎……

甲：来人哪！

乙：我说……

甲：抓逃犯哪！

乙：停！你喊什么呀？你好好看看，我是那通缉犯吗？

甲：你……（打量乙）说不好……

乙：你别说不好呀！

甲：（打量乙，犹豫地，笑）你还真有点儿不太是……

乙：这都像话吗！我根本就不是。

甲：我说也没这好事啊！你要真是通缉犯，我怎么也得弄两万呀！

乙：你是弄两万了，我可就这个了（作带手铐状），厉害一点儿我又这个了（作带脚镣状），再严重点儿我还这个了（作枪毙状）。

甲：（打量乙）不对呀……你跟那通缉犯……可太像了。

乙：可能是因为我这痦子？

甲：不，你说你叫什么名字？

乙：我叫××。

甲：××？

乙：对。

甲：（笑）您说怎么这么寸……

乙：怎么啦？

甲：那通缉犯也叫××。

乙：哦……跟我同名！

甲：你多大岁数？

乙：我×岁。

甲：×岁？

乙：啊。

甲：（笑）您说怎么这么寸……

乙：又怎么啦？

甲：那通缉犯也×岁。

乙：哦。又跟我同岁！

甲：你干什么工作？

乙：我相声演员。

甲：相声演员？

乙：是。

甲：（笑）您说怎么这么寸……

乙：那通缉犯也是相声演员。

甲：哎，您看他们多熟，互相都了解。

乙：谁呀？

甲：他们都认识。

乙：不认识！

甲：你给他捧过哏。

乙：没有！

甲：那你怎么知道他也是相声演员？

乙：废话！他又跟我同名，又跟我同岁，最后，他不得跟我是同行吗？要不然你怎么把我送进去呀？我怎么能这个呀（作带手铐状）……

甲：（笑）误会，误会。

乙：您看又误会啦！

甲：（笑）不过呀，您还真说对了。

乙：怎么呢？

甲：这通缉犯呀，原来还就是相声演员……

乙：我还真猜对了。

甲：后来您干吗去了？

乙：我去海南演出了。

甲：哦。

乙：你问我干吗呀？

甲：您不是在我跟前儿吗？

乙：瞧我这倒霉劲儿的！

甲：哎！您真去过海南演出？

乙：去过。

甲：哦……那通缉犯，也去过海南演出。

乙：这也跟我一样？

甲：在海南他嫌演出挣钱慢……

乙：绑票挣钱快。

甲：绑票他倒没那胆儿……

乙：那他干吗了？

甲：拐卖妇女了。

乙：啊……这胆儿也不小啊！

甲：最后被判了十年有期徒刑。

乙：这可跟我不一样！

甲：刑满释放以后，他不再拐卖妇女了。

乙：改邪归正了。

甲：改卖毒品了。

乙：这更厉害了这个！

甲：这小子贩毒手段还特别隐蔽。

乙：够狡猾的。

甲：狐狸再狡猾也斗不过好猎手……

乙：哎，有这么一说。

甲：最后，被公共场所的监控设备发现了他贩毒的踪迹。

乙：是吗？

甲：公共场所有了这些监控设备……

乙：啊？

甲：那些罪犯就是作案不敢想……

乙：哦？

甲：想了不敢干，干了干不成，成了跑不了，跑了抓得到。您说，您还想跑吗？

乙：你老冲我来干吗？

甲：谁让您长痦子的？

乙：合着我倒霉这痦子上了！一会我就把它点下去。

甲：你可别去！

乙：干吗？

甲：留神大出血。

乙：嗨！我点个痦子至于大出血吗？

甲：这可保不齐。

乙：好吗！哦，这些监控设备就这么厉害？

甲：那当然了。

乙：这些监控设备什么罪犯都抓得到？

甲：对啦！

乙：嘿！这太新鲜啦！

甲：哎，您要不信，咱举个例子。

乙：咱打个比方。

甲：比方说……您是个小偷。

乙：我是那三只手。

甲：您总在车站掏人家钱包。

乙：还是个惯犯。

甲：抓住您了，您不承认啊，怎么办呢？车站上的监控设备就发挥出了作用，您和同伙儿犯罪的过程早都录下来了。仔细一看，好家伙！小偷还不止您一个，有望风的、有盯梢的、有掩护的、有掏包的，这里就数您最老实……

乙：那天我没下手。

甲：给大伙分钱呢。

乙：啊……对！我分完钱，还得给他们派活儿呢。我是那头儿啊？！

甲：这时公安干警马上出击，"呜呜呜呜"警车就到了……

乙：嚯！

甲：再看您"唰儿"……

乙：跑啦？

甲：尿啦。

乙：嗨！我尿啦，你就别配音啦！

甲：这多形象啊？

乙：没听说过！

甲：再比方说……您驾车肇事逃逸。

乙：逃逸？

甲：事儿不大。

乙：哦。

甲：就是开车前喝了一箱啤酒。

乙：啊！

甲：还轧死俩人。

乙：嚯！酒后驾车轧死俩人，这事儿还不大呀？

甲：就在您开车逃跑的时候，您的车型、您的牌照、您的位置，早就通过公路上的监控设备传给了交通指挥中心，"呜呜呜呜"警车就到了……

乙：嘿！

甲：再看您"唰儿"……您……

乙：我知道这是干吗！

甲：您啤酒喝多了。

乙：嗨！就别提这段儿啦！

甲：还比方说……您入室抢劫。

乙：我这事业还越干越大。我杀人没有？

甲：倒是没杀人。

乙：那还好。

甲：就是把房子给点着了。

乙：嚯啊……这逮着我也得这个（作枪毙状）！

甲：你还拿走了人家一个存折，上边存款三十万。

乙：三十万！

甲：注意您这假牙！

乙：不是，我没见过这么多钱。

甲：瞧您这出息！当时，您是蒙面作案，谁也没看清。

乙：这回好了，我取钱去吧！

甲：您到银行一取钱，银行的监控设备立刻把您取钱的过程，传给了公安部门。"呜呜呜呜"警车就到了……

乙：嗬！

甲：再看您"唰儿"……

乙：有时间，我得到医院检查检查去。

甲：不用，您这是吓的！

乙：你就别解释啦！

甲：再比方说，您是……

乙：等会儿！你干吗老拿我打比方？这罪犯干吗老是我呢？这么多人啦，你不……哦，你是得说我，你说谁，谁不揍你？你呀，这回拿自己打个比方吧！

甲：哦，拿我打个比方？

乙：没错。

甲：好。比方说……我是……我是……这不能拿我打比方！

乙：怎么呢？

甲：我不像罪犯。

乙：哦。我像啊？

甲：欸。

乙：你欸什么呀？就得拿你打比方！

甲：啊……行。比方说……我……我是个吸毒的……

乙：欸……这就对了！

甲：可都在您那儿买的。

乙：欸，我比他还厉害！

甲：您是个毒贩子。

乙：我又是毒贩子啦？

甲：这不是打比方吗？

乙：欸，你爱怎么比怎么比吧！反正我豁出去啦！

甲：您这个毒贩子，得贩毒啊？

乙：啊。

甲：哪儿贩去呢？得，就去歌舞厅吧！

乙：欸！那地方能找着下家。

甲：他都懂吧？

乙：什么呀！我看电视上都这样。

甲：哦，对对对。我呢……是个歌手……

乙：哦。

甲：小伙子要个头儿有个头儿，要模样儿有模样儿，嗓子也好，歌儿唱得也甜，可以说，是个很有发展的声乐人才。

乙：嘿！好角儿在他那儿了。

甲：后来呢，被你们这帮毒贩子拉下了水，吸上了毒。打那以后，我是也没人模样儿啦，嗓子也都坏啦，歌儿也唱不了啦，钱全买毒品啦。

乙：太可惜了。

甲：今天呢……我这毒瘾又犯了，赶紧约您，到我演出的歌舞厅，做点儿小生意。

乙：你就说买粉儿吧！

甲：哎好。咱俩定好了在KTV单间里接头。

乙：噢。

甲：一见面儿咱得对暗号啊。

乙：好吗，成特务啦！

甲：（唱）"今天早晨我感觉总是喘不过气，心里难受脑子空白什么全都忘记。"

乙：（唱）"我家大门常打开就是为了等你，给你拿点儿好东西让你心旷神怡。"

甲："千辛万苦不容易就是为了（作吸毒状）吸吸，相约好在KTV就是为了找你。"

乙："我家品种特别全一切尽在这里，不分老的不分少的都是童叟无欺。"

甲："我特别感谢你，你给我好东西，这东西的魅力充满吸引力。我特别感谢你在太阳下尽情地吸，我永远地就吸下去……"

乙：别唱啦！

甲：我是歌手啊！

乙：那也别糟践这歌儿啦！

甲：那……那咱换个暗号？

乙：行行行……

甲："粉红墙上画凤凰。"

乙:“粉凤凰。”

甲:“黄凤凰。”

乙:“粉黄凤凰。”

甲:“画满了粉红花墙。”

乙:欸,又改绕口令啦!

甲:您不是相声演员吗?

乙:你就别这么周到啦!“暗号不是对上了吗?”

甲:“啊。”

乙:“你真要粉儿?”

甲:“要!”

乙:“一百一包。”

甲:“来两包半。”

乙:“欸,两包半?”

甲:“我就剩二百五啦!”

乙:嗨,瞧这倒霉数!“掏钱!”

甲:“给,二百整的,五十零的。”

乙:“怎么还有毛票啊?”

甲:“刚劫个收废品的。”

乙:嗬!什么缺德事都干哪!“算我倒霉,遇上你还得拆包卖。”(打包)

甲:“谢谢!”(抢包)

乙:“哎……干吗?”

甲:“我先验验货。(拿锡纸,倒纸上,拿打火机,点火,作吸毒状)嘶……哪儿有包子?”

乙:饿了呀!“瞧你这倒霉德行!”

甲:“我德行怎么了?我德行怎么了?(哭)你说,要不是你让我吸上白粉儿,我能这倒霉德行吗?我要不是这倒霉德行,能唱不了歌吗?我要能唱歌儿,我能没有钱吗?我要有钱,我能劫收废品的吗……”

乙:嗬!

甲:“不劫收废品的,我上那儿弄钱买粉儿去……”

乙：啊？

甲："没有粉儿我怎么过瘾哪……"

乙：还惦着过瘾呢？

甲：（大哭）

乙：别哭啦！这毒贩子可太缺德了！

甲：就这场面，全被歌舞厅的监控设备录下来传到了公安部门儿。

乙：好！

甲：这小子打一枪换一个地方，等公安干警赶到了，他早跑了。

乙：哦，扑空了！

甲：没关系！

乙：哦？

甲：公安机关马上发出了通缉令。像什么车站、码头、机场、海关、旅馆、饭店、歌厅、舞厅、咖啡厅、美容院、洗浴中心、各大商场、各个超市、各交通要道、各高速公路进出口，都布下了天罗地网！

乙：等着他呢！

甲：哎！就这些地方他哪也没去。

乙：那他跑哪去了？

甲：他跑这说相声来了。

乙：还是我呀！

相声╱

志愿者

乙：朋友们，大家好！我呀，是个志愿者，您有什么困难都可以找我……

甲：（一直山东方言）哎，你是什么玩意儿？

乙：玩意儿像话吗！

甲：不是，你是这个这个这个……

乙：我是志愿者。

甲：哦，这个志愿者是卖什么的？

乙：我们什么也不卖，就是给老百姓帮忙的。

甲：哦，那帮一回要多少钱？

乙：嗨，一分钱不要。

甲：一分钱不要？

乙：对。

甲：你有毛病。

乙：哎，谁有毛病？我们就是不要钱。

甲：哦，那你们都能帮什么呀？

乙：哎哟，那可多了。

甲：能免费修车吗？

乙：能啊！

甲：义务理发？

乙：可以呀。

甲：送医送药？

乙：没问题。

甲：像什么家庭病床、家庭厨房、运煤到家、买菜送粮、带小孩儿、雇保姆、做护工、办托幼、精修钟表、修理电器、房子漏雨、下水道不通……俺还没媳妇啦，你给找一个？

乙：欸，不管！

甲：哎，你不什么都管吗？

乙：是啊，前面的项目都管，你要娶媳妇儿，那得找你爸爸去。

甲：对，我找我爸……我找我爸爸做吗（读作“揍吗”)?

乙：给你娶媳妇呀！

甲：别废话！你就说，俺咋找你们。

乙：你给我们会长倪大爷打电话呀，8898。

甲：好嘞！喂！是倪大爷吗？

乙：对，我就是倪大爷？

甲：你是谁大爷？

乙：我是倪大爷。

甲：你这个人咋占俺便宜呢？

乙：谁占你便宜呢？你不是找倪大爷吗？

甲：对呀！

乙：我就是。

甲：嗯，好。

乙：您有什么困难？

甲：俺这个困难可大啦！

乙：是啊？

甲：俺这个困难可不一般！

乙：哦？

甲：俺这个困难可了不得！

乙：唉……

甲：俺这个……

乙：打住！没完啦！你到底什么困难？

甲：俺拉屎忘带纸啦！

乙：欸，溜达溜达吧！

甲：怎么啦？

乙：起哄是吗？

甲：俺有困难啊！

乙：你这不叫困难。

甲：那嘛叫困难呢？对啦！俺自行车坏了这算困难吗？

乙：这个算。

甲：太好了！

乙：那你那车什么毛病？

甲：没有大毛病，就是缺点儿零件。

乙：缺什么零件？

甲：两个轱辘，一个车架子。

乙：你那车，是不是就剩一铃铛啦？

甲：嗬，你说得太对啦！

乙：你活动活动吧！还是起哄是吧？

甲：你不是能修车吗？

乙：有攥着个铃铛来修车的吗？

甲：哦，那好那好，俺换一个你们能干的行吗？

乙：就是啊！

甲：这么着吧，你给俺买趟菜吧！

乙：您今年高寿啦？

甲：岁数不小啦！

乙：多大？

甲：差六十一百。

乙：欸，你才四十岁，我都快七十了。

甲：不是，外面天儿太热啦！

乙：你怕热，我们不怕热呀？

甲：不是，俺脚崴啦！

乙：哦，那告诉我住址。

甲：12号楼3门608。

乙：你想买什么菜？

甲：就家常菜，你看着买吧！

乙：好吧，一会买完给你送过去。

甲：哎，好好好！

乙：你看了吗，菜给你买回来了。

甲：哎哟，太感谢啦，您了进来坐坐！

乙：不坐，不坐。

甲：您了喝口水！

乙：不喝，不喝。

甲：您了抽根烟！

乙：不抽，不抽。

甲：那您了慢走。

乙：欸，我不走！你把菜钱结啦！

甲：嗯……怎么还要钱呢？

乙：对，我们义务出工，钱得你花。

甲：好嘛！敢情还得花钱。

乙：多新鲜哪！

甲：这回，我找个不花钱的。

乙：不花钱的？

甲：俺想想，对啦！俺把这个下水道给他弄堵了。

乙：你堵它干嘛呀！

甲：让倪大爷掏啊！

乙：嘿，你可真缺德！

甲：喂！是倪大爷吗？

乙：对，我就是倪大爷。

甲：又来啦！

乙：您有什么事？

甲：俺家下水道堵了，你了帮帮忙吧！

乙：行，说下住址。

甲：12 号楼 3 门 608。

乙：好，马上去。

甲：你等等！完事你再给我弄弄洗衣机。

乙：啊，可以可以。

甲：然后换个电灯泡。

乙：嗯，没问题。

甲：再看看电视机。

乙：嗯，好。

甲：修修电风扇。

乙：行。

甲：换个煤气罐。

乙：哎？

甲：牵着小狗转一转。

乙：你没完啦！我们还带管遛狗的？

甲：这不都不花钱吗！

乙：你心眼全搁这儿啦！

甲：你看，你看，着急啦，着急啦！

乙：遇上你这样的，能不着急吗？

甲：（笑）俺这不是和你闹着玩吗！

乙：别开玩笑。

甲：（笑）其实，俺也是志愿者。

乙：你也是志愿者？

甲：对。这不是去年夏天吗，俺出差，俺娘在地铁站犯了心脏病啦！

乙：呦！

甲：多亏几位志愿者，及时把俺娘送到医院，等俺赶到了，俺娘早就脱离了危险，当时啊，俺是热泪盈眶啊！（往乙脸上抹眼泪）

乙：你哪抹呀！

甲：人家志愿者还说啦，让俺回去安心工作，老娘由他们来护理。

乙：好。

甲：等俺回家一看，俺娘身体恢复得是特别棒，当时啊，俺是热泪盈眶

啊！（往乙脸上抹眼泪）

乙：又来啦！

甲：那天，他们又来探望俺娘！还对俺说，以后再出差，老娘就让他们来照顾，当时啊……

合：俺是热泪盈眶啊！（甲、乙欲互往脸上抹眼泪后各自闪开）

乙：没完啦！

甲：俺特别感动啊！

乙：这倒是。

甲：打这起，俺就立志当一名志愿者。

乙：哦，这么当的志愿者。

甲：对啦！俺成了志愿者，就得做好事啊！

乙：没错。

甲：俺们对门那个张大爷是个孤老户，肯定需要帮忙。

乙：对。

甲：俺一问，还真有事。

乙：有什么事？

甲：张大爷有点拉肚，让俺给他买点儿药。

乙：哦，买药。

甲：俺说没问题，转身，就奔了药店。

乙：您瞧这劲头儿。

甲：俺到了药店一看，这里人还不少，药还得自己拿。

乙：多新鲜哪。

甲：俺到了药架子跟前儿，拿完药，结了账，直奔张大爷家。

乙：效率真高。

甲：俺进了门，倒好水，就让他把药喝了。

乙：服务真到位。

甲：俺看见张大爷喝完药，心里这个美呀！

乙：这不做好事了吗。

甲：俺对张大爷说，您老以后有什么事就找俺。

乙：好。

甲：你猜怎么着？

乙：啊？

甲：张大爷转天一大早又找俺来啦！

乙：张大爷离不开你啦！

甲：哪儿啊？他找俺算账来啦！

乙：为什么呀？

甲：他吃完俺买的药，一宿去了二十四趟厕所。

乙：嚯！

甲：裤子一直就没提上来呀！

乙：好嘛！你买的不是治拉肚的药吗？

甲：对呀！俺一慌张，买错啦！

乙：买的什么药？

甲：巴豆霜。

乙：咳！那裤子能提得上吗！

甲：通过这件事，俺觉着做个志愿者还真不容易！

乙：这才明白。

甲：以后干事一定要细心。

乙：对。

甲：俺想，当志愿者怎么也得会点儿手艺呀！

乙：这倒是。

甲：后来，俺就学了门儿手艺。

乙：什么手艺？

甲：剃头。

乙：哦，在美发学校学的？

甲：不是，跟剃头棚儿的李师傅学的。

乙：好嘛！学了多长时间？

甲：（右手比划三）

乙：三年？

甲：不对。

乙：仨月？

甲：不对。

乙：三天？

甲：（笑）还差俩小时。

乙：好嘛！这手艺好不到哪儿去。

甲：谁说的，李师傅手把手地教的俺。

乙：好好好。

甲：俺学会了之后，最先就找俺们隔壁的李大爷去啦！俺一说给他剃头，他高兴着呢。

乙：还真有胆大的。

甲：俺拿起剃头刀儿，左一刀，右一刀，上一刀，下一刀，一刀，一刀，又一刀……

乙：你跑这儿片鸭子来啦！

甲：片鸭子做吗（读作“揍吗”）！俺这是手艺好。

乙：哦，对，你手艺好。

甲：俺这剃得正美呢，李大爷家的狗一叫唤“汪”，“呲儿”，坏啦！

乙：怎么啦？

甲：把李大爷眼眉剃下去一个。

乙：啊！

甲：俺一看，赶紧跟他商量。

乙：怎么商量的？

甲：李大爷，你那个眼眉还留着吗？

乙：咳，这像话吗！

甲：俺说了半天，才把李大爷给劝好。

乙：您瞧瞧。

甲：俺一想，在家门口儿，这个志愿者不好当。

乙：哦。

甲：俺就去火车站得啦！

乙：对，那儿确实需要志愿者。

甲：俺到了火车站一看，这里是人山人海。

乙：你赶上春运啦！

甲：俺是四处寻找目标。

乙：真敬业。

甲：哎！俺一眼瞅见一个老大爷，手里提了个大箱子，正往火车上挤呢，眼看这个火车就要开了。俺三步并作两步，来到大爷跟前，双手一用力，走！俺是连人带行李，一块儿都推上了车。

乙：真利索。

甲：大爷刚上去，火车就开啦！

乙：好嘛，差点没上去。

甲：俺看着远去的火车，心里这个美呀！

乙：可办成件好事啦！

甲：俺这正美着呢，后面有个老大娘"啪"给俺脖子一巴掌。

乙：呦！

甲：俺说大娘你打俺干什么？

乙：就是。

甲：废话！俺坐火车，你怎么把俺老伴儿推车上去啦！

乙：哦，推错啦！

群口相声／

爱心兄弟

乙：人逢喜事精神爽……

甲　丙：对。人逢喜事精神爽。

乙：买足彩中了头等奖……

甲　丙：对。买足彩中了头等奖。

乙：这次奖金五百万……

甲　丙：对。我们哥儿仨来分赃。

乙：啊！这钱是抢的呀？这是买彩票中的。

甲：我们中了。

丙：我们中了。

乙：（冲甲）你中风啦！（冲丙）你中邪啦！我说我中奖啦！

甲：大哥，不是您中奖啦，是咱们中奖啦。

丙：对。是咱仨中奖啦。

乙：我买的彩票有你们什么事？

甲：这张彩票是我帮您选的球队。

丙：这张彩票是我帮您买的输赢。

乙：（冲甲）球队是你帮着选的。（冲丙）输赢是你帮着买的。可当时，你们都没带钱，一人两千是我给垫的。你们说晚上把钱送我家去，可到现在，也没见着钱。现在中奖啦，你们来了？走！走！走！

甲：大哥急啦！

乙：没法不急！

丙：大哥火儿啦！

乙：没法不火儿！

甲：大哥疯啦！

乙：你才咬人呢！

甲：大哥，这就不对了，咱们兄弟什么交情？

乙：什么交情？

甲：咱们是父一辈子一辈，从上辈论，我爸和你爸那交情太深了。

乙：拉倒吧，我爸跟你爸没交情。

甲：你看，我爸跟你爸发小儿把兄弟，你爸上小学搞对象时，听说还是我爸跑腿送的小条儿呢。

乙：你就别提这事啦！我爸说过，当时是让你爸送小条儿，可送来送去，你爸和那女同学好了，直到结了婚，孩子都这么高了，才来告诉我爸，“大哥，对不起，我们俩都有孩子了，名字都起好了，叫王 X（甲名）”。

甲：我呀。

乙：你妈本来是我爸的女朋友，让你爸抢（读作“炝”）了行了！

丙：你爸真不够哥们。大哥，咱们兄弟交情可不一样！

乙：咱们交情怎么不一样？

丙：那是你媳妇和我媳妇的交情。咱哥儿俩还没认识，她们就拜干姐们儿了，她们比亲姐们儿还亲。结婚以后，我一出差，我媳妇就上您家吃饭去；您一出差，我和我媳妇一块儿上您家吃饭去。

乙：我说我们家吃的都没了呢？吃，我倒不在乎，最可气你媳妇跟我媳妇说那话“嫂子，大哥能挣，咱不吃白不吃”。

甲：嗨！这什么人性。

乙：所以说，你也别提你爸爸，你也别提你媳妇，就说咱仨。

甲：咱仨更没说的啦！咱仨就好比是桃园三结义的刘关张。

乙：咱跟人家怎么比？人仨一块儿磕过头。

甲：咱仨一块儿剃过头。

乙：剃头？人仨一块儿喝过血酒。

丙：咱仨一块儿喝过喜酒。

乙：那管什么用啊！人仨一块烧过香。

甲　丙：你爸去世，咱仨一块儿烧过纸。（哭）老爹……

乙：别哭啦！烧纸也算啊？

甲：大哥，您干吗老追着要这点儿钱？多伤和气呀！

丙：就是。再说，咱这不中奖了吗，您就从奖金里扣。

甲：对呀，省得给来给去多麻烦。

乙：这倒也是，扣你们一人两千。

甲　丙：没问题。

乙：好嘞！

甲：大哥，咱这奖金怎么分？

乙：你着什么急呀！

丙：您看我就不着急，咱得算明白了。

乙：对，亲兄弟明算账。

丙：这回，头等奖是五百万，五百万仨人分，除不净，多二分钱。

甲：多了给大哥。

丙：好。谁让您是大哥呢。

乙：虽然就二分钱，但这话我爱听。哎！我想起来了，咱还得上税一百万呢。

甲：多的给大哥了，税就让大哥上吧！

乙：啊，我多得二分，上一百万的税！你们这什么兄弟？

甲：这不开玩笑吗！

丙：大哥，您说怎么分咱就怎么分。

乙：五百万上税一百万还剩四百万，每人一百万，余下一百万咱为国家做点公益事业。

甲　丙：好！（拍乙后背）

乙：要拍死我呀！

甲：一拍即合吗！大哥，把这一百万交给我，我有主意。

乙：什么主意？

甲：我要开个敬老院。

乙：敬老院？

甲：对，我们国家已经进入老龄化，我要为国分忧，开一个全公益免费敬老院。

乙：哦。

甲：建筑面积四十万平方米。

乙：嚯！

甲：可供一万个老人同时养老。老人的衣食住行全部免费。每个老人配备四个工作人员。

乙：四个人伺候一位？

甲：对。负责吃、喝、拉、撒。

乙：嘿！

甲：聘请专业舞蹈老师，教老人们跳街舞。咚次哒次……（舞蹈动作）

乙：打住！你累了。

甲：我不累。

乙：老人们累了。

甲：为了老人的安全，养老院每个门都装上安检门。

乙：一万个老人安检，都进去得天黑啦！

甲：我这不是想献点儿爱心吗！

乙：是！献爱心没错。就是这一百万，不够买安检门的。

丙：大哥，您还是把这一百万给我。

乙：你做什么公益事业？

丙：我要拍一个系列微电影，宣传社会主义新时代。

乙：哦？

丙：这个系列微电影，一共是三百六十五集。

乙：嚯！

甲：一集一个明星，一集一个大蔓儿。我要请俐俐……

乙：俐俐？

甲：巩俐。

乙：巩俐他叫俐俐！

甲：龙龙……

乙：龙龙？

甲：成龙。

乙：成龙他叫龙龙！

甲：冰冰……

乙：李冰冰？

甲：对。

乙：你把那姓儿带出来行吗！

甲：这么叫亲切。

乙：好嘛！

甲：还有小怡……

乙：你妈的妹妹。

甲：我妈的妹妹干吗？章子怡。

乙：章子怡他叫小怡？

甲：还有大渤……

乙：你爸的哥哥。

甲：我爸的哥哥干吗？黄渤。

乙：黄渤他叫大渤？

甲：还有宝宝……

乙：你儿子？

甲：我儿子干吗？王宝强。

乙：王宝强是你儿子。

甲：嗨！就是傻根儿。

乙：我看呀，你还得把你哥你姐请来。

甲：谁呀？

乙：大衣哥，草帽姐。

甲：他们俩是我哥哥姐姐？我不是想献点儿爱心吗！

乙：是！献爱心没错。就是这一百万，不够请大衣哥、草帽姐的。要我说，这一百万谁也别惦着了，咱扶贫用。

甲　丙：扶贫？

乙：对，得这么献爱心。

甲　丙：好，听您的。

乙：我先问问，（冲甲）分你的一百万怎么花？

甲：我长这么大没见过这么多钱，这回我得显摆显摆。我先糊一个大风筝，把一百万全贴风筝上，在广场这么一放，风筝是越飞越高、越飞越高。让他们看得见够不着，我不信他们不抬头。

乙：你可够损的。（冲乙）你的一百万怎么花？

丙：我把一百万放在透明拉杆箱里，我拉着箱子在广场这么一转悠，让他们看得见摸不着，我不信他们不着急。

乙：你也不怎么样。咱这样露富可不好。

甲：那咱就先享受享受。

乙：怎么享受？

甲：我先养养生，拿三万块钱通通经络（动作）……

乙：你这不是通经络。

甲：我这是？

乙：通下水道。

甲：嗨！我再拿三万拔罐子，全身都嘬满了罐子，我闭着眼在那嘬呀……

乙：这才叫瞎嘬呢！（冲丙）你怎么享受？

丙：我，我先吃点好的！我得吃点新鲜的，我暴啃虎屁股，硬啃鳄鱼头，生吞野猪，活吃藏獒。

乙：这都是保护动物。

丙：我有钱呀！

乙：好。

丙：我包个庄园，吃点儿绿色食品行吗？

乙：这可以。

丙：我把庄园的各种蔬菜、各种野菜都吃遍了。尤其爱吃下完雨树底下长的那小蘑菇。我看见了趴地下就啃！

乙：那不是蘑菇。

丙：那是？

乙：狗尿苔！

丙：欸呸……

甲：光说我们呢。大哥，您那钱打算怎么花？

乙：我是精神享受。我先捐给希望小学五十万，再资助十名贫困地区的学生。因为孩子是祖国的未来，我要让他们安心学习，长大为国效力，让他们成为新时代的好青年，努力实现中华民族伟大复兴的中国梦。

甲　丙：好！

乙：这钱得这么花。

甲：还是您觉悟高。

丙：要不您是大哥呢！

甲：大哥，咱先领钱去吧！

乙：对，先领钱去。

甲：咱可不能这么去，咱仨得化化装。

乙：化装干吗？

甲：您不是说不能露富吗！

乙：对。那怎么化？

甲：（冲丙）咱戴上点。（甲、丙头戴丝袜）

乙：嘿，别说，你们俩还真像……

甲　丙：大富翁？

乙：兵马俑。

甲　丙：嗨！（甲、丙揭丝袜露出脸）

乙：我怎么办？

甲：我给您准备好了。（给乙戴上面罩）走，领钱去！

合：（摆姿势）

乙：等会，咱这不是领钱去。

丙：咱这是？

乙：抢钱去。

丙：好吗！（乙摘面罩）

乙：你们别急着走，我先问问在哪儿领钱。（打电话）足彩中心吗？我们中了头奖，是不是五百万？是五百万。在哪儿领钱？哪儿买的哪儿领。我在门口儿买……您说什么？没有五百万。什么？有两万人中了头奖，五百万两万人分……一注才二百五！

甲：二百五？大哥咱可赔了。（甲摘丝袜下场）

丙：咱真成二百五了，大哥咱真赔了。（丙摘丝袜下场）

乙：唉，你俩都跑了，一人两千没给我呢，你们没赔，是我赔啦！

相声／

太空梦游记

甲：向大家介绍一下，在舞台上，这位是我的相声合作伙伴。

乙：我给他捧哏。

甲：可在我们家里，他是我爱人的娘家弟弟。

乙：我是他小舅子。

甲：前不久我和他姐姐喜结连理。

乙：他们刚度完蜜月。

甲：我们俩人是旅行结婚。

乙：这是新潮。

甲：再新潮，我们俩也没带你去。

乙：我去了那就是灯泡儿。

甲：在敦煌我们一起观看了飞天；在兰州我们一起观看了马踏飞燕；特别是在酒泉航天城，我跟我爱人一起参观了杨利伟乘坐的宇宙飞船——神州五号。

乙：那更得留个纪念。

甲：在神州五号跟前，我们俩摆了个姿势，也照了一张相。

乙：摆的什么姿势？

甲：我爱人坐在我身后，我这样。（作开电动三轮车状）

乙：这不开电动三轮车吗！

甲：我不没开过飞船嘛。当天，我们住在航天城大饭店，开了个包房，我和你姐姐一起共度良宵。就在我似睡非睡的时候，我爱人、你姐姐向我提出了一个要求。

乙：什么要求？

甲：她说要跟我去太空旅游。

乙：这不胡闹嘛，那去得了吗？

甲：正在这个时候，我的老岳父、老岳母，你爸、你妈，来了。

乙：他们干什么来了？

甲：（学山东方言）“孩儿啊，听说你们俩要上天上旅游去，那个神州五号人家不让坐是吧？”

乙：对呀。

甲：“不让坐飞船没关系，俺和你娘驮着你们俩上天。”

乙：那驮得动吗！

甲：驮得动吗，说时迟，那时快，就见你爸你妈在地上打了个滚儿，再站起身来，他们立刻变成了两只大鸭子。

乙：好嘛！他们变俩天鹅多好。

甲：这二位老人的献身精神，太让我感动了。就这样，你爸他驮着我，你妈驮着你姐姐，霎时间，展翅高飞，开始了我们的太空旅行。

乙：还真上了天了。

甲：我们上天的时候，那天日子赶得好。

乙：那天是什么日子？

甲：腊月二十三。

乙：跟灶王爷一块去的呀！

甲：我们到达的第一站就是月球的广寒宫。

乙：是啊。

甲：（贯口）来到月球，但见广寒宫掩映在群山之中，那里峰峦叠翠，瀑布高挂，蝉鸣鸟啼，绿树成荫。白云飘处，宫殿巍峨，金碧辉煌；平湖之上，楼台亭榭，错落有致。登上玉阶，红墙绿瓦，古槐参天。一对石狮子分开左右，正中是朱漆大门。走进宫门，院内曲径通幽，桂树飘香，花团锦簇，姹紫嫣红。廊榭之下，玉兔正在舂米，吴刚正在酿酒。闻贵客来访，那嫦娥云髻高挽，钗环丁冬，身着霓裳，轻移莲步，款款步出大殿。但见她，气质高雅，略施粉黛，眉似弯月，杏眼桃腮。古有美女褒姒、妲己、西施、貂蝉、王昭君、赵飞燕、杨玉环，与其相比，尽无颜色。这正是：广寒宫中迎贵客，馨香飘处丽人来！

乙：这嫦娥太漂亮了！

甲：嫦娥不但长得漂亮，说话也特别好听。

乙：她说什么了？

甲：（学唐山方言）“咋的，大兄弟，你来这咋也不跟俺打个招呼呀？”

乙：这嫦娥还是唐山人。

甲：我们在月宫作了个短暂的停留，临走的时候，嫦娥一个劲儿地跟我说：“大兄弟，千万可别忘了，有合适的给我想着，你嫦娥姐姐这还单身呢！”

乙：得，嫦娥思凡了。

甲：告别了嫦娥，我们飞到了金星。

乙：这速度够快的。

甲：我们在金星上一着陆，知道是谁来迎接我们吗？

乙：谁呀？

甲：马三立，马老先生。

乙：他怎么上那去了？

甲：（学马三立）“我呀，自从离开那边以后，玉皇大帝就把我派这来了！”

乙：是啊。

甲：“这金星啊，是玉皇大帝的一个大宝库，这儿什么都有。你看，这金光闪闪的是金山，上边全是金子，要拿你们就搬点儿。”

乙：搬点儿，这金子块儿都小不了！

甲：“还有那是翡翠山，管事的，你们也认识。”

乙：谁呀？

甲：“说相声的白全福。”

乙：白全福也在这呀！

甲：“还有那是红宝石山，管这山的是马季！”

乙：马季也来了！

甲：“特别是那放出霞光异彩的，那是钻石山，管这山的你们更熟悉。”

乙：他是谁？

甲：“侯耀文。”

乙：说相声的上这集合来了。

甲："这样，我群发个短信，让他们都来跟你见见面，顺便让他们给你带点礼品来！"

乙：呵，老爷子还会发短信。

甲：老爷子发完短信，一会儿的工夫，这帮说相声的穿着大褂就都来了。我这紧着道辛苦啊：辛苦辛苦，各位。这些位说相声的老前辈真不含糊，一人给我一件礼品，再看我跟前，各种宝贝堆成了一座小山。

乙：哎，这回来你得分给我点吧？

甲：那当然了。看到这些宝贝，我爱人、你姐姐一通忙活，大兜儿小兜儿全装满了。最后，她把这么大块的祖母绿，挂你妈脖子上了。

乙：那我妈受得了吗？

甲：（学山东话）"妮啊，你卸下点去行吗，俺都压趴下了！"

乙：我姐姐也太贪心了。

甲：还是人家马老先生有远见。"这儿的东西呀，都是宝贝，这样好不好，我跟玉帝说说，咱们签个合同，搞个联合开发公司，把这些东西运到地球上去，我们提供货源，你们负责销售，有钱大家一起赚嘛！"

乙：呵，这马老先生还真会做买卖！

甲：在金星上，我们双方签订了合同，我的总经理，马老先生当董事长。

乙：有马老先生主事，这买卖错不了。

甲：告别了马老先生和诸位相声前辈，我们的下一站就来到了木星。

乙：到了木星，这回是谁来迎接你们啦？

甲：迎接我们的是快板大师李润杰老先生。

乙：咳，他怎么在木星上了？

甲：你一听就知道了。（学唱李润杰的快板）"打起那个竹板把词编，我离开了地球上了天。迈步来到了凌霄殿，玉皇他，派我到木星来做官。在这木星上，还有不少老朋友，说快板的来得全，有王凤山、高凤山，我们分工合作多赚钱。在这里，有红松、白松、硬杂木，还有那花梨与紫檀，上等的楠木有的是，价钱都合适很低廉。可就是，天上边木料用得少，哪像那地球上边缺资源。这要是，咱们联手开公司，我相信，那是日进斗金能赚大钱哪！”

乙：好，这李老师确实有远见！

甲：在木星上，我们和李老先生签了合同。紧接着我们离开了木星，又来到了水星。

乙：水星上谁来迎接你们啦？

甲：水星上来欢迎我们的人可不少，领头的是刘宝瑞先生，后边跟着一帮徒弟。

乙：这爷儿几个都上那去了？

甲：第一个打招呼的是刘宝瑞先生。（学刘宝瑞的声音）“我是说单口相声的，在台上离开水不行，我向玉皇大帝申请，就到这水星上来了！”

乙：对，水星上缺不了水。

甲：“水星这个地方啊，水质很好，这里的水，矿物质很高，营养价值丰富，常饮这里的水，就会延年益寿，长生不老。”

乙：这做广告了！

甲：“而且，这里的水是取之不完，用之不尽。目前，我们中国正在开发西部，我建议，搞一个把水星的水移到中国西部的工程，这样就会造福于人民嘛！”

乙：嘿，刘先生这主意不错。

甲：有这么好的项目，我能不签合同吗？

乙：那得签。

甲：下一站，我们飞到了火星。

乙：一会儿的工夫，转了四颗星了。

甲：这回来欢迎我们的都是鼓曲界的巨星大腕儿。

乙：都有谁呀？

甲：有京韵鼓王骆玉笙，刘派大鼓名家小岚云，白派大鼓名家阎秋霞，梅花大鼓名家史文秀，单弦名家石慧儒，铁片大鼓名家王佩臣，京东大鼓名家刘文斌，河南坠子名家乔清秀，西河大鼓名家郝艳霞、艳桂荣。

乙：这些位都去火星了！

甲：骆玉笙老师唱了一首《重整山河待后生》来欢迎我们。

乙：她怎么唱的呀？

甲：（学唱《重整山河待后生》）

乙：好，唱得还真有骆派的味儿。

甲：紧接着，阎秋霞老师唱了一段《黛玉焚稿》。

乙：你给学学。

甲：（唱《黛玉焚稿》片段）

乙：不错。

甲：唱完之后，骆老师告诉我（学骆玉笙）："火星上有着丰富的燃料资源。你脑袋这么大一块石头，搁到发电厂，一年不用烧煤。"

乙：是啊？

甲："米粒这么大的一粒沙子，放到汽车油箱里，三年甭买汽油。"

乙：嚯！

甲：骆老师还建议："咱们联合建一个火星开发公司，把这热资源引进到地球上去，咱们不又发财了吗？"

乙：那你赶紧签合同啊？

甲：我能不签吗？告别了这些鼓曲名家，我们到了最后一站，土星。

乙：这回谁来迎接你们？

甲：一个人没有。

乙：怎么没有人呢？

甲：玉皇大帝还没开发这儿呢。

乙：玉皇大帝不重视这儿。

甲：这是他最大的失误。

乙：怎么哪？

甲：实际上，这土星是一个大的聚宝盆。我这还没降落呢，你姐帽子掉下去了。

乙：她怎么不戴好了呢！

甲：火星那太热，她摘下来用手拿着了，一不小心掉下去了。

乙：好嘛！

甲：就见那帽子一落地，土星上立刻出现了五万多个帽子。

乙：这改鞋帽店啦！

甲：更神奇的是你爸爸两腿一落地，麻烦了！

乙：怎么啦？

甲：土星上立刻出现了五万多个你的小爸爸！

乙：五万多呀，那多闹得慌呀！

甲：你妈也没闲着，她的两腿一落地，立刻出现了五万多个你的小妈妈。

乙：也不少。

甲：我跟你姐姐一看，咱别下去了。

乙：嘿，你们俩够聪明的。

甲：好在你这些小爸爸、小妈妈都不是你爸爸、你妈妈的真身。他们全是小鸭子。

乙：弄这么多鸭子有什么用啊？

甲：这你就不明白了，你想过没有，那四个星的东西到咱们地球的运输问题怎么办？

乙：哎，这可是个大事。

甲：这样，这十万多只小鸭子都归你，咱组成浩浩荡荡的鸭子运输公司，把金星上的金子、银子、翡翠、玛瑙、红宝石、蓝宝石、钻石，木星上的红松、白松、紫檀、花梨，水星的水，火星的燃料资源，源源不断地运到地球，你说到时候咱得赚多少钱呀！

乙：少不了！

甲：就凭你跟我这关系，我就让你负责这运输公司！

乙：这回我也当上总经理啦！

甲：你说我这趟太空旅游怎么样？

乙：收获太大了。

甲：带着丰硕的成果，我和你姐姐踏上了归程。你爸、你妈也高兴啊，他们是越飞越快，我坐在你爸爸这大鸭子身上，耳边的风呼呼作响，我害怕呀，紧紧地抓住你爸爸身上的羽毛。我这一抓不要紧，我爱人、你姐姐说话了。

乙：她说什么了？

甲:“你不好好睡觉,抓我头发干吗?”

乙:做梦啊!

相声／

福 分

甲：现在生活水平提高了。

乙：是。

甲：居住条件得到了很大的改善。

乙：哎。

甲：平房基本看不见了。

乙：都改楼房。

甲：哎，可有一节，就是老街旧邻都不在一块儿住了。

乙：这倒是。

甲：可是再见了面，那是更加亲切，有说不完的话。

乙：对，叙叙家常，唠唠旧情。

甲：前几天，我在公交车上，看到两位老邻居巧遇了。

乙：哦，那您给我们学学。

甲：（模仿老年妇女说话，倒天津口）“呦！幺鸡。”“呦！混儿。”

乙：两张麻将牌。

甲：“快坐我这来。”“我先投币。”“哎呀，幺鸡，这一晃，二十多年没见面啦！”“可不呗。”“哎呀，还真好！幺鸡，你住哪啦？”“住大寺那边。”“哎呀，住那么老远呢！”“这不当初给的拆迁费，还得给儿子买套婚房，不就得买远点儿嘛！”“哎，可怜天下父母心啊！我说幺鸡……”“哎！咱别喊外号了行吗？”“哦对对对，老妹妹，老妹妹……”“混儿……”

乙：咳！不让人家喊她喊。

甲：“不是，二姐！您可发福了。”“嗨！我现在一百多平米的大房子住着，舒服，所以就心宽体胖啦。”“哦，还是您有福。”“你知道我在哪儿住吗？国际长洲，哎呀，那破地方，都是外国人哪，出来进去，都嘟囔外语，咱都听不懂。那天晚上，坐电梯，一开门啊，倍儿黑，光露俩小白牙，差点把我吓趴下，你说这不缺德吗！”“这是您的福分啊！”“要说也是，这不得儿子济嘛，老大给买的房。”“哦，老大回来了？”

乙：海归？

甲：“别骂人啊？”

乙：谁骂人啦？

甲：“海龟不就是王八吗？”

乙：咳！没听说过。

甲：“海龟是嘛？”

乙：海外留学归来的学子，简称海归。

甲：“哦，我以为王八啦！”

乙：什么也不懂！

甲：“老妹妹，老大回来啦，减刑啦！”

乙：哦，从监狱里回来的！

甲：“这有嘛大惊小怪的，就跟你没进过监狱似的！”

乙：我是没进过！

甲：“我跟你说老妹妹，小王八蛋耐人极了。”

乙：这还不如海龟啦！

甲：“哎呀，光跟钱玩命呀。海陆空全都干，淡水、海水带冷盘。”“老大这是嘛工作？”“倒腾海鲜。”

乙：咳！

甲：“哎呀，小王八蛋太聪明了，用的都是八两秤。”“八两秤是嘛意思？”“哎，你连这都不懂，就是买一斤给八两。”“那不坑人吗？”“哎，老妹妹，您可别这么说，来的时候这水和冰不都是钱吗！再说了，一秤来百秤走，孩子也不容易。老妹妹，他们还有用七两秤的啦！”

乙：嚯！

甲：“孩子这不都是为了挣钱嘛！”“别让人家逮着。”“哪儿这么寸的。”

乙：侥幸心理。

甲:“平时我也说他,差不多就完了。”

乙:这还算不错。

甲:“那天我去他店里,几个人正给螃蟹捆皮筋儿呢。是上一道,下一道,左一道,右一道,一道一道又一道。我说,宝贝少捆点,人家以为螃蟹骨折呢。”

乙:咳!

甲:“二姐,人家孩子捆结实了,是怕螃蟹夹了顾客的手。”“不是,这样压分量”

乙:好嘛!她倒说实话。

甲:“二姐可不能总这样干呀!”“是呢,这不就干了五年吗!”。

乙:嚯,这得坑了多少人哪!

甲:“我们农村那二表哥他儿子找我们老大来了。哎呀!俩人弄贷款,弄老么大个儿翻斗车拉土去。老舅妈,这是嘛年头儿,拉土都挣钱。哎呀,小哥儿俩人缘好极了,他们一去拉土,别人都不敢去。哎呀,有钱了,那钱太多了,都拿大箱子提啦。这不要给我买别墅吗,我说不要不要,都六套了,还买别墅。你看,就这么任性。”“这是您的福分哪!”“这大别墅400多平米,老么大啦,我上趟厕所都得走半天。”

乙:这不受罪吗!

甲:“当时装修,人家要100多万,他才给人家40万。”“人家干吗?”“敢不干吗!我们老大在那块儿不是有点儿威望嘛!”

乙:嘿!

甲:“这不装完了吗,接我去,开个大汽车,外国的,好极了!那轱辘都跟拖拉机那么大个儿!好嘛,我上车都得搬梯子去。上马路上一开,那半条街都是他的了,别的车都不敢走啊。”“您多威风啊!”“哎,你们儿子干嘛啦?“给人家打工呗。”“哦,打工啊!小伙子个头儿、长相多好呀!可惜可惜。儿媳妇是哪的?”“他同事,也是打工的。”“哎呀,怎么搞打工的呢?打那时候我就爱你们儿子,我就想把我们老闺女给你们儿子。哎呀,这一拆迁,就没这缘分了。”“你们老闺女现在挺好的吧?”“哎呀,可别提她了,这孩子可不让我省心了,搞对象时就是挑了捡，捡了挑；后来是结了离，离了结。你别说还真是一个比一个好。”“这是您的福分哪！”“这倒是，就属这第三个姑爷好，有的是钱。哎呀，就是长得不老好看的，有点儿谢顶，岁数大点儿，比我小三岁。”

乙：啊！成她舅舅啦！

甲：“不过，人好极了，我们闺女说嘛他听嘛，说让他上东他不上西，说让他打狗他不骂鸡。就这么老实人。”“嘿！这是您的福分哪！”“嘛福分哪！”“您在大儿子那别墅一住多美。”“住嘛呀！第二天我就跑了，那屋里辣眼哪！”

乙：甲醛超标。

甲：“这不没半年吗，宝贝儿没劲儿、闹发烧，结果到医院一去，人家说，白血病，天天透析，那钱花得都没数啦！”“二姐您可别着急呀，您不是还有老闺女孝顺您了吗。”“孝顺嘛呀，又离了。”“怎么地了？”“这不生第三个嘛！哎呀，孩子一生下来那个耐人哪，白呀，小怀卷儿啊，眼珠是蓝的。我们姑爷往前一看哪，哎呀，转过身，骂着街就走了。”

乙：咳！

甲：“哎呀，一到礼拜天，我们家就成幼儿园了，我得看着三个小王八蛋，不够我废话的。晚上，我们闺女前面那俩姑爷来接孩子，他让他烟，他让他烟，呵，跟哥儿俩似的。”“这不是您的福分嘛！”“我这是嘛福分呀！钱多有嘛用！你这儿子、儿媳妇儿稳稳当当上班挣钱，一家子平平安安，你这才是福分了。”

乙：这回她明白啦！

相声／

放不放

甲：当着这么多观众，我有个深藏多年的问题，今天想问问您。

乙：嚯，还深藏多年？

甲：对。

乙：那您这个问题肯定很有深度？

甲：没错。

乙：那您问吧！

甲：好，我想问问您啊……

乙：啊？

甲：您有家大人吗？

乙：嗯，我说您要是对我有意见，您就直接骂出来吧！

甲：我骂您干什么呀？

乙：废话，就你这问题，这不跟骂街一样嘛，有问人有没有家大人的吗？

甲：不是，您误会了，我是想问您啊，您父母都健在吗？

乙：哦，你问这个呀！您放心，都硬朗着呢。

甲：好，好，那就好。这么说赶上过年过节，您肯定得回父母家吧？

乙：那是当然啦，什么端午节、重阳节、中秋节，尤其是春节，我都回父母家过。

甲：嘿！您真是个大孝子啊，我很欣慰。

乙：有你什么事啊？

甲：孝敬老人这是咱们中华民族的传统美德呀！

乙：那没错。

甲：那我再问问您，比如说到了春节，您回家看望老人，带不带礼物？

乙：那还用问，当然得买了。

甲：一般您都买什么礼物？

乙：嗨，无非就是吃的、穿的、使的、用的，还有营养品、保健品……

甲：这都是物质方面的，精神食粮有吗？

乙：精神食粮？

甲：对！拿我来说吧，每逢过年，我肯定给老人准备一套烘托节日气氛的精神食粮。

乙：春联？

甲：鞭炮。

乙：鞭炮！那怎么叫精神食粮呢？

甲：您想啊，春节，是咱们老百姓最重视的传统节日，过春节过的就是个年味儿，依我说，就得放鞭炮，才能烘托节日气氛，老人一高兴，精神愉悦，这不就等于是精神食粮嘛。

乙：有点儿道理，哎！不过这放鞭炮得有个前提条件。

甲：什么条件？

乙：得注意安全！尤其是要遵守当地禁放烟花爆竹的相关规定。

甲：你的意思，不让放？

乙：我没不让你放，人家每个地区都根据自己的实际情况，遵守法律法规的要求。比如咱们这儿，在市区周边，就设置了限放区域，你要想放鞭炮，可以去那些地儿放去。

甲：啊？我带着炮去周边的限放区域？路上碰上检查站，说我携带易燃易爆物品怎么办？

乙：那你可以到了当地再买呀。

甲：哦，我开着私家车，到当地去买，买完了再放，放完以后……

乙：你就高兴了。

甲：我就郁闷了。

乙：怎么呢？

甲：废话，我这来回的油费，你给我报销？

乙：我凭什么给你报销啊。

甲：还是的。

乙：你去当然得你自己花钱了。

甲：对呀，我花那么多钱，心里能痛快吗？再者说，我为了让老人高兴，我跑那么大老远放，他们看得见吗？

乙：这倒是。那怎么办？

甲：我就在附近放。

乙：这附近都是禁放区，不让放。

甲：就你知道？人家公告都发布了，我用你告诉我。

乙：那你都看见禁放公告了，就别放了呗。

甲：你这人呀，死轴子，要不你媳妇看不上你呢。

乙：你提这干吗？！

甲：你脑筋太死，不懂得变通。

乙：怎么变通？

甲：那公告上不是写着禁放区不准放吗？你说我能大白天明目张胆地在马路上放吗？

乙：肯定不能。

甲：对呀，再说了，大白天放，看着能过瘾吗？

乙：那你的意思？

甲：你得趁着夜色呀。找那小区当间儿，周围楼房掩护，居委会下班，警察进不来的地儿，抽上一口烟，把火儿嘬旺了，然后往炮上一戳，噼里啪啦，（炮趟子）噼里啪啦，叮，当！嘿！舒服！

乙：你是舒服了，这要把楼上玻璃震碎了，怎么办？

甲：没事，我们家住一楼。

乙：呵！要给人家汽车崩坏了呢？

甲：我们小区没摄像头。

乙：你缺德不缺德！

甲：你这人呀，就是胆小怕事。

乙：不是……

甲：行行行，为了我们小区团结，我到小区门口放去，行了吧？

乙：外面也不能放。

甲：那我怎么给父母增添节日气氛？我给老人准备的精神食粮，你拦着不让我送，拦着我尽孝。

乙：谁拦着你尽孝了。

甲：还是的，我放炮就是为了给老人尽孝。

乙：哦，照你那么说，你放炮就是为了给老人尽孝？

甲：对呀！

乙：哦，好好好。您父母高寿？

甲：70 多岁。

乙：年逾古稀了。

甲：啊，怎么了？

乙：还怎么了？！老人年纪大了，需要安静，你放炮那么大动静，老人受得了吗？

甲：我有办法呀！

乙：什么办法？

甲：我给我父母每人买副耳塞子，往耳朵里一塞就什么也听不见啦！

乙：嘿！这办法好。哎！你父母都听不见了，那你还怎么尽孝？

甲：听不见没关系，他们看得见呀！鞭炮噼里啪啦这么一响，火星四溅，仿佛夜空中盛开的繁花，多漂亮啊！

乙：你先等会儿，我问问你，就你放炮这事，你父母怎么看？

甲：他们能怎么看，趴在阳台上看呗。

乙：什么乱七八糟，我是问他们二老有什么意见没有？

甲：要说意见还真有点，他们怕我扰民。

乙：说得太对啦，你给你父母戴耳塞，那别人的父母怎么办？

甲：我有办法呀！

乙：他老有办法。

甲：我推荐大伙儿都给父母买副耳塞子。你说我这时带货卖耳塞子，是不是对经济发展也起到了很大的作用？

乙：咳！

甲：（唱）“今年过节不收礼呀，收礼就收耳塞子”……

乙：别做广告啦！

甲：再说了，除了尽孝之外，我放炮还有更重要的意义。

乙：什么意义？

甲：你想啊，这放炮是咱们国家历史悠久的民俗文化。咱们不放炮，那外国人又申请非物质文化遗产了，这属于文化流失。

乙：哎，有道理。

甲：找几个志同道合的哥们儿，我们一块儿维护民族文化。

乙：唉，这玩意儿人少了不行。

甲：关键是有放炮的，也得有放风的。

乙：好么，团伙作案。

甲：我给哥儿几个打电话，晚上都过去。

乙：哦。

甲：（作打电话状）“喂，亮子，今晚怎么样？不去了？怎么了？哦，昨天夜里有人放炮房子都晃荡了？你们老爷子心脏支架都震出来了？”

乙：嚯！

甲：“喂，强子，你今晚怎么样？喂？怎么这么乱哪？哦，这是你们邻居放炮呢？我以为你们那拆迁啦！”

乙：好么！

甲：“对，晚上 12 点，河边儿见。告诉柱子、刘二、老李、杨大把炮都带齐了，晚上见。”

乙：这就要开放啦！

甲：晚上我们是直奔河边儿。到那儿一看冰面那个宽敞啊！

乙：你们在冰面上放？那多不安全。

甲：你懂什么呀！这才是放炮的绝妙之地。

乙：好嘛！

甲：我再一看，警察也不少。

乙：那是拦着你们放炮。

甲：拦倒没拦，就是他们手里拿着小喇叭喊“禁放烟花爆竹”。

乙：你看。

甲：可有的警察还给放炮的拍照留念呢。

乙：什么都不懂，那是执法记录仪，人那取证呢。

甲：还得说是人民警察爱人民，有个哥们儿在冰面上放炮，后面俩警察拿着救生圈保护。

乙：那是怕你们出危险。

甲：有警察叔叔保驾护航，咱还怕什么？放！翻过护栏，直奔河中心，你一个，我一个，我们放得这个开心哪！

乙：这回痛快了？

甲：没有！

乙：怎么呢？

甲：这不刚放一会儿，警察就给我们带走了。

乙：肯定得拘留。

甲：我一看，赶紧给我爸打电话。

乙：给他打电话干吗？

甲：我爸以前在他们分局……

乙：当局长？

甲：管食堂。

乙：咳！

甲：哪个警察他都给盛过菜。

乙：那有什么用？

甲：托付托付，谁不得给留点儿情。

乙：你别放好不好啊！

甲："喂？爸爸！嗨！"（作挂断电话状）

乙：怎么挂了？

甲：打外卖那儿去了。

乙：好嘛，你听准了再叫哇！

甲："喂？喂？喂？我的爸爸呀，您倒是接电话呀……"

乙：他怎么不接电话呢？

甲：呦！我想起来了，他是接不了电话。

乙：怎么呢？

甲：他还戴着耳塞子呢。

乙：是啊！

相声

谁是最美文明人

甲：亲爱的朋友们大家好！今天在这场演出，心情特别激动，哎呀，我说点什么呢？

乙：哦，还不知道说什么啦！

甲：哎！我就说说我这搭档。

乙：说我？

甲：（乙名字）无论是艺术，还是人品，这人（摇头指乙）……

乙：这是？

甲：都不错。

乙：咳！不错您摇脑袋干吗？

甲：说不字儿不都得摇头嘛。（摇头）不去，（摇头）不干，（摇头）不会，（摇头）不错。

乙：有你这么说话的吗？

甲：这个人啊，太优秀了，谦虚点儿说，这人身上全是优点。

乙：好嘛，这还谦虚着说呢？

甲：对啊。

乙：我哪儿这么多优点？

甲：您优点太多了，我都不知道从哪下嘴了。

乙：你要咬我呀？

甲：我随便说一条，这个人，特别勇敢。

乙：勇敢？对对对，我这人急公好义，喜欢见义勇为，看见坏人我气就不打一处来……

甲：不不不，你不是这种勇敢。

乙：那我是哪种勇敢？

甲：您是过马路勇敢。

乙：过马路勇敢？

甲：（乙名字）过马路，什么叫红灯，哪个叫绿灯，从来不看，想过就过。好多汽车当时“吱”就停了，纷纷地鸣笛为他喝彩，有的还夸他呢！

乙：怎么夸的？

甲：你作死呢！

乙：骂上啦！这是勇敢？这是不文明的典型。要这么说，我的优点比不了你。

甲：我？

乙：（甲名字）身上的优点比我多。我也随便说一条，他做什么事情都能持之以恒。

甲：这确实是我的优点。

乙：这人，打我认识他这二十多年，他是从来不分场合、不论地点，随时随地，想吐痰，当时就吐出来。

甲：这不叫事儿……我随地吐痰？

乙：啊，是你吧？

甲：这也不能怪我，我爱抽烟，总咳嗽，一咳嗽就上痰，不吐地上，我吐哪儿？

乙：你找个纸巾，吐完了，包好了，扔垃圾箱里。实在没有纸巾，自己可以备块手绢儿啊。

甲：手绢？好。受累借您手绢用用。

乙：不借！

甲：你这人，太小气，我用完就还你。

乙：走！你脏不脏啊！

甲：不是你说的用手绢儿吗？

乙：哦，用我的呀？得用你的。

甲：我不没有嘛。再说了，吐地上怎么了？

乙：还怎么了？容易造成病菌传播，破坏城市环境，这是不文明的行为。

甲：好嘛！不，我又没碍着谁的事。

乙：没碍着谁的事？上次咱俩在马路上，你一咳嗽“噗”一口痰就吐出去了，当时正好有胖子从旁边过，大胖子新剃的头，锃光瓦亮，你这口痰“啪”正啐后脑勺上，胖子追着要打你，你跑得比兔子都快。

甲：咳，就别提我的光荣历史了。

乙：不行，我得夸你呀！

甲：那我也没你的优点多。他这人勤俭持家，坐公交车都用他岳父的老年乘车卡，免费，多会过日子。

乙：这是优点哪？哦，我明白啦！不就是咱小区要评选“最美文明人”，你怕输给我，在这儿给我制造障碍，对不对？

甲：你不也是怕赢不了，在这败坏我吗？

乙：你要不给我制造障碍呢？

甲：说别的没用，拿事实说话。

乙：可以呀！

甲：各位您可能不了解，我们俩住一个小区。

乙：没错。

甲：小区呀，要评选“最美文明人”。

乙：对啊。

甲：咱就说，我推荐的3号楼401的业主，我认为，他就应该当选。

乙：凭什么？我倒觉得6号楼203的住户最合适。

甲：你怎么知道最合适？

乙：多新鲜，我能不了解我哥吗？

甲：嘿！你这倒不错，举贤不避亲，说这么热闹敢情是你哥，哪儿有你这样儿的？你哥还想跟401的业主比。

乙：401住的是？

甲：我爸爸。

乙：你这比我还厉害！不是，你爸凭什么能选上最美文明人？

甲：哎！不说别的，我爸已经退休了，应该当选吧？

乙：那是……嗨！退休就应该当选啊？

甲：我还没说完了，你就抢话。

乙：好好好，你接着说！

甲：虽说退休了，但是老爷子一直在积极创业，努力赚钱。

乙：赚那么多钱干嘛？

甲：还贷款，所以说他应该评上最美文明人。

乙：这都不挨着！

甲：没听明白？他努力赚钱还贷款。

乙：这不新鲜。我也还着贷款呢！

甲：你什么贷款？

乙：房屋贷款。

甲：废话！我爸的贷款跟你不一样。

乙：那他是？

甲：商业贷款。

乙：这不还一样吗！

甲：咳，不是，助学贷款。

乙：什么叫助学贷款？

甲：为了让困难家庭的孩子上大学，国家给的免息贷款。

乙：哦，你父亲是资助大学生还贷款啊？

甲：对啊！我爸爸说了：（倒天津口）“现在咱的生活是衣食无忧，这得感恩新时代，为了回报社会，咱得尽份儿力量，我帮着大学生早点儿还上贷款，国家就能腾出钱来，再资助几个孩子上大学，接受高等教育，将来就又多了几个对社会有用的人啦！”

乙：嘿！老爷子精神可嘉。但是您这么大岁数，创业能做什么呢？

甲：“要说创业，咱就得弄点儿新鲜的，听说好多人从网上找到了商机。”

乙：对。

甲：“我也上网查了，因为这个，我走访了不少的网络公司，参加了很多互联网大会，调研了好几个科技大厦，最后我决定……”

乙：开网络公司。

甲：“卖煎饼果子。”

乙：咳！那跟网络有什么关系？

甲：“当然有关系啦！我是在互联网大厦楼底下卖煎饼果子。”

乙：那管什么用啊！

甲："哎，现在这 IT 业的年轻人多忙，都顾不上吃饭。我在那儿摆个摊儿，这不一举两得嘛。"

乙：摊煎饼果子，这能叫创业吗？

甲："怎么了？哦，非得开个大公司才叫创业？做事儿就得一步一个脚印儿，稳扎稳打，不能好高骛远。一上来就开个食品集团那可能吗？你不得一点一点来嘛，慢慢地干大了，我再买个电三轮……"

乙：那也不露脸啊。还电三轮，市区里都不让您骑。

甲："关键我这煎饼果子做得好啊，好多人都爱吃，满足各种顾客需求。您要几个鸡蛋的？加不加辣子？"

乙：嘿，说着说着就做上了。我啊，我要两个鸡蛋，两根油条，少放辣子。能做吗？

甲："没问题。（舀一勺面摊开）两个鸡蛋（磕鸡蛋），两根油条（放油条），少放辣子，装塑料袋儿里。给您，吃去吧。"

乙：还真麻利。

甲："咱就干这个的。"

乙：您再给我来套一个鸡蛋，一根油条，多放辣子，能做吗？

甲："没问题。（舀一勺面摊开）一个鸡蛋（磕鸡蛋），一根油条（放油条），多放点辣子，装塑料袋儿里。给您，吃去吧。"

乙：真能满足各种需求。

甲："那必须的。"

乙：给我来套，不要鸡蛋，不要油条，不放辣子。能做吗？

甲："不要鸡蛋，不要油条，不放辣子（按乙要求做，但没做成）。你吃个塑料袋儿吧！"

乙：我怎么吃塑料袋儿了？

甲："废话，有你这么点餐的吗？"

乙：别说，您这煎饼摊得是太熟练啦！

甲："当然了。一天那么多吃煎饼果子的，不麻利点儿行吗？"

乙：嘿！真是既服务了顾客，又赚钱资助了大学生啊！

甲：您说，我爸是不是最美文明人？

乙：你爸做得确实不错。

甲：哎！大伙儿听见了吧，他承认了，我爸这最美文明人当之无愧。

乙：谁说的？你爸是不错，评选最美文明人，还是我哥哥更胜一筹。

甲：你哥哥更胜一筹？

乙：（倒山东口）“嚯，小伙子，住这小区，你没见过我？”

甲：您是？

乙：“自我介绍一下，我姓夏，我叫夏三禄。”

甲：好嘛，您这名字听着就那么三俗。

乙：“这叫什么话？”

甲：下三路嘛。

乙：“嗨，您理解错了，哪个路啊？我是福禄寿喜的禄。”

甲：哦，那我管您叫夏三哥。

乙：“您客气。”

甲：那您是从事什么职业的？

乙：“自由职业者。”

甲：具体工作是？

乙：“出租车司机。”

甲：出租车司机算自由职业者？

乙：“太自由啦！开着车，想去哪儿就去哪儿，图的就是个自由自在。小时候听父母的，结了婚听媳妇的，上班还得听老板的。自从开上出租车，我就听我自个的，谁说我也不听啦！”

甲：哎，左转。

乙：“好嘞。”

甲：这不还得听吗？

乙：“那不一样，咱是出租车司机，乘客至上。咱这行也是一张城市名片，也展现着城市的文明程度。”

甲：这话对。那您的文明程度有什么体现？

乙：“首先说，要执行行业的服务标准，遵守职业道德。着装整洁，用语文明，保持车内干净，定期清洗消毒。不闯红灯、不压实线、不绕道、不加价，打表计费，确保乘客安全。”

甲：嘿！说得不错。那我得考察考察你，现在我就是一名乘客了。

乙：“乘客，您好，请您系好安全带。”

甲：（学孕妇）“好……我系不上。”

乙：“呦，还是个孕妇。”

甲：“车夫，送我到……”

乙：“您先等会吧！怎么管我叫车夫呢？”

甲：“对呀，赶马的叫马夫。你开车的，可不就叫车夫嘛。”

乙：“好么，您是穿越过来的吧，这称谓都是一个世纪以前的。”

甲：“别废话啦！我要去总医院，我……我……我不行了，哎呦，这就要生了。”

乙：“呦！您别着急，坐稳了，深呼吸，我马上就送您到医院。”

甲：“不行了，这一路红灯太多了，怕来不及啦。”

乙：“别担心，我打开双闪，以最快的速度把您送到医院。”

甲：哎！闯红灯罚款扣分。

乙：“在保证行人和车辆安全的前提下，违反交规，救助乘客的生命，这分扣得不冤。”

甲：好样的！你哥哥真不错。

乙：您听了吗？他都承认了。我哥应该当选最美文明人。

甲：咱俩也别争，甭管是我爸，还是你哥，身上都有值得学习的闪光点。

乙：那到底谁是最美文明人呢？

甲：要不听听他们自己怎么说？

乙：他们俩说什么了？

甲：（倒天津口）“要说介最美文明人，我觉得还得是这（乙名字）的哥哥最合适。”

乙：（倒山东口）“哎，（甲姓）伯伯，您过奖了。最美文明人还得是您。”

甲：“（乙名字）他哥是文明从业，助人为乐的好榜样，身上都是优点。”

乙：“我跟您比，差一大截。（甲名字）的爸爸务实肯干，热心善良。绝对是最美文明人。”

甲：“哎，还得是夏三哥。”

乙：“还得是（甲名字）爸爸。”

甲：“夏三哥。”

乙：“（甲名字）爸爸。”

甲：“哥哥。”

乙：“爸爸——吃亏了。哎，咱俩不是来评比吗？怎么又往外推了？”

甲：“谦让也是一种文明美德。甭管您是哪儿的人，从事嘛职业，只要是务实进取、诚信正直、乐观向上、品德优良、为社会繁荣发展尽心尽力的人，都是最美文明人！”

乙：“嘿！您说得太好了，咱俩这么一比，还是您厉害。”

甲：“不能这么说，还是你厉害。”

乙：“您厉害。”

甲：“咱俩别争了，要我说，咱俩都不行，还是（乙名字）厉害。”

乙：“怎么呢？”

甲：“（乙名字）勇敢啊，他过马路从来不看红绿灯。”

乙：又想起来啦！

相声／

红白喜事

甲：好些日子不见呀。你也不请客。

乙：我还请客呢，我都落魄了。

甲：你还落魄了？天天大奔开着。牌照上俩6四个8，除了顺就是发。

乙：我还顺、发呀？我都俩8了。

甲：新型轿车？

乙：哪儿啊，“二八”飞鸽。

甲：你这就是叫会活着。长期开车腰间盘突出，骑自行车锻炼身体，保卫祖国。

乙：我这还锻炼呢？我现在是落魄了，咱是落魄的凤凰不如鸡呀。

甲：不对，您长出毛来还是凤凰。你岳父的钱不就是你的钱吗？你不想怎么花就怎么花吗？你老岳父多有钱。

乙：怎么有钱呢？

甲：在厕所里头接电话，手机，咚，掉马桶里了，顺水冲走，不要了！

乙：有钱。

甲：你岳母爱吃“粤”菜，买张越南机票吃完再回来。

乙：不，您等会儿，吃“粤”菜就去越南呀？

甲：越南菜不去越南吃去，哪吃去？吃完咱再回来。

乙：有钱。

甲：你媳妇说要看北极熊，不就去北极嘛，包条船，别自己去呀，跟着老姨、二姨、三姨一家子一块儿去。

乙：有钱。

甲：税务局到你岳父公司收税去了。你岳父说了……

乙：有钱。

甲：没钱。

乙：这回怎么没钱了？

甲：你岳父一沾这个，总说欠账太多，不是，是别人欠他的账太多了。

乙：总有理由。

甲：这叫公是公，私是私。

乙：这叫会办事。

甲：要说你们岳父那是首屈一指的国企总裁，知道为什么这么有钱吗？

乙：为什么呀？

甲：因为你岳父他有靠山。常言说得好："大树底下好乘凉！"你想在那大树底下，多凉快。要说，你能成为总裁的上门女婿，你小子福分大了。

乙：这有什么福分？

甲：当初咱岳父……

乙：那是我岳父！

甲：对，你岳父。为自己的独生女儿择婿，看那台面怎么比？说媒的、求亲的络绎不绝。没有打的的，全是开车的，什么大奔、皇冠、V6、波罗、高尔、宝马、凌志、大发……

乙：大发？

甲：都没有开那车来的。就你惨，坐小公共来的。可就你有运。

乙：我有孕？

甲：你走了运了。你这就是，癞蛤蟆吃上了天鹅肉，馅饼砸着了你的头，猪八戒娶上了新媳妇，小布什逮着了萨达姆，你美不够。

乙：这都什么乱七八糟的？我那是有资本。

甲：你哪有"资"呀？登门的哪位不比你有钱？这位存款有一千万，你有吗？

乙：我凑一万还得卖点儿家产。

甲：那位有三栋洋楼，两个公司；这家有大企业，那位国外有外币。你呢？

乙：我有一个孩子！

甲：有孩子的人还想娶总裁女儿吗？还不赶快出去！

乙：我不能走。我要走了他女儿就守寡啦。

甲：为什么？

乙：那个孩子，她女儿给我怀着呢！我这“本”是不是比“资”优越？我告诉他，你闺女要是不跟我结婚我可不负这责任。

甲：你岳父还不是为了维护自己的脸面。这叫嫁鸡随鸡，嫁狗随狗，嫁个扁担让她跟着走吧。

乙：我是那扁担呀？

甲：从那天起你这扁担……

乙：谁是扁担？

甲：不是，就是你呀，你就飞黄腾达了。就你们那婚事在咱这儿是首屈一指呀。

乙：办得是够讲究。

甲：是讲究吗？那是太讲究了！你媳妇爱洋式，你爱中式，怎么办？你岳父有办法。就中西结合吧。

乙：中西结合？谁会呀？

甲：你岳父就把这事交给我办了。

乙：您有主意？

甲：那当然了，再说了我办这事才正好呢。

乙：怎么呢？

甲：您想啊，我平时不是给你岳父开车嘛？

乙：是呀，你是我岳父的司机嘛。

甲：您岳父又是咱们公司的总经理，他的脾气秉性我最了解，我办这事错不了。

乙：是吗？

甲：没错，红白喜事咱是样样擅长。

乙：这个您擅长？

甲：我最擅长就是中西合璧的婚庆典礼了。

乙：您还真行！

甲：那是。婚礼举行，首先让你媳妇穿一身西洋白色的婚纱。

乙：倒是兴这个。

甲：常言说得好呀。

乙：怎么说的？

甲："要想俏，一身孝。"

乙：停！我们这是结婚，怎么都出来"孝"了？

甲：不是，就说这个女人要想美丽呀，就得穿白色的。

乙：哦，这么回事。

甲：就你媳妇那一身孝，就别提多好看了……

乙：我怎么听怎么别扭。

甲：白色的头巾在脑袋上系着，就跟那个孝帽子赛的；白色的长裙就跟那个孝袍子差不多。

乙：我们这是结婚哪还是出殡哪？

甲：结婚嘛，怎么又跑出殡那儿了？

乙：您让大伙听听，有新媳妇戴孝帽子、穿孝袍子的吗？

甲：我不懂那结婚礼服上都叫什么呀，我就看着像。

乙：那您也别瞎给起名字呀。

甲：反正是一身的西洋婚礼服。

乙：哎，对了。

甲：你媳妇穿上以后，就别提多漂亮了。这时就听外面喊："车来了！"马上有人搀着你媳妇就出来了，你媳妇一看见车，就乐了。

乙：结婚谁不美呀？

甲：你媳妇嘴里还说呢。

乙：说什么了？

甲：（哭腔）"我的妈妈呀！"

乙：好嘛，我媳妇还没过门了，我丈母娘先死了。还是送殡是怎么着？

甲：结婚哪。

乙：那怎么我媳妇还哭哇？

甲：这叫"离娘泪"，表示你媳妇舍不得父母的养育之恩。

乙：这还有讲究？

甲：那是，中西合璧嘛。

乙：您还真行。

甲：你就不能穿礼服了，你得来一身中式服装。

乙：哦。

甲：头戴瓜皮帽，身穿长衫马褂。

乙：这是什么打扮哪？

甲：哎，典型的中式服装。然后，您和新娘手牵着手步入教堂。

乙：我们这模样还进教堂呢？

甲：那是啊，中西合璧嘛。两旁奏起婚礼进行曲……

乙：是啊？

甲：（学鬼子进村的音乐）

乙：好嘛，鬼子进村了。这都像话吗？

甲：我不知道应该是什么调。

乙：那就别瞎说呀。

甲：由我特意请来的神父为你们主持婚礼。

乙：还请神父了？

甲：业余的。

乙：这还有业余的？

甲：解放前是跳大神的。

乙：好嘛，这都请的是什么人哪？

甲：典礼完毕，出了教堂坐上加长凯迪拉克直奔大礼堂。

乙：您等会儿，我们的婚礼怎么还上大礼堂啊？

甲：五百多桌酒席，哪儿有这么大酒楼啊？再说了，你岳父爱吃农家特色菜，干脆包个大礼堂。那酒席办得，像宴会一样。光汤就上了六道。

乙：六道汤？

甲：怕大伙吃不饱。

乙：灌水饱啊？

甲：这就叫讲究。

乙：没这么讲究的。

甲：先让新娘子把婚纱都脱了，换上旗袍。

乙：那孝袍子赶紧脱了吧。

甲：嗬，新娘子换上旗袍更是娇艳动人，头上……

乙：停！您别介绍了，再介绍不定又说出什么了。

甲：新娘咱就不提了。咱就说说来的亲友，不计其数啊。大伙听说，“怎么着，总经理的女儿要结婚。这咱得看看去呀”。开着车，拉着东西就来了。

乙：瞧这排场！

甲：来的都是你岳父的手下。

乙：是吗？

甲：有常经理。

乙：哪个常经理？

甲：常行贿。

乙：好嘛。

甲：一块儿来的还有宋主任。

乙：叫……

甲：宋礼。

乙：对，这俩是一块儿的。

甲：还有白厂长他们哥儿几个。

乙：都有谁？

甲：白吃、白喝、白拿、白要、白说、白话。

乙：瞧这哥儿几个怎么凑的。

甲：还有你岳父生前最好的俩朋友。

乙：谁呀？

甲：谭乌（贪污）谭董，付拜（腐败）付总。

乙：好嘛，一个贪污一个腐败。

甲：还有你们家亲戚，小刘。

乙：叫什么？

甲：刘虚（溜须）呀。

乙：好嘛，瞧我老丈人认识这人儿！

甲：这帮人都和你岳父不一般啊。

乙：是啊？

甲：没你岳父，常行贿能当经理吗？

乙：那倒是。

甲：宋礼能当主任吗？

乙：也是。

甲：没你岳父，白厂长他们厂里的钢材哪儿弄去？谭董、付总公司里的伪劣产品推销不出去怎么办？

乙：好嘛，那他们是得来。

甲：不仅来，还带了很多贵重礼品。

乙：都有什么呀？

甲：谭董送你一套高级家庭影院。

乙：哟，得两万多块钱哪。

甲：反正是公家掏钱呗。

乙：那这怎么入账啊？

甲：这你就不懂了，账本上别写家庭影院哪。

乙：那写？

甲：写职工养老保险。

乙：哦，假账啊？

甲：喊什么喊，做假账有喊的吗？

乙：那还有什么？

甲：付总送的金银珠宝首饰。

乙：准便宜不了，这回账上写什么？

甲：房屋补贴。

乙：真有办法。

甲：白厂长送的是一套红木家具。

乙：得三万多块呀！这回写？

甲：丧葬费。

乙：啊？

甲：你岳父一看这些礼品就别提多高兴了。

乙：那是，能不高兴吗？

甲：你岳父高举酒杯致欢迎辞。

乙：嚯，看这意思我岳父还挺能说。

甲：好嘛，你岳父那可是太能说了。就你岳父那口才，一般人就没法比，到处去做报告、做总结，布置工作，大会小会地开，一讲就是俩小时。什么国际的、国内的、今年的、去年的、地球的、宇宙的、银河系的，没有你岳父说不到的。对上是能吹能拍，对下是能哄能欺。就你岳父那口才，去干脱口秀都富余。

乙：好嘛！我岳父开会这是讲的什么内容啊？

甲：内容？

乙：啊。

甲：没准儿。

乙：好嘛，瞎白话呀。这么多会他参加得过来吗？

甲：哎，那有什么的了，有人给安排呀。

乙：谁呀？

甲：你岳父的秘书呀。你老丈人光女秘书就好几个。

乙：什么好几个？一共就6个。

甲：那是在编的。

乙：啊？要这么多女秘书干什么？

甲：哎，6个女秘书，一星期里每天换一个地跟着你岳父。

乙：6个？那还差一天呢。

甲：哎，那天你丈母娘顶着。

乙：啊？

甲：致完欢迎辞，来宾入席就餐。五千块钱一桌的酒席，你就吃去吧。

乙：都有什么菜呀？

甲：都是高级酒水，上等的佳肴。各种名酒，喝。什么茅台、五粮液、人头马、威士忌。各种名菜，吃。什么熊掌、鱼翅、龙虾、鲍鱼、象拔蚌、鹿鞭、猩猩唇、鲤鱼须、鸟舌头、猴子脑、毒蛇胆、犀牛的犄角、河马的脚后跟。

乙：这都什么乱七八糟的。

甲：嗨，什么好吃吃什么呗，反正公家花钱。

乙：这也公家花钱？

甲：那是，大笔一挥。

乙：写的是？

甲：污水治理。

乙：呸，不吃了。这脏不脏啊？

甲：你管他写什么呀，反正吃的是菜不就完了吗？

乙：废话！

甲：来宾是足吃足喝。

乙：不吃白不吃啊。

甲：大伙正吃着尽兴呢，检察院来人了。

乙：检察院来人干什么？

甲：送来传票了，有一桩特大经济案传唤你岳父协助调查。

乙：怎么办哪？

甲：你岳父可就着急了。要是检察院查出来我这可是掉脑袋的罪过。

乙：我岳父还真明白。

甲：你岳父心里一起急，再加上刚才吃得太油腻，一口气没上来，当时“哦！”死过去了。

乙：啊？赶紧抢救啊！

甲：有人赶紧打“120”送医院，抢救。把你岳父抬上车，一关车门（学警笛声）“嗷、嗷、嗷、嗷、嗷”。

乙：下来！

甲：干什么？

乙：这是救护车吗？这不警车吗？

甲：这车快！

乙：快也不坐，瘆得慌。

甲：好，好。换救护车，开到了总医院，送抢救室抢救！结果，是医药枉效，你岳父还是没活过来。

乙：死了？

甲：死了。

乙：我的爸爸呀！

甲：别哭！

乙：还不让哭？

甲：光哭行吗？得赶紧办后事。

乙：好嘛，我这婚礼还没结束了，我岳父先死了。

甲：这办后事得讲究，你岳父生前是总经理呀，死了以后能不大办一下风光风光嘛。

乙：都让人检举了还敢大办？

甲：唉，这你就不懂了。要是有人来查你们家的经济问题怎么办？一看你们老岳父当了总经理以后家里怎么这么多钱？到那时你们家就可以说这是给你老丈人办丧事时收的份子。

乙：好嘛，我们家的钱都这么来的。

甲：这还有个名字……

乙：叫……

甲：这叫“洗钱”。

乙：嘿，你还真有办法，不过这谁会白事这一套啊？

甲：我呀。

乙：您会？

甲：没告诉你嘛，红白喜事样样全行。放心啊，你老岳父的白事我办了。

乙：那太谢谢您了。

甲：这没什么。你岳父刚一咽气，我马上叫你大舅子拿饭勺敲上门槛喊。

乙：喊什么？

甲：“爸爸，您放心走……”

乙：这叫“叫道”。

甲：“爸爸，您放心走，择（zhái）好道走，小心有法院的。”

乙：好嘛，法院的追得到那儿嘛。

甲：这不让你岳父放心嘛。

乙：然后呢？

甲：穿寿衣。由里到外都是新的。有背心、裤衩、衬衣、衬裤、毛衣、毛裤、西服，风衣。再给你岳父带着点儿东西。

乙：有什么呀？

甲：有手表。

乙：让我老丈人在那边看着点儿时间。

甲：有钱包。

乙：花钱方便。

甲：棉被。

乙：别让我老丈人冻着。

甲：拖鞋、香皂、洗脸盆、漱口盂、牙刷、牙膏、毛巾被……

乙：停！停！停！我岳父是死了还是进去了？有带这个的吗？

甲：哎，带多点儿以备不时之需嘛。

乙：没听说过。意思意思就完。

甲：对。布置灵堂。

乙：哦。

甲：把“喜”字拆了，换成“奠”。

乙：好么，结婚礼堂这么会儿变灵堂了。

甲：这多方便！

乙：没这么方便的！

甲：别捣乱哪。摆上香案，上边点上素蜡一对、长明灯一盏、贡香三支。中间摆着你岳父的遗像，穿着黑白横道儿的 T 恤，剃着光头。

乙：好嘛，号服，光头，我老丈人还是进去了是吧？

甲：不是，夏天你岳父就爱穿这个，那时候照的相。

乙：没别的照片了是吧？换一个换一个。

甲：好，换一张，换一张。桌子上边放上贡品，苹果、香蕉、桔子、点心，还有你老丈人最喜欢吃的……

乙：什么呀？

甲：窝头、咸菜。

乙：好嘛，就冲我老丈人这吃喝就是天生进去的料，你没完了是吧？

甲：不是。大鱼大肉你岳父都吃腻了。孝子、孝妇穿孝衣，麻衣麻冠，身披重孝。你媳妇那婚纱别扔。

乙：干什么呀？

甲：正好改孝衣。

乙：你就缺德吧。

甲：结婚送的花篮别动啊。

乙：干什么？

甲：红缎带换黑的，改花圈。

乙：我结婚这点儿东西倒是一点儿没糟践。

甲：这该省的地方就得省。

乙：有这么省的吗？

甲：挽联上写："总经理千古！总经理安息！坦白从宽，抗拒从严！禁止吐痰，违者罚款！"

乙：这都什么乱七八糟的？怎么还有"坦白从宽，抗拒从严"？

甲：不是，不是。这后两句是你们家门口儿的标语。

乙：好嘛，我们家也不住哪了，门口儿净这标语。

甲：一张告白条贴在左门首，上写"罪有应得"。

乙：有贴这个的吗？

甲：那是？

乙：贴的是"恕报不周"。

甲：对。你们家为了让你岳父在那边儿过得舒服，还特意找人给你老丈人糊了很多的东西。

乙：都有什么呀？

甲：糊的有洋楼一套，内有客厅两间，卧房四间，厨房一间，光厕所就十好几个。

乙：好嘛，我老丈人光闹肚子？

甲：洋楼外边是两米多高的大墙，上架电网，四角有探照灯，警卫 24 小时全天候地巡逻。

乙：好嘛，改监狱了！

甲：不，就说这房子糊得像。还有呢。

乙：还有什么？

甲：有电冰箱、电视机、电话、VCD、微波炉、洗衣机；歌厅、桑拿院、足疗室。

乙：哎？还糊歌厅、桑拿院干什么？

甲：你岳父生前老去这地方，这一死怕那边儿没有，带几个去。

乙：还真够全的。

甲：还给你岳父糊了200个女秘书。

乙：我老丈人倒老忘不了女秘书。

甲：陪着你岳父呀。不过你丈母娘有个要求。

乙：什么要求？

甲：得糊一个你岳母捎过去。

乙：干吗呀？

甲：你想200个女秘书跟着你老丈人，你丈母娘不放心哪，得盯着点儿。

乙：嘿！我丈母娘这时候还吃醋呢。

甲：还有公章一个、文件一沓、汽车一辆、手机一部。

乙：我老丈人在那边儿还办公啊？

甲：这不怕你岳父在那边儿闷得慌嘛。

乙：没糊个你？

甲：糊个我干什么？

乙：过去给我岳父开车呀。

甲：用不着，那边儿有司机。

乙：您看，到他这不糊了。

甲：念经，超度你岳父。

乙：还请了和尚了？

甲：没有，放的录音带。

乙：真够全的。

甲：磁带往录音机里一放，念起来了。

乙：怎么念的？

甲：好听。"我手里捧着窝窝头，眼泪止不住地流，自从和你分别后，我就走进监狱的楼……"

乙：好嘛，流行歌曲呀？

甲：放错了，放错了。

乙：赶紧换。

甲：换，换，换。放的是全本儿《金刚经》超度亡魂。你们家人是痛哭流涕呀。

乙：唉，难过嘛。

甲：尤其是你丈母娘，哭得那是死去活来呀。"我的老头子呀，嘿嘿嘿……你可死了！"

乙：啊？

甲：不是，"你怎么死了！"

乙：你说清楚了。

甲：反正是哭你岳父啊。

乙：废话。

甲：到了第三天，火化。火化车拉着你岳父走在最前面，后面跟着车队。有奥迪、奔驰、宝马、凌志、伏尔加、桑塔那不计其数哇。排成一字长蛇阵，浩浩荡荡，直奔火葬场。

乙：瞧这排场。

甲：由总医院出发，走四平西道，右拐走南京路，过小白楼、大营门，走大沽路、下瓦房、南楼，沿大沽南路左拐到土城，陈塘庄右拐走洞庭路，过氧气厂往南再走 3 分钟，左拐就到了……

乙：火葬场。

甲：天津市第二监狱。

乙：怎么到那儿了？！

甲：司机走错了。

乙：回去！你非得把我岳父送监狱去不可，是吧？

甲：不是，不是。开车往回走！走洞庭路，到陈塘庄右拐走大沽南路、复兴门、“十三中”、灰堆儿、何庄子、宋庄子，到外环线左拐，过海河大桥、张贵庄，到程林庄路左拐走 5 分钟，再往右一拐这才到了程林庄火葬场。

乙：瞧这一圈绕得。

甲：沿街是放鞭炮，撒纸钱哪。

乙：这叫“买路钱”。

甲：你大舅子坐在车上抱着给你岳父定做的这么大的柏木骨灰盒。

乙：啊？这么大个儿？用得了吗？

甲：不，这里另有机关。

乙：什么机关？

甲：你岳父临终时不是嘱咐你大舅子要藏好了证据吗？

乙：对呀。

甲：那证据放哪也不安全哪，你大舅子灵机一动，哎，就放在你父亲的骨灰盒里最保险。

乙：我大舅子还够贼的。

甲：随你岳父。

乙：好嘛。

甲：所以骨灰盒比别人都大一号。

乙：好放东西呀。

甲：火化后，把你岳父的骨灰盒往陵园里一埋，从此是神不知鬼不觉，万无一失。

乙：太好了。

甲：回家。

乙：回家。

甲：到家你大舅子一想……不行，还得把骨灰盒刨出来。

乙：哎，不是把证据放里了嘛。

甲：证据是放里了，忘放你岳父骨灰了。

乙：去你的吧。

相声／

寻找真爱

甲：哎，我问你……

乙：问什么？

甲：人这一生什么最重要？

乙：嗯……

甲：好好想想！

乙：（笑）这还用想吗？钱啊！

甲：哦，一点儿不假思索，痛快！

乙：那当然了，有了钱，是想吃什么吃什么，想喝什么喝什么，想玩什么玩什么，想干什么干什么，对吗？（带有坏意地大笑）

甲：打住！我在你眼里看见了两个字！

乙：哪俩字？

甲："龌龊"！

乙：嗨！人这一生就是钱最有用，谁不喜欢钱啊！

甲：我就不！

乙：你傻呀？

甲：您说这人都怎么了，张口闭口都是钱、钱、钱，就认得钱了。有了钱了就一定会幸福吗？我认为健康快乐的生活才是最重要的。人生苦短啊！一晃儿，你说没就没了。

乙：谁呀！

甲：人这一辈子不容易，得过得有意义，钱是为人服务的，人不能成了钱的奴隶。现在钱在你的眼里就是吃、喝、玩、乐。像你这种人我送你一个字：俗！两个字：太俗！三个字：太太俗！

乙：我成太太啦！

甲：你要是明白了人生什么是最重要的，你非得等到一晃儿的那天。

乙：好嘛！

甲：您说他这种人跟我怎么比？他是视财如命，我呢，视金钱如粪土，咱不在乎钱啊，我拿钱不当回事，钱对我来说……

乙：哎！这谁的十块钱？

甲：哪儿了，哪儿了？可……可……可能是我的。

乙：呸！你还在这夸夸其谈呢！像你这种人我也送你一个字：装！两个字：太装！三个字：太太装！

甲：我也成太太啦！

乙：还说我呢！

甲：欸，我这是怎么了？哦，我是近墨者黑啊！

乙：嘿！

甲：我得离他远点。

乙：我也离你远点吧！

甲：真格的，现在，不认钱的人，是越来越少了。

乙：是啊！十块钱还抢呢！

甲：你就别提这段儿了！

乙：本来嘛！

甲：现在尤其是女的，最认钱啦！

乙：哦？

甲：如今，想找个追求真爱的女性太难啦！我很难想象，两个拜金主义、特物质的人走到一起会是什么样子？

乙：我知道什么样子。

甲：什么样儿？

乙：俩人一块儿抢那十块钱呗！

甲：没完了是怎么着！

乙：我听出来了，你是在找对象！

甲：你怎么知道的？

乙：看你这意思就是。

甲：算你说对啦！

乙：这不好事儿嘛！干嘛愁眉苦脸的？

甲：是啊！你肯定觉得这事儿高兴啊！

乙：这事儿当然高兴啦！

甲：对呀，你指着娶媳妇发财嘛！

乙：哎，谁说的！

甲：我认为，真爱是不掺杂任何东西的。但是，能这么想的人，现在，都快绝种啦！人家说啊，如今不认钱的人只有两种：一种是不会喘气的人，一种是只会喘气的人。

乙：哦，死人和植物人。

甲：悲哀呀！（手拍着乙）真是悲哀呀！

乙：你拍我干嘛呀！

甲：你有点疑似。

乙：我疑似？

甲：对啦！

乙：怎么呢？

甲：你和你嫂子结婚的时候，是不是图人家……

乙：打住！我和我嫂子结婚？

甲：不是不是，你和嫂子结婚。

乙：欸，你说清楚了。你们家都这么搭配呀！

甲：不是不是，你和嫂子结婚，和嫂子结婚……

乙：去！

甲：你和嫂子结婚，是不是图人家有钱？

乙：你嫂子连工作都没有，她能有钱吗？

甲：那……那你就图人家漂亮？

乙：就你嫂子那模样儿还漂亮？这么高，这么宽，那天我们一块儿逛街，走累了，坐马路边儿歇会吧！过来个大爷，可能眼神儿不太好，一指你嫂子："小伙子你行李箱倒啦。"

甲：咳！

乙：你说这叫漂亮吗？

甲：这是不怎么样。

乙：再说，你嫂子漂亮不漂亮，有钱没钱，我都不图！

甲：嘿！你终于明白爱情的真谛了。

乙：咱觉悟高啊！

甲：没错！看来啊，主要还是嫂子内在美。

乙：咳，不是因为她。

甲：那因为谁？

乙：她爸爸。

甲：她爸爸？

乙：对。

甲：她爸爸干什么的？

乙：银行行长。

甲：呸！我看你到死也明白不了啦！

乙：咱不得图一样嘛！

甲：我要早知你这么认钱，就把我们门口儿那“钱姐”介绍给你了。

乙：哦，她们家有钱？

甲：太有钱啦！

乙：真的？

甲：啊。

乙：（笑）现在也行。

甲：你不结完婚了吗？

乙：离啊！

甲：欸，离！

乙：（笑）我不得图一样吗！

甲：好！嫂子算瞎了眼啦，怎么找了你了呢！

乙：嗨！你就说她们家趁多少钱吧！

甲：到底有多少钱不知道，反正每次去她家，屋里、地下，都是钱。

乙：嚯！家里干什么的？

甲：小买卖！

乙：就这还小买卖呢？

甲：每年四月初最挣钱。

乙：哦，四月初最挣钱？

甲：欸。那阵儿那钱都数不过来啦！

乙：哦，钱都数不过来啦？

甲：对，还都是大票儿。

乙：多大的？

甲：要多大有多大。

乙：啊？

甲：那钱海了去啦！

乙：有时，是不是还有金元宝？

甲：嗯，赶巧了有。

乙：您看，是不是四月四号和五号生意最好？

甲：哎！你怎么知道的？

乙：清明节卖烧纸的！这谁不知道？

甲：啊，对呀！人家是靠卖烧纸发的财。

乙：行啦行啦，甭解释啦！

甲：人家真有钱哪！

乙：什么呀！你拿我开心是吧？像话吗？

甲：不是不是，我这不是找不到对象急得吗！

乙：好好好，我理解你行吗？

甲：（笑）哎，你妹妹最近有男朋友了吗？

乙：干吗？你就别惦记着了，追她的人论筐抬。

甲：呵，什么论筐抬呀！不就有三个追她的吗？

乙：啊，三个还少呀？

甲：你不是说论筐抬吗？

乙：再说啦，这三个，哪个都比你强。

甲：强什么呀！不就是一个是姓胡的导演，胡（糊）导吗！

乙：胡（糊）导！

甲：一个有点儿名的那记者，名记（妓）。

乙：名记（妓）！

甲：还一个是那个姓牛的编辑，牛……

乙：打住！

甲：干吗？

乙：有你这么说话的吗？

甲：这么说不简单嘛！

乙：这多难听啊！又是胡（糊）导啊，又是名记（妓）呀，最后还牛……像话吗？！

甲：行行行，不就这仨吗？

乙：这仨，人家有钱啊！

甲：那不也都完了吗？

乙：废话！他们都骗我妹妹。尤其那胡（糊）导——嗨！我也胡（糊）导啦！

甲：他骗你妹妹什么啦？

乙：他骗我妹妹岁数。

甲：咳！我知道。

乙：还是的。

甲：不就是那天，你妹妹看见胡导身份证了吗。

乙：对呀！

甲：上面写着一九七四年出生，今年五十。

乙：啊，比我妹大二十，你说能不跟他完吗？

甲：你妹妹不是嫌他大，是嫌他小。

乙：啊？那他说多大我妹才和他搞的？

甲：七十。

乙：啊？我妹脑子进水啦！

甲：你不懂，要是七十多，那就是秋后的蚊子——嗡嗡不了几天啦！哪天“嘎嘣”了，那遗产不都是你妹的？可实际他才五十，身体还特棒，要跟了他，说不定你妹还“嘎嘣”他前头呢！

乙：嘿！还是我妹妹想得周到。

甲：好嘛，这叫周到！

乙：这叫（摇头晃脑）有其兄必有其妹呀！

甲：别晃了，再晃就澥黄儿啦！

乙：我是鸡蛋啊！

甲：您说想找个不爱钱、追求真爱的怎么就这么难呢！

乙：关键是这钱它有用啊！

甲：哎！有一天，偶然在电台听见一个关于未婚女性择偶的调查访问！

乙：都访问什么啦？

甲：主持人说，当今这个社会，人和房哪个更重要？

乙：啊？

甲：结果大部分女性认为房子重要！

乙：那当然了。

甲：我听完以后，心“唰”的一下子，就像跌到了谷底、万丈深渊。

乙：好嘛！

甲：买股票被套牢，赔过钱的朋友，都能体会到我当时的心情。我深深地感慨，现在的女的怎么都这样呢！我深深地感慨啊……

乙：哎，我说……

甲：我感慨啊……

乙：我说……

甲：我感慨……

乙：停！你没完了？！

甲：我真的很感慨。

乙：好好好，我先问你个问题。

甲：啊？

乙：没房吧？（嘲笑）

甲：管得着吗！

乙：我一猜就是，要不他感慨呢！

甲：听我说呀，电台主持人还没说完呢！

乙：还说什么啦？

甲：他说大部分女性认为房子重要

乙：这不一样吗？

甲：但人是更重要的！

乙：这主持人说话大喘气。

甲：听完这句，我是热泪盈眶啊！一股热浪涌上心头，"唰"的一下，从谷底又回到了山顶。

乙：好嘛，这心脏受得了吗！

甲：牛市来啦！（大笑）

乙：行啦行啦！肯定是没房，至于的吗！

甲：这次经历又给了我敢于追求真爱的信心。

乙：哦。

甲：大多数的女性，还是把人放在了第一位。

乙：是啊？

甲：不是都像你妹似的。

乙：你提我妹干吗！

甲：我问你个问题。

乙：什么问题？

甲：如果世界上只剩下两个女人了……

乙：咱一人一个？

甲：咳！这都哪的事啊！

乙：这不分分，不都浪费了吗？

甲：好嘛！这像话吗！

乙：那……

甲：如果世界上只剩下两个女人了……

乙：都给你行吗？

甲：欸，都给我干吗呀？

乙：那你说怎么办呢？

甲：你就别打岔啦！

乙：我没打岔呀！

甲：你听我说！

乙：好好好。

甲：如果世界上只剩下两个女人了，一个美若天仙，但是心肠恶毒；一个心地慈善，但是长相有点像车祸现场。你说，你会选择哪个？

乙：我……我……我哪个也不选。不是，您瞧我这个命！

甲：就这问题，我问过我们邻居二哥。

乙：哦，那他选谁？

甲：二哥二话没说就选那“车祸现场”啦！

乙：这二哥是够二的。

甲：二哥说，人要看内在，而不是外表，只要人好，就算她再丑，他也愿意！

乙：嘿！你别说还真有境界高的。

甲：不过，二哥也有点儿缺陷。

乙：咳，人无完人。二哥有什么缺陷？

甲：他是个盲人。

乙：盲人啊！我说他选车祸现场的呢！什么也看不见呗！

甲：人家确实注重内在美。

乙：好好好。说了半天，你到底想找个什么样的？

甲：人好的呀！

乙：长相呢？

甲：不重要！

乙：那车祸现场你也能接受？你可什么都看得见！

甲：啊……啊……（装傻的表情）只要车祸不太严重就行。

乙：嘿！

甲：其实我认为，真爱是很简单的，就是两个人在一起很快乐，很开心，一见面的笑是发自内心的。哎！说了，你这种人，也不懂。

乙：谁不懂啊！

甲：后来，我们邻居那二哥说给我介绍一个。

乙：就那车祸现场。

甲：咳！车祸现场都成二嫂子啦！

乙：哦，是啊。

甲：二哥说，给我介绍的这个女朋友，一不图钱，二不图房，一辈子都能和我开开心心、快快乐乐的！

乙：哦，一辈子都能和你开开心心、快快乐乐的？

甲：对啦，而且她还一见我就乐，乐起来没完没了。

乙：哦，一辈子都能冲你乐。

甲：对。

乙：这回你可找到真爱啦？

甲：可不是嘛！

乙：这人在哪儿了？

甲：安定医院！

乙：精神病啊！

相声

并非讽刺受害人

甲：呦，老赵，在这儿碰见了，你好啊！

乙：你好啊，老猴儿。

甲：怎么说话呢？谁是老猴儿啊？这才几天没见，你就不知道我姓什么啦？谁姓侯啊？

乙：咳，我这不跟你开个小玩笑吗，你不是逢人就吹："我啊，聪明，粘上毛比猴儿还精啦！"

甲：那我就改老猴儿了？规规矩矩喊我。

乙：是，老毛。

甲：我说你有病吧？

乙：咱哥俩这不是关系好嘛，我好逗。

甲：谁跟你关系好啊！咱俩认识这么多年了，你就是气人有笑人无，这刚一见面你就拿我开心，持续网暴我们逗哏的。

乙：我这算网暴啊？

甲：反正你就是经常挖苦我。

乙：不是我挖苦你，咱俩作为搭档，我这是关心你，做事不能盲目自信，别总毛毛躁躁的不靠谱。

甲：不靠谱？咱是谁呀，粘上毛比猴儿还精，能干不靠谱的事？

乙：您看了吗，说着说着他又吹上了。

甲：谁吹啦，远的不说，就拿刚才这件事来说吧，我就特别靠谱。

乙：什么事啊？你说说。

甲：知道电信诈骗吗？

乙：你被电诈了？

甲：我被电诈？咱是谁呀，粘上毛比猴儿还精……

乙：就这句熟。到底什么事？

甲：我是说你，电信诈骗案件你知道吗？

乙：太知道了，现在咱们国家高度重视电信诈骗犯罪，进行全民宣传防范。严惩电信诈骗犯罪和一切的帮助信息网络犯罪活动罪，简称为帮信罪。《刑法》修正案（九）增设帮助信息网络犯罪活动罪，针对明知他人利用信息网络实施犯罪，为其犯罪提供互联网接入、服务器托管、网络存储、通讯传输等技术支持，或者提供广告推广、支付结算等帮助的行为独立入罪。

甲：哟，看不出来，你还一套一套的。

乙：这叫什么话呀？现在我们小区社区民警天天入户宣传，提醒居民避免上当受骗。

甲：对，刚才我接了个电话，就跟电信诈骗宣传防范有关。

乙：哦，招募咱们相声演员宣传电信诈骗防范？

甲：那还用招募咱们？你看看现在各大网络平台上宣传电信诈骗防范的短视频里，那辅警和民警才艺，组织个春晚没问题。

乙：这倒是。

甲：这次有重大改革。

乙：什么改革？

甲：（咬耳朵嘀咕）

乙：你留神我耳朵，嘀咕什么？就在这说呗。

甲：嘿……就是采取了一种逆向思维，铺天盖地宣传容易思想疲劳产生麻痹，这次反其道而行之，准备招聘一部分人员进行全民模拟测试。

乙：电信诈骗还能模拟测试？

甲：那当然了，招聘的这批测试人员负责模拟电信诈骗犯罪分子套路，随机给手机用户拨电话，检测他们的防骗能力。

乙：那要人家不上当呢？

甲：那是检测成功，皆大欢喜。

乙：要是不小心上当了呢？

甲：那就得有小的惩罚了。

乙：怎么个惩罚？

甲：就是按照被骗金额百分比，百分之一那部分，给检测人员。

乙：哦，就是比如说，你负责检测对方，人家上当损失了多少钱，你从中提成百分之一。

甲：那百分之九十九还退回去呢。

乙：废话，你不退回去，先把你当骗子抓了。这谁出的馊主意？

甲：这怎么叫馊主意呢？没有教训就不会警惕，百分之一的损失达到记住百分百的教训，这多合算。负责检测的人员还能有工作提成，利国利民。

乙：没听说过。

甲：你当然没听说过了，现在还是保密阶段，马上公布，我就要报考了。

乙：你报考？

甲：对呀，我在这方面有特长。

乙：嗯，也是，你长得就像骗子。

甲：对……谁呀？你这是羡慕、嫉妒、恨。

乙：我嫉妒什么呀？

甲：咱是谁呀，粘上毛比猴儿还精，搞测验必须脑子反应快，我就具备这个素质。不信咱俩在这儿试验一下。

乙：你的意思是模拟表演一下测验？

甲：对呀，我给你上一堂生动的电信诈骗防范宣传课。

乙：行啊，我准上不了当。

甲：我准让你上当。

乙：来吧。

甲：打电话，（作打电话状）"嘟嘟嘟……嘟嘟嘟……嘟嘟嘟……"你倒是接电话呀！

乙：我小灵通停机了。

甲：现在还有用小灵通的吗？我打的是你手机。

乙：手机忘单位了。

甲：那我打你们家座机。

乙：我出去躲躲……

甲：回来！捣乱是吧？赶紧接电话。

乙：接电话你也骗不了我。

甲：（作打电话状）“嘟嘟嘟……”

乙：（作打电话状）“喂？”

甲：（南方口音）“喂，我是××派出所民警……”

乙：“您这口音不像×地民警呀？”

甲：（南方口音）“我是外地人，调到×地工作的。”

乙：“哦，那难怪了，那我问问你吧，咱们《刑法》有多少条多少款？《治安处罚法》有多少章多少节？《人民警察法》是哪年颁布实施的？说对了，你是民警，说错了，你就是骗子。”

甲：有问这个的吗？

乙：哎，我媳妇就是派出所的民警，我得问问你呀，确认下身份。

甲：合算我这电话打到警察家属那儿去了。不带这样的，你就是一个普通市民。

乙：这电信诈骗也挑服务对象是吗？

甲：你现在就是一个普通群众。

乙：行，来吧。

甲：“嘟嘟嘟……”

乙：“喂？”

甲：“喂，恭喜您成为《爸爸去哪儿了》幸运观众，您将获得我们十万元奖金……”

乙：“哦？我中奖了？十万块钱？”

甲：“对。”

乙：“等会儿，你们这是什么节目来着？”

甲：“《爸爸去哪儿了》。”

乙：“谁去哪儿了？”

甲：“《爸爸去哪儿了》。”

乙：“谁？”

甲:“爸——爸!”

乙:“哦。”

甲:你占便宜是怎么着?

乙:“到底是谁去哪儿了?你再说一遍。”

甲:我说你没完了!“告诉你记住了,我们这是一档综艺节目,名字叫《爸爸去哪儿了》。”

乙:一听就是骗子。

甲:怎么呢?

乙:现在还有这栏目吗?

甲:呦,我把这茬儿忘了。

乙:哼,就你这点儿能耐,我上不了当。

甲:你等着,还没完呢。

乙:来呀。

甲:“嘟嘟嘟……”

乙:“喂?”

甲:(学女人)“喂,我叫金莲,我嫁给了一个大老板。”

乙:“金莲?那你长得漂亮不?”

甲:“不漂亮能嫁给大老板吗?”

乙:“是大眼睛双眼皮吗?”

甲:“对。”

乙:“有酒窝吗?”

甲:“有。”

乙:“个子高吗?”

甲:“高。”你有完吗?话怎么这么多呢?

乙:我最近不正尝试逗哏呢嘛。

甲:别捣乱,听我说。

乙:你说呀。

甲:“我丈夫是大老板,但是他肾亏不行,希望你帮一下我。”

乙:“帮你什么呀?”

甲:“帮我圆一个做母亲的梦。事成以后我给你五百万元。”

乙:“听懂了。就是你给我五百万,我帮你圆一个做母亲的梦?”

甲:“对喽。”

乙:“你不是骗人吧?”

甲:“我怎么会骗你呢?肯定的。”

乙:“那好,你把钱打过来吧,我现在就能满足你”。

甲:“现在?”

乙:“妈!”

甲:走!我感觉我被骗了呢。哎,我就不信了。你再接电话!“嘟嘟嘟……”

乙:“喂?”

甲:“先生你好,我在台湾有250亿新台币的资产被冻结了,我人在内地回不去,现在只要你转500块钱作为流动资金,我就转解冻账户。如果你今天帮了我,我回去就报答你,我给你38亿新台币。建行1234567890,蒋干,这是我秘书的卡号,打款以后给我讲一声,我好派飞机来接你……”

乙:“其实呀,我是秦始皇,我吃了仙丹并没死,我在西安埋了100亿吨黄金,我现在只要100块钱来解冻我西安的黄金,你微信或支付宝转给我都可以,转过来之后,我让你在台湾说了算。”

甲:你把我思路都打乱了。

乙:得了吧你。就你这套路和智商还搞测验呢?你自己不上当就不错了。我告诉你,从一开始你跟我的测验,你就得输,知道为什么吗?

甲:为什么?

乙:有提前告诉对方是测验,然后再行骗的吗?

甲:唉——这个问题很尖锐呀,我怎么没想到呢。

乙:告诉你,就即便你不提前告诉我,我也上不了当。因为我们社区民警在宣传时候说了,针对电信诈骗有几个灵魂“拷问”。

甲:那你说说,有哪些“拷问”?

乙:刷单前问问自己,动动手指就能赚钱的好事,为啥能轮到你?网恋前问问自己,人美声甜的小姐姐,温柔帅气又有钱的小哥哥,为啥还需要网恋？收到逮捕令时问问自己，抓人还需要提前通知，警察是不是觉得自己太闲，怕坏人跑路跑得不够快？裸聊前问问自己，自己那身材值不值得美女与你“坦诚相见”？网贷前问问自己，无抵押还免息，对方为啥不直接送钱给你？点陌生链接前问问自己，查信息就查信息，为啥还要下载一堆东西？理财前问问自己，战无不胜的投资大师，为啥要苦口婆心帮助非亲非故的你？给领导转账前问问自己，用私人微信公然收受巨额资金，领导是不是嫌他的官儿干得太久了？

甲：好，说得太好了。

乙：记住了，便宜就是当，只要不贪心，上当的几率就会远离你。天天别总异想天开，就你还测验别人有提成呢，你先说说这消息谁告诉你的吧。

甲：就刚才，公安局给我打的电话，我还给他们转了五百块钱报名费呢！

乙：啊？你就是那个被骗的！

三人双簧

同学聚会

甲：主持人刚才说了，咱仨人表演一段双簧。

乙：好。

丙：这种表演可新鲜。

乙：咱就来回新鲜的。

甲：我在前边表演。

丙：我俩在后边发声。

甲：前边看我的行动表情。

乙：后边听我俩的各种声音。

甲：那今天咱表演什么呢？

乙：咱表演一段同学聚会。

丙：好，咱开始。

乙：开始！

（乙、丙蹲甲身后）

甲：哎，我说，咱现在表演双簧可得出新。

（乙、丙站到甲旁）

乙：对呀，太陈旧了观众不爱看。

甲：来。

乙：好。

（乙、丙蹲甲身后）

甲：哎，我说，这内容也得新！

（乙、丙站到甲旁）

丙：那当然啦！

甲：咱们得统一喽。

丙：可以，可以。

（乙、丙欲蹲甲身后）

合：哎。

乙：没完啦！我看你就够旧的，你这种表演就是老双簧里的形式，成心折腾我们，叫我们蹲下起来，蹲下起来……

甲：我这是事先警告你，要不然，你来老一套，我一拍醒木，就不能动了，就全得听你俩的，不是叫我把灯泡瞪憋了，就是叫我咬手指头。

乙：放心我一不叫你瞪灯泡。

丙：二不叫你咬手指头。

甲：好。

乙：我叫你把鼻子揪下来！

甲：你更缺德！

乙：跟你开玩笑，咱不来老一套。

甲：好，开始吧。

乙：开始。

（乙、丙蹲甲身后，天津话）

乙：【班长】要说演双簧，我不是头一回，今天演点嘛呢？哎！说段同学聚会。稀里里里，哗啦啦啦，稀里哗啦，稀里哗啦，我的电话，我的电话，我不接电话，不接电话，不接电话，我要接电话，我就是蛤蟆！

甲：你才是蛤蟆呢，这叫什么词儿啊？！

（乙、丙站在甲旁）

乙：这是你手机的彩铃声。

甲：我怎么设这么个倒霉的彩铃呢。

丙：我哪知道哇。快接电话吧。

甲：这蛤蟆我还当定啦！

（乙、丙蹲甲身后）

乙：【班长】喂，我是蛤蟆！

甲：我还承认啦。

乙：【班长】你是哪位？噢，小耗子呀。嘛事？同学聚会呀，干吗问我呀？

噢，我是班长，嗐，那是二十年前的事啦。什么？我永远是你们班长？那我得当到什么时候哇？当到咽气为止。嗬！讹上我啦！不是聚会嘛，咱还和去年一样，时间地点全不变，好，我通知人……哎！哎！喂！好么，撂啦。哎呦，对啦，我手机丢了，通讯录没了，我怎么通知……嘿，多亏我有个备份。（掏出通讯录，看）嗯，我先给小红果打（小红果，女，甲的相好），她跟我最好了。上学的时候，她是我的同桌儿，这些年我们一直是藕断丝连，亲密无间……什么？婚外恋！别瞎说，她老公是拳击教练。一提他，我这脑门子就疼，哎哟哟哟喂！哎哟哟哟喂！哎哟哟哟喂！哟哟哟，哟哟哟……

甲：你还有完吗？

乙：谁叫你不安分的！

甲：我可什么都没干。

丙：那打电话吧。

（乙、丙蹲甲身后）

乙：【班长】她的电话是11111111111。

甲：我还接着哎哟哇？

乙：【班长】干脆，我先给电线杆子打吧！

（乙、丙站到甲旁边）

丙：电线杆子能接电话吗？

乙：这是外号，他们同学全有外号。

甲：瞧我们班这风气。

（乙、丙蹲甲身后）

【以下人物，由乙、丙轮流换演】

丙：你接着打电话吧！

乙：【班长】我再找个电话，噢，就是他啦，爬爬，电话号码是18888888888……

甲：停！我哪儿这么多爸爸？我换个人吧！

乙：【班长】不能打，给他打电话，多找几个爸爸。我，给小崩豆打，他一崩一崩就通知啦。崩豆电话是14614145146，听着真别扭！喂，崩豆，我告诉你……什么？我是谁？你听不出来？我是蛤蟆！对！你按去年咱聚会的时间地点，告诉大伙儿，今年跟去年一样，哎，告诉你，点菜可别点牛蛙，废话！那是我大哥！就这样了！拜拜！

乙：【班长】这时间最快了，噌！就到了那天了。我第一个到的，接着全来了，哎，哎，你好，你好！什么蛤蟆！蛤蟆有活二十多年的吗？你才蛤蟆精呢！

丙：【公鸭嗓，男，外号鸭蛋】我提议为了怀旧，咱今天都叫外号！

乙：【囊鼻儿，男，外号鼻子】那我可叫你鸭蛋了。

丙：【公鸭嗓，男，外号鸭蛋】鼻子，随便叫，你把鸭蛋编成歌儿唱，都没关系。来，小金桔儿，坐我这来。

丙：【大嗓儿，男】凭吗？！上学的时候我就跟桔儿挨着。

乙：【结巴嘴，男，外号磕巴】那你是为了考试的时候好抄金桔儿的。我纳闷儿了，你们俩怎么没到一块儿呢？

乙：【娇滴滴，女，小金桔儿】磕巴，你可别瞎说，就凭我这如花似玉的模样，能跟他吗？瞧他长得那模样，大胳膊、大腿、大脚巴丫儿，小鼻子、小眼、小脑袋瓜儿。身子脑袋整个儿一个大反差！

乙：【磕巴】那你考试的时候怎么叫他抄呢？

乙：【小金桔儿】他不是总偷着给我金桔吃嘛。

乙　丙：【各种不同的笑声和起哄声】

丙：【鸭蛋】哎，哎，同学们注意了，咱班毕业以后一直没断联系的男女同学是谁，你们知道吗？不知道吧！

乙　丙：【不同的声音】谁？谁跟谁？快说呀！谁呀？……

丙：【鸭蛋】一个是咱大班长，蛤蟆……

乙　丙：【不同的声音】跟谁？谁呀？……

丙：【鸭蛋】红果呀，住平房时，他们住前后院，一拆迁他们住一栋楼，天天打头碰脸，还接连不断地，啊……

乙：【鼻子】哎，哎，我说宫里的，哎！太监！公公！你说话留神，红果儿的老公可是拳击教练，去年我叫红果上我家坐会儿，她不去，我拉了她一下，她们那位，过来照我脑门子就是一个直拳，我躺了半个多月。到现在，一阴天我这脑门子就疼。行啦，差不多啦，咱比划吧！

乙　丙:【不同的声音】蛤蟆班长讲两句！

乙:【班长】好，那我开个头儿。(唱天津快板)同学聚会，千杯不醉，同窗友情百年等一回；分别二十年，今天又相会，满桌饭菜还有酒水，开车的同学别喝酒，咱不能违规。咱吃好喝好，畅谈生活美，共同体验公平幸福和谐社会。互相交流，千万别吹，有感而发，随便张嘴，有嘛说嘛，想嘛说嘛，(甲欲回头又紧接，四字一番)认清是非，分辨错对，敞开心扉，掏心掏肺，拿出杂碎！倒出泔水，搬出垃圾，清除煤灰，一堆一堆又一堆，一堆一堆又一堆……

甲:行啦，我有那么大肚子吗？

(乙、丙站到甲旁)

乙:这说明你讲话有水平。

甲:我就这水平啊？快喝酒吃饭吧。

丙:同学聚会主要是说话，不在吃喝。

甲:那也不能浪费呀！喝酒！

(乙、丙蹲甲身后)

乙:【班长】来，几位端起来。

乙　丙:【不同的声音】为了明年再相聚！来，干！

(喝酒的声音)

乙:【磕巴】哎，哎，太太，太监！

乙:【鼻子】说你哪，公公！

丙:【鸭蛋】我怎么啦？

乙:【磕巴】你你你你没干！

丙:【鸭蛋】不就这么一点儿嘛。我喝！

丙:【大嗓儿】谁跟我划两拳？

乙:【鼻子】来呀，谁怕谁呀！俩好哇，五魁手哇！八匹马呀！宝一对！全来了！五魁、五魁、点点！……汽车！洋蜡！我坐！你坐！老虎！老虎！虫儿！鸡！鸡！杠子！虫儿！

乙　丙:【不同的声音】你输啦！喝！你喝！喝！喝！喝呀！喝！

丙:【鸭蛋，醉话】你们知道我不能喝，(哭诉)你们成心灌我呀！(哭)我根本就不能喝呀……

乙:【鼻子，醉话】哎，大红果，别动！（笑说）你怎么俩脑袋？你别晃，晃得我眼晕。（笑说）你可太哏儿啦。（笑）你这脑袋真像红果儿，就是有俩虫子眼儿。（笑）

丙:【小红果，酸溜溜的声音】玩去玩去玩去！这是鼻子眼儿！你再贫！小心我们那口子把你脑袋拧下来！哎！你别动手哇，撒开！

（红果儿打鼻子一个嘴巴）

乙:【鼻子】嗬！（笑）你打我，嗯，挺美……

（二人对话）

丙:【水果】哎，金局，金局。

乙:【金局，山东口音】金桔儿在那儿呢，我是男的。

丙:【水果】我知道，你姓金，现在又是局长。

乙:【金局】错啦！副局长。

丙:【水果】那也是金局呀，哎，金局，快过节啦，你们那怎么也得要我点儿水果呀，来一千箱吧。

乙:【金局】你想叫我倒霉呀！现在是什么时候？借给我俩胆儿，我也不敢哪。

丙:【水果】咱还跟去年一样，给你百分之十五。

乙:【金局】门儿都没有，不行！

丙:【水果】你不讲义气，哼，上学时，你拿铅笔扎我的手，看，现在还有黑点儿呢！

乙:【磕巴】你你别走！糖皮儿！把这杯喝喽！

丙:【大舌头，女，外号糖皮儿】你甭想，你成心灌我呀！送你一个字儿，玩去！

乙:【磕巴】这这是俩、俩字儿！

丙:【糖皮儿】你看行吗？

乙:【磕巴】你没良心！忘了我总给你买糖皮儿啦！

丙:【糖皮儿】送你仨字儿，没安好心！

乙:【磕巴】你听你、你、你这舌头。

丙:【糖皮儿】我“合”头怎么啦？我“合”头怎么啦？

乙:【磕巴】多块肉！

丙:【糖皮儿】都是叫你那糖皮儿烫的！应该叫你赔！

丙:【鸭蛋】大个儿，你站住！你怎么总充熟的呢？

丙:【大嗓儿】都当老板啦，还跟从前一样，没正形！

丙:【鸭蛋】打刚才我就琢磨，啊，我打得过你，打不过你？要有一丁点儿把握，我“叭！”给你个大嘴巴子！

丙:【糖皮儿】我得唱！我要放声高喝！

乙:【磕巴】还高喝？舌舌头都大大啦。

丙:【糖皮儿】(唱)“发”篮儿里“发得儿夯”啊，听我来“江一江”呀……

丙:【大嗓儿】(唱)越来越好，越来越好……

丙:【鸭蛋】(唱)家家都把红旗挂，再来看望你这革命的老妈妈……

乙:【磕巴】吗？妈妈？我是爸爸！

丙:【鸭蛋】一边去！(唱)再过两三年我们来相会，生活更幸福，环境更优美，祖国更富强，公平社会更明媚！

乙:【班长】好！今天的聚会好不好？

乙　丙:【不同的声音】好！不好！时间短！没聊够！没喝居！班长得挨罚！罚！罚！

乙:【班长】好、好、好！我认罚，我打我！(甲打自己脸)

乙　丙:【不同的声音】还得打！

乙:【班长】打！打！打！(甲打自己脸)

乙　丙:【不同的声音】接着打！

甲:我不打啦！

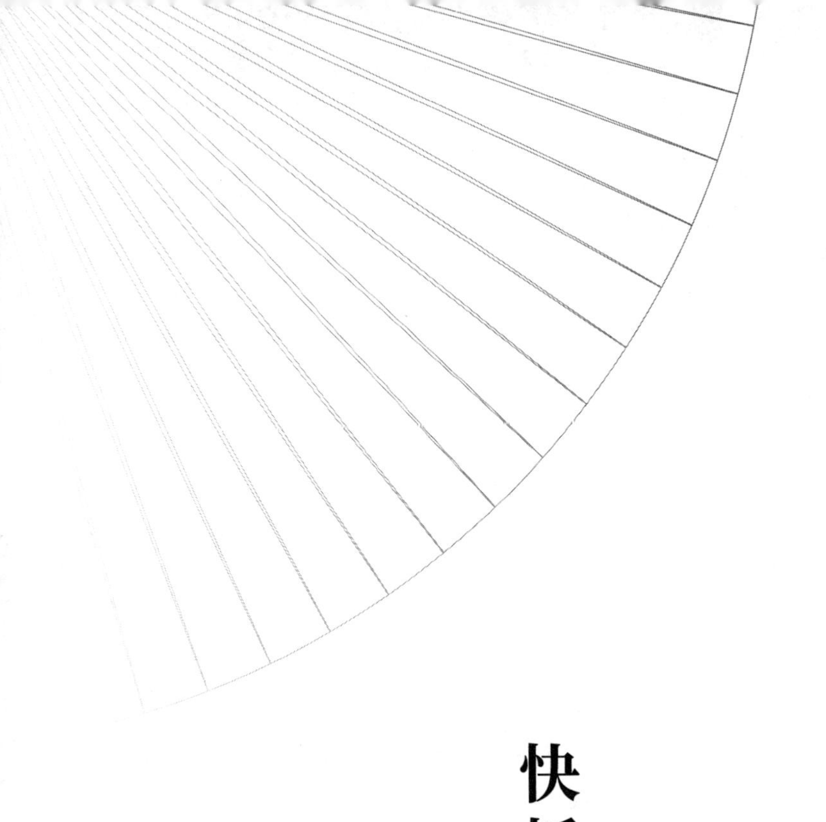

快板篇

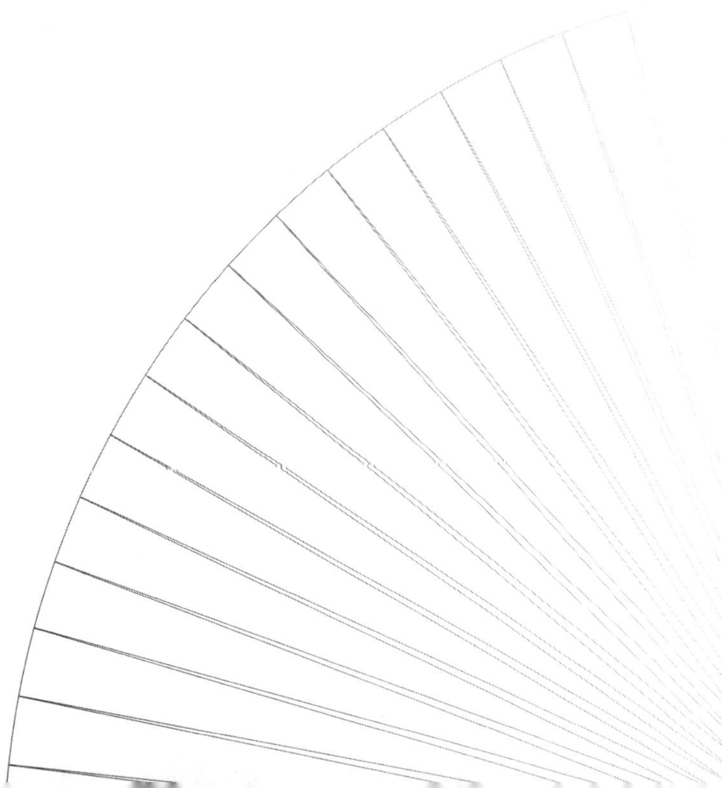

快板 ／

建党百年颂

壮美神州东方红，
镰刀锤头照苍穹。
面对党旗心激动，
光辉岁月忆峥嵘。
那是一九二一年的七月末，
中国共产党，一大会议秘密在举行。
南湖红船，星星之火多温暖，
它是点亮中国命运的指路明灯。
出席代表十三位，
他们投身革命、坚定信仰、满怀激情。
一九二七年，南昌起义枪声响，
红旗招展舞东风。
一九三一年，震惊中外的九一八事变，
日本人烧、杀、抢、掠、丧心病狂发了疯。
蒋介石，搞围剿，
咱们红军战略转移，开始了二万五千里长征。
沿途突破封锁线，
遵义会议指航程。
在延安建立了革命根据地，
军民合力扎下了营。
培养了大批骨干新力量，
他们艰苦奋斗、自力更生。
悲惨的南京大屠杀，小鬼子犯下了滔天罪行。

中国人，面对屠刀无所惧，
冲锋陷阵铁骨铮铮。
平型关大捷，鼓舞士气，
百团大战，打出了勇猛和威风！
地道战，地雷战，
咱们人民抗战灵活机动、大显神通打得日寇发了蒙。
共产党领导的抗日战争得胜利，摧枯拉朽势如虹。
蒋介石搞独裁，他不思和平，发动内战，
共产党不畏强敌，誓要与反动政权作斗争。
三大战役打得好，击溃了国民党的百万兵。
全国人民得解放，祖国统一，百废待兴。
十月一，天安门城楼多雄伟，
毛主席，向世界庄严宣告这一声：
“中华人民共和国、中央人民政府，成立了！”
嘿！九州同庆、祖国山河一片红。
中国人民从此站起来了！
哎！东方巨龙任飞腾！
在共产党的领导下，
中国人民，做出了惊天动地大事情。
抗美援朝惊敌胆，
美帝的霸权主义行不通。
解放思想，真抓实干，
各条战线踊跃出英雄。
钱学森、钱三强、邓稼先、王淦昌，
两弹试验大获成功。
共产党，谦虚谨慎、不骄不躁永葆先进性，
多么伟大光荣正确又英明！
共产党，领导着各族人民团结一致，
指引着中华儿女迈向新征程。

共产党，毛泽东，
周恩来、朱德、陈云、邓小平……
史册生辉丰碑铸，
伟人千古留美名。
红色精神传万代，
共产党人，不怕流血、不怕牺牲、坚韧不拔、顽强奋斗、勇往直前献忠诚。
为人民服务的同志，雷锋、焦裕禄……
是无数楷模中的好典型。
社会主义制度好，
抗震救灾、阻击疫情，无论遇到什么大事都能拧成一股绳。
十八大以来，治国理政取得非凡成就，
全面提高党的建设科学化水平。
喜今朝，科技发展十分迅猛，
社会进步，经济繁荣。
卫星上天九万里，
嫦娥奔月翱太空。
航母出海神威显，
脱贫攻坚促民生。
改革开放四十载，
中国的发展速度世界震惊，噌噌噌地往上升。
新时代，新气象，
反腐倡廉打冲锋。
人民幸福增福祉，
社会和谐又安宁。
一带一路通世界，
多边合作促共赢。
同心共筑中国梦，
建设小康沐春风。
共产党，百年历程丰功伟业，

咱们高歌一曲满豪情。

这正是：

面对党旗情由衷，

声声誓言记在胸。

不忘初心跟党走，

再为人民立新功！

快板／

中国力量

历史长河，洪流滚滚奔腾不息汇百川，
中华民族，千锤百炼巍然屹立稳如山。
有多少，仁人志士碧血丹心昭日月，
有多少，民族英雄舍身报国意志坚。
危难中，自有英雄挺身站，
紧急时，勇士逆行敢当先。
共产党，风雨之中经考验，
历史使命勇承担。
不忘初心向前进，
为人民撑起一片天。
庚子开年风云变，
新型冠状病毒逞凶顽。
武汉疫情最严重，
大江南北都漫延。
党中央，时刻把人民放在心中最高点，
及时就把这个号令传。
坚决打赢这场阻击战，
战胜瘟疫保安全。
冲锋号角震天响，
全国人民总动员。
千军万马齐上阵，
冲向抗疫最前沿。
一面面战旗迎风展，

一颗颗红心紧相连。
一封封书信来请战，
一股股激情熊熊燃。
一团团正气拂人面，
一腔腔热血暖心田。
一声声誓言冲霄汉，
一曲曲颂歌动心弦。
一位位白衣天使奋不顾身上前线，
一个个共产党员舍死忘生冲向前。
他们是，共和国的擎天柱，
他们是，民族脊梁腰不弯。
他们是，南湖游船接力手，
他们是，老百姓的好靠山。
钟南山，八十四岁挑重担，
不怕瘟疫逞凶顽。
带领团队上一线，
深入疫区搞调研。
依靠科学作判断，
迅速截断传染源。
解放军，最勇敢，
危难时，冲在前。
急如火，快似箭，
争速度，抢时间。
风驰电掣到武汉，
日夜苦干破难关。
誓与瘟神大决战，
英雄气概震云天。
各省市，迅速组建医疗队，
奔赴前线来支援。

白衣天使担重任，
冲向疫情最前沿。
不怕苦，不怕险，
不怕累，不怕难。
不怕辛劳身疲倦，
不怕瘟疫把病传。
一片丹心多奉献，
治病救人不停闲。
大爱无疆万民赞，
丰碑高耸入云端。
武汉封城多贡献，
全国人民，都与武汉心相连。
捐送物资又捐款，
颗颗爱心耀人寰。
救援汽车一辆一辆连成串，
救援飞机一架一架划破天。
救援火车一趟一趟不间断，
救援人员一队一队冲向前。
救援轮船一艘一艘劈波浪，
救援物资一片一片堆成山。
献出情，献出爱，
心中有爱天地宽。
捧出挚爱心一颗，
爱的力量大无边。
全国上下棋一盘，
共克艰险排万难。
十天建成千张病床的大医院，
这个重任谁承担？
英雄勇士挺身站，

立军令状大如山。
撸起袖子加油干，
日夜拼命不停闲。
大汽车，嗖嗖嗖嗖汇成线，
挖掘机，嘁嘁嚓嚓把土剜。
大吊车，噌噌噌噌来装卸，
搅拌机，哗哗啦啦干得欢。
指挥哨音嘟嘟嘟嘟响一片，
电焊火花唰唰唰唰闪光焰。
中国速度快似箭，
中国规模真可观。
中国效率举世叹，
中国力量大于天。
现如今，决战已然到关键，
防疫、生产两手齐抓建家园。
总书记，亲自到武汉来指挥，
华夏儿女，深受鼓舞，群情振奋，斗志昂扬人人都把这个干劲儿添。
各行各业拼命干，
开足马力度难关。
顽强拼搏齐奋战，
锦绣山河展新颜。
对内防扩散，
对外防漫延。
中国有担当，
全球装心间。
中国专家奔赴世界各地传经验，
中国物资发往世界各地来支援。
中国人民为世界做出了重大的牺牲和贡献，
世界人民，都把中国来称赞。

中国力量最强大，
能倒海来能移山。
力挽狂澜战瘟疫，
越是艰险越向前。
擎天脊梁挺腰杆，
凌云壮志开新篇。
全国人民手挽手，
华夏儿女肩并肩。
并肩携手开新宇，
众志成城度难关。
风雨过后彩虹现，
天高海阔路平宽。
伟大的祖国伟大的党，
伟大的人民意志坚。
伟大的中华民族复兴强盛不可挡，
伟大的历史洪流滚滚奔腾冲向前。
道路自信，理论自信，制度自信，文化自信树观念，
战胜瘟疫，迎接挑战，砥砺奋进，昂首阔步奔向那小康社会，美好明天。

对口快板

解　救

甲：黄昏已尽天朦胧，
忽然刮起了一阵风。

乙：飞沙走石天色暗，
路上的人们无影又无踪。

甲：有一个女孩风中站，
满脸泪痕哭不停。
“妈妈你在哪里？
妈妈你在哪里？
是不是不要你的小玲玲？”

乙：在这时候，从西边走来人一个，
三十多岁长得不是很年轻。
她走上前去把玲玲叫，
亲亲切切很动听，
“玲玲啊，阿姨带你去找妈妈。”

甲：小玲玲见这阿姨好亲切，
不哭不闹止住了声。
“阿姨呀，你真的认识我妈妈？
你怎么知道我叫小玲玲？”

乙；“啊？认识，认识！
那时你还没出生，
生你时是我送你妈上医院，
小玲玲是我给你起的名。”

甲；小玲玲一听好高兴，

跟着阿姨说细情。
"我爸我妈打了架，
我爸打我妈，我妈打我爸，
我妈劲小，我爸劲大。
我妈打不过我爸，
我妈急了用手掐。
掐急了我爸抓我妈，
我妈输了我爸赢。
我妈输了要带我走，
我爸不放小玲玲。
妈妈走了三天整，
我不见妈妈可不行，
偷着出来把妈妈找，
找妈妈走得两脚疼。"
乙："小玲玲你跟阿姨走，
找到你妈问问她，
为什么要把玲玲扔！"
甲：小玲玲以为遇上大救星，
可哪知道今天碰上的白骨精。
这个人，她是百里走，千里行，
三天一改姓，五天一更名，
真名叫王爱，现在改名冯会英，
她是一个拐骗犯，
拐卖妇女和儿童。
乙：你看她又是欺、又是骗、
又是哄、又是蒙，
六七岁的孩子这哪儿懂。
迷迷糊糊跟她上了路，
过了一县又一城，

这才来到边远山区白花村，
临时居住她的家中。
甲：白花村是一个新据点，
便于买卖妇女和儿童。
村东头，有座大宅院，
大门紧闭门牌看不清。
来到跟前把门叫，
啪！啪！啪！她把大门敲三声。
乙：开门是一个黑大汉，
人送他外号狗二愣。
他是冯会英的姘夫加同伙，
狗二愣见带回一个小女孩，
乐得他大嘴一咧都变了形了。
“干这行就是属你能，
你这才出去几天啊，
就他妈弄回一个小精灵。
你只要把她弄到这，
你的任务算完成。
咱的这项买卖好，
不用材料不加工，
只要有人把孩子养，
咱的生意准兴隆。
你在外面拐，我在家里卖，
这就叫买卖一条龙。”
甲：“这几天外面风声紧，
要快快脱手才能行。”
乙：“我办事你放心，
咱行船从来遇不上顶头风。”
他们俩人正得意，

就听到有人用暗号把大门敲了几声。

甲：狗二愣一听好高兴，

叫了声："亲爱的！

赶紧开门去把客人迎。"

乙：这女的答应一声披上衣服往外行，

她把大门刚刚开了一条缝，

噌！噌！噌！有几个人影往里冲。

"别出声，我们是公安刑警队的。"

说着就把她胳膊拧。

甲：原来是，公安刑警立案来侦察，

把他们罪恶调查清。

公安局长下命令，

马上救小玲玲。

乙：先抓住狗二愣的同伙叫二饼，

二饼低头认了罪，

协助民警要立功。

二饼用暗号叫开门，

在院里抓住了主犯冯会英。

有两位刑警跑西屋里，

把狗二愣七手八脚上了绑绳。

甲：东屋里，小玲玲被解救，

刑警们押着罪犯返回程。

冯会英、狗二愣，

将受到法律审判上法庭。

乙：通过此事给你敲警钟，

生活要太平，好坏要分清。

有困难找民警，

举报请打 110。

大家齐心来努力，

和坏人坏事做斗争。

合：这正是，公安刑警解救被拐女孩一件事，

动人的事迹传美名！

快板书

麻将迷

有个小伙儿叫小徐，
人送外号麻将迷。
打麻将三天三夜不睡觉，
不吃不喝没问题。
他能从晚上打到大天亮，
从早上打到日偏西。
不知道麻将打了多少圈，
屁股磨掉两层皮。
这一天，
小徐又创新纪录，
四天四宿没合眼皮。
麻将色子哗哗响，
你来我往打得急。
他伸手只知道摸麻将，
可脑袋里面儿早昏迷。
只觉得，头发胀，眼发虚，
看啥都是双影儿地。
拿着二万当三饼，
拿着四条当幺鸡。
愣把一百当十块，
稀里糊涂输出去。
来时候兜里带了八千整，
如今只剩一百一。

小徐他一心想捞本，
只可惜点了一炮儿清了皮。
无奈这才回家转，
一路上闹出的笑话更离奇。
他看见了张三喊五条，
见着李四不叫西风就叫风西。
叫得大伙儿都发愣，
叫得邻居直抗议。
小徐一看事儿不好，
这样儿下去闹唧唧。
低头一计有有有，
想了一个办法挺得意。
大伙的模样我难看清，
可分辨男女的轮廓我没问题。
我见了男的就喊舅，
见了女的就叫姨。
不管见谁都长一辈儿，
保证人人都满意。
舅啊舅！姨啊姨！
你们上哪发财去？
叫得大伙儿挺纳闷儿，
都说他嘴上抹了蜜。
就这样儿，一边走，一边叫，
到了家里更甭提。
没脱鞋也没脱衣，
一头钻到被窝儿里。
迷迷糊糊刚要睡，
小徐的老婆把话提。
呦！老公啊！当家滴！

四天四宿没见面儿，

真的让我好想你。

你累不累呀，饿不饿？

想要吃啥我做去。

小徐他睁眼一看是女滴，

冲着媳妇儿就叫姨。

姨呀姨！我的姨！要吃就吃二饼，

实在不行啃幺鸡！

（白）还打呢！

对口快板

天津非遗赞

合：打竹板儿，数来宝，

（白）大家晚上好！首先向观众朋友问声好！

甲：听！台下掌声如雷鸣，

观众朋友真热情。

乙：大家掌声给力点儿，

为的是让咱争气点儿。

甲：争气点儿、亲切点儿，

把气氛搞得热烈点儿。

乙：热烈点儿、火爆点儿，

让观众朋友多笑点儿。

合：多笑点儿、轻松点儿，

大家都变得年轻点儿。

年轻点儿、更美点儿，

朋友们掌声多给点儿。

甲：今天的演唱有主题，

咱唱唱美丽天津的非遗。

乙：你这个题儿、出得哏儿，

一提天津我就来神儿。

天津卫，狗不理的肉包子儿，

皮薄馅肥香喷儿喷儿。

咬一口，满嘴油，

馋得他，口水一个劲儿的往下流。

甲：（白）谁呀？

乙：天津卫十八街的大麻花儿，
人见人爱人人夸。
又香又甜还又脆儿，
人间上品好美味儿。
天津卫耳朵眼儿的大炸糕，
里边儿嫩来外边焦。
吃在嘴儿、甜丝儿丝儿、美滋儿滋儿、香喷儿喷儿、黏筋儿筋儿，
你看你又流哈喇子儿。
甲：（白）去你的吧！
你这人，真没趣儿，
怎么上台光说吃的事儿？
乙：这是天津的三绝宝，
珍品美食好上好。
国家级非遗项目天津产，
享誉世界传播远。
甲：你说吃，我说穿，
衣、食、住、行穿在先。
天津有个老美华，
品牌响亮震天涯。
历史悠久底蕴厚，
紧跟时代潮流最优秀。
百年老店有传承，
风格特色最鲜明。
华服彰显中国风，
工艺制作特别精。
穿在身上靓、美、帅，
民族品牌人人爱。
还有布鞋和皮鞋，
美观舒适真叫绝。

又好看、又跟脚，
穿上它您在幸福路上快步跑。
乙：天津市的非遗项目特别多，
我再继续往下说。
杨柳青绘年画儿，
年画儿就在（这个）墙上挂。
挂了一张又一张，
吉庆有余万年长！
甲：泥人儿张、捏泥人儿，
泥人儿捏得真逗哏儿。
人间百态皆入泥儿，
各式样的人物都传神儿。
有的俊、有的丑，
形象生动、栩栩如生让人爱得不释手。
乙：风筝魏、制作工艺最精细，
百年传承有绝技。
风筝放飞到全世界，
谁见了都得喊声“啷”！
甲：益德成鼻烟儿真不赖，
至今已传至第六代。
让鼻烟为民来造福，
品牌享誉四海五湖，
乙：达仁堂，传承发展了三百年，
丰富了中药文化的百花园。
“达则兼善，仁者爱人”
是个性文化、企业精神。
制作的清宫寿桃丸，
中华名药天下传。
甲：京万红，万能软膏特别灵，

家庭必备享盛名。

乙：隆顺榕，求新、求变、求快、求发展，

“济世寿人，泽及四方”前程远。

甲：同仁堂，中医药传统文化大发扬，

三百年，风雨历程创辉煌。

恪守古训牢牢记在心，

企业文化博大又精深。

“炮制虽繁不敢省人工，

用料虽贵不减物力”精益精。

配方独特、疗效显著享誉海内外，

展现了中华美德与大爱。

合：中医药文化是瑰宝，

享誉全球就是好。

乙：霍元甲，名气大，

霍家拳，扬天下。

日日练拳身体壮，

精、气、神，特别地旺盛、特别棒。

全运会上来展现，

让人看了心震撼。

促进全民健身热，

这非遗成果真不错。

甲：天津非遗面最广，

对世界文化都有影响。

有梆子、有京剧，

品种最多是曲艺。

马氏相声马三立，

语言艺术最精辟。

幽默中蕴含哲理意义深，

什么时候想起都笑喷。

乙：金嗓子歌王骆玉笙，
唱腔委婉真动听。
京韵大鼓创骆派，
艺术享誉海内外。

甲：快板大师李润杰，
唱人、唱情是一绝。
平、爆、脆、美最突出，
创立了李派快板书。

乙：王派快板王凤山，
传承发展高、精、尖。
字字珠玑巧、俏、美，
句句如行云和流水。

甲：天津时调王毓宝，
高歌一曲《春来了》。
京东大鼓董湘昆，
铁片大鼓姚雪芬。
全是非遗传承人，
传承着民族的文化中华的魂。

乙：天津非遗真不少，
各种花会、皇会、鼓会、庙会、灯会、年会样样好。
世界级非遗项目妈祖信俗娘娘宫，
坐落在咱古文化街的正当中。

合：“三津福主”护众生，保佑着，一方宝地、两岸百姓、三牲兴旺、四季平安、五谷丰登、六六大顺、七星高照、八方进财、九九归一、十全十美，年年岁岁有好梦，世世代代好梦成。

甲：十九大开创了新时代，
幸福路上大步迈。

乙：文化自信民族兴，
巍巍中华荡长风。

甲：非遗文化永传承，

高举旗帜方向明。

乙：民族复兴中国梦，

不要空喊要行动。

合：让我们，

不忘初心，牢记使命，勇于担当，砥砺前行，

爱党爱国，彰显忠诚，团结一致、奋力攀登，

撸起袖子加油干，

为发展天津的非遗事业做贡献！

快板

战疫凯歌

2019年的数九隆冬天，

家家户户欢欢喜喜、热热闹闹、团团圆圆地迎新年。

中华儿女都陶醉在准备过年的喜悦中，

都期盼的春节即将来临在眼前。

新时代各条战线的工作特出色，

新时代各项事业的计划都完成得全。

就在这歌舞升平的好时刻，

有一个不和谐的音符舞动琴弦。

（白）那位说，这不和谐的音符是什么呀？

嘿！它就是武汉发现的病毒性肺炎。

它是来势凶，气势猛，危害大，人胆寒。

这个病毒长得像皇冠，

因此叫“新型冠状病毒”把它的臭名传。

只要是被传染，是又咳嗽，是又发烧，人的性命一线悬。

截止到一月底，全国就确诊了11791例，还一个劲儿地往上蹿。

这时节，习总书记发出重要指示，一定要保护人民群众生命安全，坚决遏制疫情再蔓延。

李总理，不惧危险，亲临一线，看望武汉的患者还有医护员。

拨资金、调物资、送设备、派人员，

组织各地不惜一切，把武汉来支援。

党和国家对人民的关怀难以言表，我说上一天也说不完。

说不完，道不完，只要有疫情，白衣天使走在前，

他们有的老人没人管，有的孩子没人看，

有的身体不太好，有的家里有困难。

千难万难不算难，他们都给抛到脑后边。

不休假、上夜班、连轴转、抢时间，

为的是患者早治愈，为人民的生命保安全。

他们值得敬佩该称赞，咱们鼓鼓掌给白衣天使来点赞！

等大家掌声都鼓完，还一位白衣天使必须跟大家谈一谈。

（白）那位说，谁呀？

这位就是抗击非典的领军人物，中国工程院院士，

逆行北上，八十多岁的老英雄，他的名字就叫钟南山。

钟南山院士人人敬仰，他的优秀事迹广流传。

2003年，非典疫情成了祸端，

男女老少不敢出门怕传染。

钟院士却把重症患者都留身边，

说这些患者都由我来管，

我要让他们早日康复回家去团圆。

十七年前，他立下了丰功和伟绩，那段经历不平凡。

现如今“新型冠状病毒”横行武汉，比非典病毒还凶残，

疫情从武汉来发展，正向那全国各地来蔓延。

他让人们，没事千万别到武汉去，

可是他，却要到疫情的最前沿。

坐高铁，冒严寒，到现场，找病源，

亲自挂帅，不顾自己耄耋之年。

调查分析来诊断，让患者信科学，不要信谣言。

患者们纷纷向他道谢，说您就是我们大家的定心丸。

钟院士看到患者们既痛苦又期盼，

既期盼又痛苦的张张容颜，

心痛的眼泪在眼眶里边转三圈，

滴滴答答如珍珠短线落胸前。

他冲着患者们发了言，我下定决心，坚决要把那病毒一扫干。

还人民一个没有病毒的绿水和青山。

钟院士的决心和承诺，就像是一座大山，屹立在眼前。

这叫做一诺千金重，英雄有虎胆，

艺高人胆大，妙手能回天，

明知山有虎，偏到虎山前，

知难逆行上，为民冲在先。

他坚信中国能必胜，我们一定闯过这道关。

看眼前疫情高速来发展，

可恨的病毒在流传。

党中央，国务院，

人民群众和党员，

白衣天使钟南山，

齐心合力抗肺炎。

这正是，赤胆忠心为人民，

搬倒瘟疫这座山，

中华民族凝聚力，

定能胜利凯歌还！

定能胜利凯歌还！

对口快板／

一市双城相辉映

合：海河水，清又清，
　　一路高歌浪翻腾。
甲：她仿佛，众星中，
　　一弯银月亮晶晶。
乙：她仿佛，日轮中，
　　一颗金轴转不停。
甲：她记载着，河两岸，
　　历史积淀多厚重。
乙：她记载着，天津市，
　　文化底蕴深又浓。
合：她记载着，海河儿女，岁月峥嵘，新的时代，砥砺前行，百尺竿头，昂然奋进又踏新征程，美丽的天津更火红。
甲：我从小喝的是海河水，
　　对海河特别有感情。
　　咱天津，九条大河汇一处，
　　物华天宝，人杰地灵。
乙：我生长就在（这个）渤海湾，
　　滨海新区，因水而盛、因水兴，
　　科学发展变化大，
　　蓬蓬勃勃气势宏。
甲：津城、滨城同属天津市，
　　一市双城大协同。
　　一市双城相辉映，

一市双城有分工。

一市双城共奋进，

一市双城，打造世界级的城市高水平。

乙：你这样讲，太笼统，

细说说，什么叫做，一市双城？

甲：一市双城很好懂，

那就是，一个市，两个城。

中心城，是津城，

包括了市内六区河西、河东、河北、南开、红桥和和平。

滨海新区是滨城，

两座城，就像是一母所生的两个亲弟兄。

乙：咱天津，有特点，

与许多沿海城市大不同。

津城、滨城相距一百里，

两地很难共合融。

如果两城一合并，

就会侵蚀生态功能。

甲：第十一次党代会作决定，

合理建设津城和滨城。

着力增强城市发展的持续性、宜居性，

在两城中间，建设七百三十六平方公里的生态大绿屏。

把天津环保工作来推动，

使水更美来风更清。

咱天津，多了个天然大氧吧，

可以在那休闲娱乐和养生。

让绿水青山呈美景，

使金山银山放光明。

乙：新时代迎来了新发展，

新发展理念是明灯。

新规划打开了新思路，
新思路指引着新征程。
党的决定真叫好，
合乎民意顺民情。
一切为了老百姓，
咱老百姓，心里高兴喜盈盈。

甲：从津城，到滨城，
乘坐高铁只需一刻钟。
津城人，能常到滨城去游玩，
海边美景乐无穷。
吃海鲜，坐游艇，
享受海风悦心胸。
滨城人，也能常来咱津城，
游玩购物乐融融。

乙：滨城新区面积大，
区域发展不平衡。
补齐短板和弱项，
才使发展后劲儿增。
过去一片盐碱滩，
现如今，高楼林立刺苍穹。
天津经济技术开发区，
书写的传奇举世惊。
是天津开发开放主力军，
把历史使命来担承。
新区兴则天津兴，
新区前景最光明。
把滨城，建成世界一流智慧、一流绿色大港口，
让新区，全面发展上水平。

合：一城变双城，

内涵大不同。

布局多中心，

紧凑更精明。

避免城市发展摊大饼，

双城共同促繁荣。

甲：彰显津城中央活力区，

现代化服务显奇能。

乙：突出滨城生态、智慧、宜居、宜业新环境，

发挥港口城市四海通。

合：使活力津城、创新滨城，优势互补、合理分工、良性互动、资源聚凝、融合发展攀高峰，天高海阔路宽平。

甲：看津城，是中心城，

活力城，智慧城，

生态城，绿色城，

环保城，创新城，

网络城，数字城，

设计城，发展城，

航空城，制造城，

花园城，资源城，

宜居城，宜业城，

信息城，物流城，

高速城，希望城。

高端化服务特色最鲜明，

现代化服务功能大集成。

乙：看滨城，是新城，

河海交融起共鸣。

天高海阔鹏程远，

大舸中流乘长风。

打造双城发展新格局，

谋划在国家战略宏图中。
选定时代坐标位，
人与自然和谐生。
开局谋篇在棋眼，
肩负使命勇担承。
生态、智慧双驱动，
城市脉络全打通。
民心工程全开工，
绕城高速快如风。
让滨城，平安、美丽、便捷、健康、和谐、活力、富足又文明，
让老百姓，幸福体验、幸福感觉、幸福指数噌啊噌地大提升。

合：人民城市为人民，
人民是城市主人翁。
人民是江山，
江山是人民。
一切为人民，
江山万代红。
如今咱天津，
处处展新容。
抬头是绿树，
举目百花红。
鸥鸟翩翩舞，
鸾凤齐和鸣。
百舸扬帆起，
海晏河更清。
海河好儿女，
勇当急先锋。
建功新时代，
启航新征程，

决胜十四五，
当好主人翁。
一盘好棋入佳境，
一市双城上水平。
一幅宏图呈美景，
一曲华章震苍穹。
中西合璧，古今交融，
港通万里，开放包容。
临海崛起，河海共鸣，
蓝色海湾，魅力无穷。
绽放光彩，填格赋能，
党建引领，旗帜鲜红。
渤海海河浪翻涌，
浩浩荡荡势如虹。
一市双城相辉映，
明天的天津更繁荣！
一市双城相辉映，
明天的天津更繁荣！

非凡十年

十年弹指一挥间，
今朝旧貌换新颜。
二十大胜利召开万众瞩目，
共同见证非凡十年。
这十年，是发展的十年，奋进的十年，
逐梦的十年，辉煌的十年。
有多少重点工程巍然立，
有多少国之重器数领先，
有多少英模事迹来涌现，
有多少创新突破克难关。
伟大变革，伟大成就，
习近平新时代中国特色社会主义思想是源泉。
阔步走进新时代，
举国欢庆建党一百周年，
为实现第一个百年奋斗目标，
全面建成小康社会脱贫攻坚。
防疫情，稳经济，
正风肃纪，反腐倡廉。
坚持和完善“一国两制”，
香港由乱到治大转变；
打击“台独”分裂和挑衅，
牢牢掌握发展、安全主动权。
祖国统一、民族复兴的历史车轮滚滚向前。

一系列战略性举措，
一系列变革性实践，
一系列标志性成果，
一系列突破性进展，
道路自信、理论自信、制度自信、文化自信，
中国共产党的领导是关键。

你看那，青山绿水多靓丽，
和谐发展生机盎然。
鱼满塘，猪满圈，
鸡满棚，鸭满栏，
牛羊漫山跑，
瓜果味道鲜。
一户一处景，
一村一画卷，
一镇一天地，
一城一花园。
人换思想地换装，
农林牧渔大改观。
喜看稻菽千重浪，
遍地英雄下夕烟。
禾下能乘凉，
荒地变良田，
抗旱耐涝无论沙漠海水和盐碱，
中国人的饭碗，
牢牢在咱中国人的手里端。

科教来兴国，
育才是关键，

聚天下英才而用之，
自主培养创新拔尖。
九天揽月有玉兔，
五洋捉鳖蛟龙船。
打破刁难和封锁，
研发人员不畏难。
港珠澳大桥跨江海，
天山隧道通山川。
中国高铁、中国天眼、
北斗导航、载人航天，
一个个大国重器成为国家新名片，
一大批高新技术世界领先。

新时代强军思想开创新局面，
勇于登攀不畏难，
看南海战舰踏浪行，
看东风导弹如飞燕，
听哨所军歌多嘹亮，
听喜讯连连捷报传。
中国军人最勇敢，
誓要捍卫国家领土和主权。

国防强，文化兴，
文化自信尽显大国风范。
举旗帜、聚民心、
育新人、兴文化，
把可信、可爱、可敬的中国形象来展现。
春风化雨人心暖，
践行社会主义核心价值观。

国以民为本，
人民就是江山。
全过程人民民主，
是社会主义民主政治鲜明特点的体现。
民主形式来丰富，
民主渠道来拓展，
铸牢中华民族共同体意识，
期待两岸人民早团圆。

本是同根生，
相隔在两岸，
吊影分为千里雁，
一别故乡几十年，
每逢佳节倍思亲，
共看明月人不圆。

早团圆，共祝愿，
伟大复兴的中国梦早日实现。
经风雨，历磨难，
促进世界和平与发展。
反对霸凌和霸权，
不惧风险与挑战，
共建人类命运共同体，
为世界贡献了中国方案。

这盛世，如所愿，
敢叫日月换新天。
无数的革命先辈应告慰，
我们践行着立党之初的铮铮誓言。

不忘初心跟党走，
牢记使命任在肩，
乘风破浪，行稳致远。
二十大精神光芒万丈指航线，
咱们踏上征途，扬起风帆。

快板

食疗歌

打起竹板乐陶陶，
走上台，开门见山夸食疗。
食疗就是均衡营养，饮食疗法，
对您身体健康很重要。
现如今，人们生活大改善，
一上餐桌，鸡鸭鱼肉、蔬菜、水果、生猛海鲜、白酒饮料，
扯开肚皮一个劲儿地造。
到头来，该补充的营养一点没有补充到，
不该补充的营养您却吃得超了标。
营养进食不均衡，
加重您的病情您还不知道。
我今天唱的这段食疗歌，
就是给您看病把脉号。
酒桌上，
哪些蔬菜抗衰老，
哪些水果治感冒，
哪些粮食降血脂，
哪些食品含钙高，
不花钱看病给您开药方，
咱们来点掌声好不好？
哎！唱食疗您听好，
下面我把饮食疗法它的灵丹妙药给您报一报。
饭后生梨化痰液，

苹果消食养分高，
香杏生津润肺腑，
西瓜解暑止咳妙，
增进食欲吃草莓，
便秘便血吃香蕉，
凉血止血有莲藕，
栗子补肾强筋好，
白菜通便排毒素，
冬瓜消肿又利尿，
荞麦医治糖尿病，
常吃菜花肿瘤少，
大蒜杀菌治痢疾，
韭菜补肾暖膝腰，
苦瓜清心又明目，
黄瓜减肥有成效，
鱼虾猪蹄催母乳，
禽蛋益智蛋白高，
菠萝健胃去暑热，
益气驱风有樱桃，
十月萝卜本是小人参，
补脾补肾属山药，
花生降脂治贫血，
绿豆解毒疗效高，
龙眼滋补胜人参，
治疗紫癜煎大枣，
紫茄去风通经络，
开胃抗寒有辣椒，
崩漏止痢吃石榴，
芹菜降压抗衰老，

海带含碘治甲亢，
香菇赛过抗癌药，
养血平肝黄花菜，
银耳健身又补脑，
芋头散结治臃肿，
荸荠利咽热火消，
心血管病吃木耳，
蘑菇抑制癌细胞，
玉米抑制胆固醇，
牛羊奶品含钙高，
芝麻润肤又乌发，
常喝蜂蜜智商高，
吃橘子，化痰好，
吃萝卜，胀气消，
吃红薯，治便秘，
吃山楂，抗衰老，
什么菜花、木耳、蘑菇、洋葱、大豆和樱桃，
抗癌散瘀、排毒养颜、抑制癌症和癌细胞。
只要您，营养进食选食疗，身体健康又苗条，心情舒畅精神好，
一个个都是百十来岁的寿星老。

群口快板／

说　龙

合：中华民族是东方的龙，
　　龙山龙水龙图腾，
　　龙文化传承了几千载，
　　铸就了神州大地的龙文明。
甲：要说龙，净说龙，
　　咱们每句话里都带龙。
　　龙生九子不一样，
　　九个龙种九种龙。
乙：一种龙，叫囚牛，
　　胡琴的头上雕着这种龙。
丙：二种龙，名睚眦，
　　刀柄的吞口之上有这龙。
丁：三种龙，叫嘲风，
　　宫殿的殿角之上是这龙。
甲：四种龙，名蒲牢，
　　钟上的兽钮刻着这种龙。
乙：五种龙，叫狻猊，
　　佛座之上盘着这条龙。
丙：六种龙，叫狴犴，
　　监狱的牢门之上有这龙。
丁：七种龙，名叫负屃，
　　碑文的两侧刻着这种龙。
甲：八种龙，叫螭吻，

宫殿的殿脊之上立着这种龙。

乙：九种龙，名霸下，
驮石碑的王八是这龙。

丙：这九种龙，各自的志向不一样，
都是龙种大不同。

丁：囚牛龙，懂音律，
琴头之上听琴声。

甲：睚眦龙，爱杀生，
龙头常被血染红。

乙：嘲风龙，好弄险，
殿角上，昂首面对人间情。

丙：蒲牢龙，卧钟上，
卧钟常听钟声鸣。

丁：狻猊龙，心最诚，
佛座前听佛来传经。

甲：狴犴龙，好诉讼，
它为冤狱鸣不平。

乙：负屃龙，有文采
有人说，甲骨文就是它发明。

丙：螭吻龙，吞邪恶，
殿脊上，插上翅膀能腾空。

丁：霸下龙，能负重，
背驮石碑千里行。

合：九种龙，龙子龙孙千千万，
构成了华夏的龙图腾。

甲：中国人爱说龙故事，
龙的故事净说龙。
《西游记》有个孙悟空，
出世后就去东海闹龙宫，

借来了定海神针金箍棒，

保护他的师父去取经。

乙:《封神演义》也有龙，

哪吒闹海显神通，

龙王有个三太子，

被哪吒抽了龙筋成了死龙。

丙:《张羽煮海》也说龙，

穷书生要与龙女谈爱情，

张羽他架锅来煮海，

老龙王，无奈把龙女嫁张生。

丁：说故事，龙更多，

秃尾巴老李是条龙，

他舍命不怕恶势力，

战恶龙，为了百姓享太平。

甲：带龙的戏剧人爱看，

带龙的戏剧人爱听，

《乌龙院》《龙凤呈祥》《双龙会》，

《卧龙吊孝》《挂龙灯》，

一出一出留美名。

乙：电影里有个《龙须沟》，

京剧里有段《龙江颂》，

电视剧《神雕侠侣》有小龙女，

清宫戏有个《廉吏于成龙》。

丙：草有龙须草，树有龙爪槐，

茶叶里极品有龙井。

桂圆的别名叫龙眼，

龙舌兰，开出花来是上乘。

丁：要说菜，带龙的菜肴更是多，

龙虎斗，那在广州最有名。

龙戏珠，龙凤卷儿，

大龙虾，吃上一口香味浓。

甲：自古来，父母望子来成龙，

人名里头常带龙。

三国里有个赵子龙，

诸葛亮的道号叫卧龙。

乙：《岳飞传》有个陆文龙。

《玉堂春》有个王金龙，

《水浒传》，史进的外号九纹龙，

公孙胜外号入云龙。

丙：武打的名星叫李小龙，

李小龙之后有成龙，

足球国脚有徐云龙，

歌坛新星他是庞龙。

丁：写“三言”的是冯梦龙，

写武侠的有古龙，

影视演员有个柳云龙，

小说名家有蒋子龙。

甲：中国的地名龙不少，

四面八方都是龙。

山有乌龙山、大龙山、二龙山、盘龙山，

座座山蜿蜒起伏就像龙。

乙：江有黑龙江、龙川江，

江水奔流像龙行。

丙：峡有青龙峡，桥有青龙桥，

峡像龙、桥像龙，龙飞龙腾。

丁：镇有龙口镇、洞有黄龙洞，

香港的九龙更有名。

甲：要说龙，数皇宫，

皇宫的龙数数不清，
殿角上，趴着龙，
殿脊上，站着龙，
殿柱上，盘着龙，
殿顶上，绘着龙，
皇宫里大龙小龙龙挨龙，
条条龙，那是皇权的体现和象征。
乙：皇上的皇冠镶着龙，
皇上的龙袍绣着龙，
皇上的金印铸着龙，
皇上的龙案雕着龙。
丙：皇上吃饭叫龙膳，
皇上走路叫龙行，
皇上出宫坐龙辇，
皇上放屁叫龙风。
丁：皇上的后代都是龙，
龙子龙孙一窝龙，
就是那，皇上的作风出问题，
那叫“游龙戏凤”凤配龙。
甲：在民间，有好多民俗和民风，
人们的生活离不开龙。
十二属相有大小龙，
有龙的节日数不清。
乙：正月十五是龙灯会，
男女老少观灯赏灯闹龙灯，
家家户户来出灯，
盏盏灯汇成了一条龙。
丙：二月二，龙抬头，
老百姓，摆下供品来祭龙，

祭龙来到龙王庙，
求龙王，风调雨顺好收成。
丁：五月初五端阳节，
江河湖海腾巨龙，
龙的子孙爱看龙舟赛，
赛龙舟，条条龙舟都是龙。
甲：咱们说了半天龙，
有条龙，迎着旭日在东升。
这条龙，降生就在黄河畔；
这条龙，几千年历史寿高龄；
这条龙，龙种就有五十六；
这条龙，铸就了华夏的龙文明。
您要问，这条龙它是什么龙？
它就是屹立在东方的中国龙！
乙：早在上古时，
降生中国龙。
三皇与五帝，
唐宋元明清，
民国换总统，
百姓不安宁。
特别是，列强侵略我中华，
老百姓，处在水深火热中。
那时的中国龙，
一身伤痕是病龙。
丙：解放后，中国龙复苏得新生，
新生小龙变大龙。
只可惜，大锅饭好比条条绳，
条条绳索困住中国龙。
中国龙被困身难动，

龙不动身难飞腾，
难飞腾，难升空，
龙不飞腾，龙不升空，
憋坏了这条中国龙！

丁：改革开放大潮涌，
中国龙，昂首潮头把潮迎。
这条龙，快速发展是飞龙；
这条龙，讲究实效是真龙；
这条龙，屹立东方是金龙；
这条龙，震惊世界是巨龙。
问苍天，问百姓，
有口皆碑，谁不夸赞这腾飞的龙！

甲：走近这腾飞的龙，
龙首傲苍穹，
欲与天公试比高，
敢和强国论输赢。

乙：走近这腾飞的龙，
龙睛分外明。
明睛穿云又破雾，
改革开放万路通。

丙：走近这中国龙，
处处都是龙，
大城小城像龙盘踞，
车水马龙像流星。

丁：走近这中国龙，
中国人个个都像龙，
龙的魂，龙的魄，
龙的精神让世人惊！

甲：要说龙，净说龙，

中华民族是巨龙。

乙：龙文化，龙精神，

龙的大地都是龙。

丙：龙的子孙都是龙的种，

喜看那，东方巨龙飞上空。

丁：千条龙，万条龙，

龙中龙，那是咱们的中国龙。

甲：中国龙，光闪闪。

乙：中国龙，亮晶晶。

丙：中国龙，金灿灿。

丁：中国龙，红彤彤。

合：锦绣前程无限好，

中国龙，云头之上再飞腾！

对口快板／

众志成城抗灾救灾

合：天府之国在四川，
　　风景秀丽美名传，
　　四川的经济大发展，
　　谁想到，一场灾难在眼前！
甲：那一天，就在五月十二日，
　　大地震降临在人间，
　　这震中就在汶川县，
　　论震级，说八级一点也不玄。
　　这地震，受灾的面积特别大，
　　论震感，波及了上海与台湾！
乙：地震来，山在晃，地在颤，
　　灾难就在顷刻间，
　　房倒屋又塌，
　　瓦砾连成片，
　　处处是断壁与残垣。
甲：多少人压在了废墟下，
　　多少人生命一线悬，
　　多少人，在呼救，
　　多少人举手问苍天，
　　多少人，家破人亡在哭泣，
　　多少人，苦难之中受熬煎！
乙：一座座村镇成了孤岛，
　　条条蜀道被阻拦，

断了水，断了电，
信息也不能往外传，
这里的一切全瘫痪了，
灾区人，等着盼着来救援！
甲：大地震，大灾难，
党和人民心相连。
胡总书记，主持召开中央常委会，
发号召，全党全民总动员，
党中央成立了抗震救灾指挥部，
温总理亲自指挥到前沿！
我们的党，不惜任何代价来救灾，
要让那，四川的灾民得安全。
为救灾，拨出巨款几个亿；
为救灾，急需物资快救援；
为救灾，解放军、武警部队齐出动；
为救灾，十几万大军到四川！
乙：温总理，火速来到第一线，
披肝沥胆夜不眠，
抗震救灾作部署，
他指出，救人的任务最当先！
好总理，脚踏废墟看灾情；
好总理，嘘寒问暖到民间；
好总理，面对孤儿千般情；
好总理，鼓舞着灾民志更坚！
甲：子弟兵，火速出动似飞箭，
艰难困苦只等闲，
为让灾民脱苦难，
他们分分秒秒抢时间。
汽车快如风，

火车似闪电，
水上开动了冲锋舟，
天空上，直升飞机在盘旋，
空降兵，朵朵伞花落在地，
就像那天兵天将下了凡！
乙：这神兵开到了第一线，
千军万马大救援。
救灾物资一车车，
抢险设备更周全。
矿泉水，方便面，
药品更是不能断，
棉衣棉被无其数，
救灾的帐篷有好几万，
汽车运，空中投，
山路断，他们肩扛背驮两手搬，
就这样，救灾物资运到灾区，
他们把党的温暖送进山！
甲：抢险队，废墟之下把人救，
多方寻找生命源，
探测仪、搜救犬，
有一点空隙往里钻，
他们忘了苦，忘了累，
忘了连连风雨天，
忘了余震有危险，
忘了险情在眼前，
为救人，他们千方百计不放弃，
有多少，危难的灾民得生还！
乙：子弟兵，派出的医疗分队百余个，
连续奋战在前沿，

战地医院在帐篷里，
药物设备真够全，
手术台，篷中安，
他们全心全意救伤员。
伤员一到做判断，
处理及时保平安。
为了让，深山的灾民得营救，
他们坐直升飞机去接伤员！
甲：特别是，汶川的交通被阻断，
先遣队，接到命令冲在前，
汶川县，是这次地震的关注点，
灾情严重把人心牵，
为了打通这生命线，
先遣队，不怕万重难，
余震中，任凭石头头上过，
夜幕下，攀着石壁往前窜。
经过了，九十个小时的急行军，
到了汶川，急忙把灾情往上传。
指挥部，及时判断作部署，
派出了，大批部队来增援！
乙：子弟兵，英雄胆，
千难万险来排险，
多条蜀道被阻断，
影响了救灾的速度与时间。
巨石拦路破巨石，
桥梁塌陷再重建，
挖掘机，连轴转，
抢险战士拼命干，
打通了条条大动脉，

生命线，跟灾区人民的心相连！

甲：抗震救灾在深入，

子弟兵，艰苦的重任担在肩，

派出了很多小分队，

进深山，要把灾民来救援。

路艰险，桥梁断，

山体滑坡行路难。

一天走不了十里路，

昼夜兼程抢时间。

他们进到深山救灾民，

灾民们，心情激动泪涟涟：

“感谢党中央，感谢子弟兵，

党的温暖记心间！”

乙：人民的军队爱人民，

人民的军队是靠山。

有他们，抗震救灾有保障；

有他们，灾民的生命的安全；

有他们，老百姓心里有了底；

有他们，咱们的国家稳如山！

甲：大地震，大灾难，

我们国家公开来宣传，

各媒体，深入灾区第一线，

这灾情，把十三亿人民的心来牵！

“我们都是汶川人！”

四面八方来支援！

各省区派出了抢险队，

医疗队也整装出发到四川，

救援的车辆排成了龙，

救援的物资堆成了山。

乙：为救灾，多少人自愿把血献；
为救灾，多少人主动在募捐；
为救灾，多少人舍了小家顾大家；
为救灾，多少人志愿投身不平凡。
为救灾，香港澳门筹义款；
为救灾，台湾的同胞心相连；
为救灾，海外的华侨泪闪闪；
为救灾，中华儿女团结一致意志坚！

甲：大地震，大灾难，
多少人都来做贡献，
中央电视台，
举行大义演，
赈灾献真情，
捐款给四川。
到场的都是明星、企业家，
他们纷纷登台来募捐，
当场捐款十五个亿，
这壮举，为中华民族谱新篇！
乙：大地震，它把世界来震撼；
中国人，团结抗灾美名传。
各国的来电像雪片，
各国的援助到四川，
日本的抢险队伍到震区，
俄罗斯，抢险的队伍来救援，
还有韩国、新加坡，
抢险队，来到四川把重担担！
好一个国际大营救，
曲曲壮歌震宇寰！
甲：胡锦涛，好书记，

心系灾区到四川，

帐篷里，他俯身亲吻儿童的脸；

废墟前，他手举喇叭作动员；

他指示，小分队要派到村寨去；

再艰难，要让灾民得救援。

尽全力，有一线希望就把人救；

尽全力，安排好灾民的吃和穿；

尽全力，要把伤员治疗好；

尽全力，帮助灾民重建家园！

乙：紧接着，中央向全国发通知，

祭悼那遇难灾民整三天，

三天内，中国国旗下半旗；

三天内，禁止娱乐和联欢。

祭悼的时间准时到，

亿万国民心里酸，

默哀的时间三分钟，

这时候，警报、喇叭声声传，

这声音，把华夏儿女来呼唤；

这声音，激励我们志更坚；

这声音，鼓舞我们再奋进；

这声音，让中国人大灾面前只等闲！

合：愿我们，跟着党中央，

心如磐石坚，

团结一条心

重整好河山，

全国人民齐努力，

建设我们的新家园！

快板

天津人

盘山脚下，渤海之滨，
有座城市叫天津。
九条大河汇一处，
东流入海浪花奔。
海河水，清澈湛蓝特甜润，
养育了，朴实善良的天津人。
天津的姑娘那叫俊，
天津的小伙倍儿精神。
天津的爷们儿，怕婆惧内，
怕老婆更显爱夫人。
天津的大嫂，会过日子儿，
相夫教子握乾坤。
天津娃娃志高远，
天津老人爱健身。
天津人办事儿，那叫嘎嘣儿脆，
天津人说话，那叫哏儿。
天津人天生爱幽默，
抖包袱儿能把您笑喷。
天津人特别讲诚信，
一言九鼎一诺千金。
天津人最爱交朋友，
把酒当歌待佳宾。
天津人工作最勤奋，

天津人实在最感恩。
天津人特别讲孝顺，
天津人特别疼子孙。
天津人是非分明敢爱敢恨，
天津人知进知退能屈能伸。
天津人小事糊涂装大傻，
天津人大事聪明敢较真。
天津人敢于担当负责任，
天津人为求真理勇献身。
天津人爱学习不懂就问，
天津人肯钻研爱动脑筋。
天津人不懂什么叫做愁，
天津人自找快乐寻开心。
天津人不认识东西南北，
天津人认准道就一个劲儿地往前奔。
天津人新时代自强自信，
天津人新理念守正创新。
天津人新创举踔厉奋发，
天津人新征程勇毅前进。
天津人同心共筑中国梦，
天津人自豪咱是天津人。

群口快板／

光荣的高炮兵

甲乙丙丁：渤海之滨旭日升，
　　　　　军号声声震长空，
　　　　　高射炮，炮群巍峨好威严，
　　　　　咱是光荣的高炮兵！
乙丙丁：对，咱是光荣的高炮兵！
甲：咱这兵，跟一般兵种不一样，
　　平时还得把班上，
　　在人家眼里咱没有戏，
　　说白了，就是一个预备役！
乙丙丁：（围上来）哎，预备役怎么了？
甲：预备役，凑凑合合算个兵，
　　穿上军装把数充，
　　一搞训练上炮位，
　　任务完成回家睡！
乙丙丁：（斥责地）不回家他想住部队！
乙：你这种思想要转变，
　　预备役组建为实战，
　　国家经济大发展，
　　咱这是上的双保险！
甲丙丁：对，咱这是上的双保险！
丙：你这种思想不能要，
　　防空离不开高射炮，
　　防恐怖，防空袭，

咱接到命令就出击!

甲乙丁:对,咱接到命令就出击!

丁:你“兵”的意识有点淡,

听我好好把你劝,

你要不打算在这干,

脱下军装快滚蛋!

甲乙丙:对,脱下军装快滚蛋!

甲:别呀!我是说,当兵就当正式的兵,

那兵当得多光荣。

部队正实现现代化,

比一比,咱这些设备实在差!

丙:他这想法有点偏。

快给他,讲讲科学发展观!

甲乙丁:对,快给他,讲讲科学发展观!

乙:预备役,科学发展来建军,

胡书记的指示记在心。

“一定要居安思危”保国防,

“忧患意识”要加强;

“一定要戒骄戒躁”立新功,

树立那,“艰苦奋斗”的好作风;

“一定要加强学习”再努力,

“勤奋工作”创奇迹;

“一定要加强团结”人心齐,

“顾全大局”志不移。

四个“一定”要记牢,

咱们科学发展不动摇!

甲丙丁:对,咱们科学发展不动摇!

丙:坚定科学发展观,

胡总书记教导记心间。

“思想上始终清醒”不能忘，
“政治上始终坚定”有方向，
“作风上始终务实”过得硬，
这三个“始终”是一杆秤！
有了科学发展观，
咱精神振奋干得欢。
高炮师，应急应战搞训练，
部队的，战斗能力大改变。
防空作战搞演习，
咱成绩优异夺红旗！
反恐维稳咱上阵，
官兵们，生龙活虎真带劲。
抢险救灾向前冲，
高炮师，要为人民立新功！

甲乙丁：对，高炮师，要为人民立新功！

丁：坚定科学发展观，
信息化建设志更坚。
高炮师，先后投资一千万，
网络化体系已实现。
要指挥，网上全师一体化，
要办公，设备先进真不差。
要学习，咱们建立了资料库，
要联网，上上下下都同步。
信息化建设真正好，
高炮师，加足马力往前跑！

甲乙丙：对，高炮师，加足马力往前跑！

甲：你们说的这些我知道，
我是跟你们开玩笑，
预备役战士很荣耀，

咱就喜欢高射炮！

乙丙丁：对，咱就喜欢高射炮！

甲：高炮师，基础设施已完善，

整体规划早实现。

市政府，给咱拨款上千万，

把现代化的营区来修建。

办公、训练一体化，

指挥中心规模大。

军官住上了公寓楼，

营区的面貌数一流。

乙丙丁：对，营区的面貌数一流！

乙：高炮师让我很骄傲，

最突出，人才建设见成效。

人才乃是宝中宝，

部队的现代化建设离不了！

丙：抓人才，党委早已下决心；

抓人才，培训工作很认真；

抓人才，人才送进大学门；

抓人才，引进素质高的人。

丁：抓人才，高校里边找储备；

抓人才，专业课上群英会；

抓人才，高炮师树大根又深；

抓人才，部队面貌日日新！

甲乙丙：对，抓人才，部队面貌日日新！

甲：高炮师，坚持科学发展观，

各项工作走在先。

军区首长把咱夸，

把“先进单位”的锦旗来颁发！

乙丙丁：对，把“先进单位”的锦旗来颁发！

乙：高炮师，党委团结一条心，
官兵一致根连根，
和谐社会作贡献，
敢为人民挑重担！
甲丙丁：对，敢为人民挑重担！
丙：高炮师，立足实战搞训练，
训练建立新理念，
当好光荣的高炮兵，
再为人民立新功！
甲乙丁：对，在为人民立新功！
丁：高炮师，建设狠抓信息化，
网络指挥变化大，
应急应战速度快，
培养出，科技人才新一代！
甲乙丙：对，培养出，科技人才新一代！
甲：高炮师，斗志高，
豪情壮志冲云霄！
乙：高炮师，人心齐，
泰山压顶志不移！
丙：高炮师，变化大，
实现部队现代化！
丁：高炮师，不平凡，
营区建成了大花园！
甲乙丙丁：让我们，中华好儿男，
身在炮位前，
青春做贡献，
重担挑在肩，
为祖国，抒壮志，谱新篇，
让锦绣的江山万万年！

对口数来宝

夸西藏·赞昌都

合：霞光万道披彩虹，
　　美丽的西藏展新容。
　　与时俱进添美景，
　　激情满怀，
　　我为咱们西藏把歌颂。
甲：夸西藏那得我先说。
乙：哦？
甲：我对咱们西藏了解得多。
乙：是吗？
甲：西藏的天格外地蓝，
　　西藏的水格外地甜，
　　西藏的人气特别地旺，
　　西藏的经济噌噌地涨，
　　西藏的小伙儿特别棒，
　　西藏的姑娘……
乙：怎么样？
甲：婷婷玉立穿着打扮真漂亮。
乙：对！
（小过门）
甲：咱们西藏，
合：开拓进取朝气蓬勃，
　　欣欣向荣蒸蒸日上，
　　多年发展铸辉煌。

（小过门）

乙：铸辉煌，咱们话今天，

西藏如今大发展，

各项事业走在前。

甲：我豪情满怀西藏行，

有哪些风光哪些景，

你给咱们大家介绍介绍行不行。

乙：首先要说第一峰，

世界屋脊珠穆朗玛峰。

珠峰大山入云霄，

我三天才上到半山腰。

甲：你上不去别把心伤，

你可以逛逛雅鲁藏布江啊！

不信你现在跳进江，

一会就到了印度洋。

乙：我去那干吗？

甲：西藏的湖泊特别多，

最美要属纳木错。

乙：纳木错我听说过，

熔岩地貌有特色。

景色优美咱不谈，

农产品还特别全。

甲：都有什么？

乙：主要盛产有青稞，

豌豆蚕豆特别多。

有小麦有荞麦，

青麻油菜和甜菜。

别看西藏是高原，

照样也有小江南。

甲：大草原数第一，

到处都是放牧区。

有藏羊有牦牛，

一群就有上千头。

你要每天都吃牦牛肉，

保证你的浑身上下都流油。

乙：我也太馋了！

甲：原始森林特别美，

你到藏南还是藏北？

乙：藏南藏北我不去，

我要去藏东南的峡谷地。

峡谷地，大有名，

盛产云杉冷杉和红松，

白桦、槲树、核桃、油松，

数不清！

甲：西藏满处都是宝，

我听说还出产雪莲、麝香和虫草。

乙：您介绍介绍。

甲：雪莲花能入药，

壮阳补血有疗效。

冬虫夏草那是宝，

麝香药用更独到。

乙：没错。

甲：西藏的水果也不少，

有柑桔葡萄和香蕉，

苹果甜杏和甜梨，

味美脆甜特稀奇。

你吃的时候要注意，

小心留神加仔细，

关键是得细嚼慢咽小点口，
要不你准得咬着手。
乙：您瞧我这出息！
甲：西藏的煤、铁、铜是特产，
外带那食盐、石棉、云母、硼砂、天然碱，
你要用它来洗脸……
乙：怎么样？
甲：烧得你五官挪位嗷嗷喊。
乙：我也太傻了！
甲：西藏的地热更丰富，
现已发现一百处。
羊八井是地热博物馆，
温度达到九十二度。
是热泉，
你要到热泉里边涮一涮……
乙：怎么样？
甲：上来就成了煮鸡蛋。
乙：太热了。
甲：现在开发利用真不慢，
已经建成地热发电站。
乙：西藏的公路还特别多，
哪个县城都通车。
车速快得了不得，
你要睡觉打个盹，
一睁眼就到了日喀则。
甲：太快了！
乙：西藏名胜古迹特别多，
光寺庙就有二千七百座。
你要参观都转完，

起码少说得一年。

甲：嚯！

乙：说完了古迹说名城，

首府拉萨大有名。

终年日照他最长，

日光城称号美名扬。

你要在日光城里逛一逛……

甲：怎么样？

这个小太阳照到你身上暖洋洋，保证你皮肤细腻肤色光亮，

就像个婀娜多姿，千娇百媚的大姑娘。

甲：我是男的！

乙：西藏的名城那太多，

你再把名城昌都说一说。

甲：说昌都得说青稞酒，

昌都青稞酒大家都爱喝。

人人爱喝酒，家家会做酒，

出门带着酒，渴了喝几口。

你要是天天都喝昌都青稞酒，

保证你活到九十九岁九点九。

乙：我活一百不完了吗！

甲：你要到昌都朋友家里去做客，

主人待你特亲热。

青稞酒不停喝，

喝着喝着唱起歌。

乙：怎么唱的？

甲：（唱）北京的金山上……

乙：唱上了。

甲：（唱）把我们工农的心儿照亮……

乙：哎巴扎嘿！

甲：我还没唱完了。

乙：您接着唱。

甲：除了这些还不算，
　　昌都主食有炒饭。
　　酥油茶调糌粑，
　　握成团用手抓。
　　不用火就做饭，
　　快捷食品特方便。

乙：昌都被子特新颖，
　　不用絮棉不用缝，
　　毛线织成长毛绒。

甲：昌都皮袍更不赖，
　　白天当衣服，夜晚当被盖。
　　昌都藏靴踏风雪，样子独特是一绝。

乙：昌都藏刀做得巧，小伙出门挂在腰。
　　昌都藏帽特珍贵，戴在头上特别美。
　　妇女围裙精，颜色像彩虹。
　　什么昌都农业、昌都牧业、
　　昌都旅游、昌都矿业、
　　昌都盛世美名扬。

甲：要想把昌都说周全，
　　三天三夜也说不完。

乙：嚯！

甲：昌都如今大改变，
　　领导班子是关键。

乙：对。

甲：建设昌都献大计，
　　把各项事业搞上去。

乙：对，

合：咱们昌都历史悠久，文化深厚，物华天宝，人杰地灵，物产丰富，人民热情，昌都人民大团结！

共筑中国梦，共同创和谐。

让我们，

团结一心向前行，

紧跟总书记习近平。

生活奔小康，

人们享太平，

社会大和谐，

经济大繁荣。

让美丽的西藏昌都再放异彩，

为党和人民再立新功。

快板

廉字歌

打起竹板喜心头，
我这个节目就叫“头”。
说“头”唱“头”全是“头”，
咱句句话里都带“头”。
首先来，您听我把模范人物：
廉政的故事开个头，
兰考县书记焦裕禄。
那是咱廉政模范好带头，
他参加工作 18 个年头。
忠心耿耿鞠躬尽瘁，
为百姓造福吃尽苦头。
他诚恳待人热心头，
群众利益挂心头，
严于律己作带头。
为了改变兰考县，
他吃窝头，睡坑头，
不怕腊月冻指头，
没有灯光点蜡头，
条件恶劣不低头，
一腔热血在心头，
为百姓造福得甜头，
提起他人人都伸大姆指头。
我们永远怀念焦裕禄，

丰碑永远永远记心头。
地委书记孔繁森，
他的事迹都上了报头。
他几次援藏作带头，
克服困难爬山头，
条件艰苦不低头。
他爬山头、蹲地头、
踏雪头、坐坑头，
调查采访记心头，
群众冷暖在心头，
为藏族百姓送去温暖暖心头。
零下四十多度不怕寒冷冻指头，
顶风踏雪走在前头，
他不贪不沾不吃请头，
收养孤儿当做甜头，
他随时带着针线头，
勤俭节约补裤头。
一场车祸夺去他的生命，
看他留下家底，
八元六角八分带个零头。
这样的书记到哪去找?
如今我们呼唤，
多来点这样的高官好带头，
我们百姓那就有了盼头。
廉政高官带好头，
群众跟党走的信念有了劲头。
社会和谐手挽手，
强大的中国谁敢碰一头。
嘿！唱廉政，反腐败，

反腐倡廉时刻都要挂心头。
现如今习总书记把，
反腐大计上了案头。
老虎蚊蝇一起打，
一个不落有劲头。
有大头有小头，
有上头有下头。
有的贪官家有金砖藏墙头，
上吨的钞票在屋里头，
什么金银首饰、珍珠玛瑙，
应有尽有数不到头。
触目惊心震山头，
今天就说说几个大贪头。
什么周永康、徐才厚、
郭伯雄、陈良宇，
他们是腐败分子的总领头。
特点是：利用职权收一头，
滥用职权得一头，
挪用公款抽一头，
行贿受贿拿大头。
败坏了党纪国法，
受到了人民的审判，
永远不能再抬头。
唱完大头唱小头，
抚顺的“土地奶奶”罗亚平，
官儿不大是个小头。
可她贪污巨大是个大头，
六千万来历不明资金捋不出头，
她是级别最低、数额最大、

手段最恶劣三“最”女贪头。
这些贪官个个都是黑心头，
咱们坚决严查不落一个头。
贪官们各个缩了头，
串联翻供不认头，
逃到海外躲一头。
到头来都逃不过，
法律制裁，在这严打之下低下头。
可是个别单位个别头，
侥幸心理要滑头。
他们察言观色看风头，
继续违法冒出头，
利用职权，
贪得无厌、见猴拔毛、
见钱眼开、顶风违纪、钻进钱眼不抬头。
他们吃一头、喝一头，
拿一头、要一头，
贪一头、收一头，
姘一头、玩一头，
酒杯一端扬起头。
把党纪国法，
抛在脑后头。
到头来只落得，
开除党籍降职免官，
判刑坐牢，
成了人民的死对头。
嘿，树正气扬起头，
全国人民，
揭发检举齐带头，

敢于斗争挺胸头，
把人民公仆当镜头，
让歪风邪气低下头。
到那时您再看：
喜鹊登梅在枝头，
宏伟的蓝图在心头，
人心所向归一头，
安定团结铆劲头，
同奔小康有奔头，
只要党的政策都对头，
咱们坚定不移跟党走，
把反腐的大旗永远高举昂起头！

快板

说　水

要说水，就说水，
咱们每句话里都带水。
水的价值最可贵，
咱说水道水要珍惜水。
天上看，白云朵朵含着水，
黑云压顶降雨水。
地上瞧，冰山雪峰化为水，
条条江河长流水。
祖国的泉水也不少，
地下打井冒出来水。
有了水，它能养育全人类；
有了水，物华天宝人更美；
有了水，万里江山披锦绣；
有了水，祖国富强展翅飞！
我说此话谁不信？
离开水，十天以后他就没了。
（白）好好活着。
人体里，血液含有八成水，
每天三升生理水。
新陈代谢水为本，
调解体温依靠水，
营养要靠水输送，
吐故纳新需要水。

婴儿“哇哇”一落地，
第一需要就是水。
护士把他抱在怀，
要用净水洗羊水。
洗干净，奶头放进他的嘴，
他“吭哧吭哧”嘬奶水。
（白）他饿了。
孩子岁岁往上长，
每天都得依靠水！
清早起床洗脸水，
刷牙漱口水满杯。
走出家门吃早点，
样样早点都有水。
上班你渴了要沏茶，
沏茶你得用开水。
中午饭，晚上宴，
顿顿你都不离水，
喝酒酒是水勾兑，
杯中饮料水为魁。
饭菜里，肉含水，菜含水，
有水饭菜香味飞。
要是饭菜没有水，
你尝上一口准咧嘴。
（白）不好吃。
晚上下班回到家，
你媳妇打来洗脚水。
要洗澡，有热水，
热水一泡那叫美！
家庭中，洗洗涮涮不离水，

吃吃喝喝不离水，
冲马桶，需要水，
擦地板，得用水，
我要是三天离开水，
见了面，你准说我是土匪！
生活用水数量大，
工业用水更可畏！
振兴经济大发展，
各行各业都用水。
没有水，火车不能上铁轨；
没有水，飞机不能天上飞；
没有水，汽车难在路上跑；
没有水，万吨巨轮难下水！
没有水，纺织工业难创汇；
没有水，能源、化工就没了腿；
没有水，万亩良田成荒漠；
没有水，病魔横行无人摧；
没有水，旅游胜地没人来；
没有水，军队就难振国威。
假若是，地球之上没了水，
人类无水被摧毁，
不管你姑娘、小伙多漂亮，
没有水，全都变成骷髅鬼，
你再想美都没法美啦！
（白）这不麻烦了嘛！
不是我故意吓唬人，
水资源，岌岌可危让人悲！
如果咱，还不好好珍惜水，
到头来，最后一滴是泪水。

搞经济，千万你要想着水，
不能为一时发展把老本赔。
想一想，臭氧层，被破坏，
天气变暖水在亏！
水危机困惑全人类，
沙漠无水往前推。
到春天，更缺水，
沙尘暴，遮天蔽日到处飞。
特别是，水污染已到燃眉时，
条条江河流污水，
污水有毒水变黑，
人和畜，饮用了毒水准倒霉！
水面上，堆堆垃圾脏又臭，
水底下，大鱼小鱼全都没啦！
（白）它活得了吗！
据统计，有七大水系被污染，
咱给它一个一个排排队。
有珠江水，长江水，
松花江水，淮河水，
黄河水，辽河水，
污染最重的是海河水。
水污染，人遭罪，
各种病魔像鬼魅，
鬼魅缠身根在水，
水污染，严重威胁着全人类！
这都是，一些人，在作祟，
为赚钱，哪管他人血和泪！
清污源，除鬼魅，
水污染，再不治理是犯罪！

以法治污铲毒瘤，
要让那，条条江河水更美！
要说水，咱还说水，
水资源，在我们国家很珍贵。
退耕还林是国策，
千万别破坏水植被。
多种树，多种草，
草深林密山河美。
山美水美水常流，
经济才能再腾飞！
要腾飞，咱得爱护水，
点点滴滴别浪费。
特别是，咱北方天旱缺少水，
超量用水水就亏。
“南水北调”三条线，
要让远水解燃眉。
可节约用水不能忘，
滴水能汇江河水。
在工厂，“重复用水”“循环水”；
在农村，浇地多用“喷灌水”；
在单位，您得节约来用水；
在家里，您要合理来用水。
洗衣服您别长流水，
洗菜时您别乱放水，
冲马桶您用“二次水”，
擦地板您别汪着水。
就这样，一水多用珍惜水，
千家万户节约水。
让我们，

爱惜水资源，
保护水植被，
健全水设施，
别再污染水，
和谐社会人欢笑，
喜看那，祖国的山水更壮美！

小快板

严防严打电信诈骗

防诈骗，做宣传，
我把实例对你谈。
有个美女叫艳艳，
青春靓丽好容颜。
在网上交了个男朋友，
男友姓孟叫孟寒。
两人越聊越有意，
两人越说越投缘。
孟寒说：“我为澳门赌场做维护，
赌场漏洞我知道得全。
我出资金你操作，
听我指令准赚钱。”
艳艳一听心高兴，
这样赚钱我喜欢。
她按孟寒的指令来操作，
一周赚了十万元。
她心想，这个收益不得了啊！
我何不，自己出资玩一玩。
暗暗投了五千块，
轻车熟路每天都赚一两千。
试试提现怎么样？
顺利取出三千元。
于是她，加大投入了二十万，

这些钱，都肉包子打狗一去不回还。
再找孟寒已不见，
赌博平台也全关。
无可奈何报了案，
民警一查，罪犯位置在缅甸。
境外案件不好办，
追赃挽损很困难。
大家说，艳艳的遭遇悲惨不悲惨？
这就是可恶的杀猪盘。
艳艳所以会被骗，
就是因为心太贪。
天上不会掉馅饼，
咱们要，严防电信诈骗多宣传。

群口数来宝 /

光荣的民兵

甲乙丙丁：海河之上旭日升，
军号声声震长空，
一排排队伍好整齐，
我们是光荣的民兵！

乙丙丁：对，我们是光荣的民兵！

甲：我们民兵，跟一般兵种不一样，
平时还得把班上，
在人家眼里咱没戏，
说白了，还不如一个预备役。

乙丙丁：哎，你这说法不咋地，
怎么能给咱民兵来泄气？

甲：我说这话你们不信，
听我给你们把理论，
我们身穿迷彩像民工，
站进队列才算个民兵，
有了任务得到位，
任务完成还得回家睡！

乙丙丁：不回家他想住部队！

乙：你这种思想行不通，
任何时候不能缺少咱民兵，
创和谐，保安全
咱们民兵战士得冲向前！

甲丙丁：对，咱们民兵战士得冲向前！

丙：你这种思想得转变，

　　组建民兵为了备战，

　　国家经济大发展，

　　咱这是上的双保险！

甲乙丁：对，咱这是上的双保险！

丁：你对民兵有偏见，

　　听我好好把你劝，

　　你要是不想把民兵干，

　　赶快给我靠边站！

甲乙丙：对，赶快给我靠边站！

甲：别别别……

　　我是说，当兵就当正式的兵，

　　那兵当得多光荣。

　　立正稍息齐步走，

　　军歌嘹亮像狮吼。

乙：你这人看事儿只看表面，

　　我们民兵立下的光荣战绩千千万万。

　　在这和你谈一谈，

　　让你今后考虑事情要周全。

甲丙丁：对，让你今后考虑事情要周全。

丙：我说民兵你要仔细听，

　　抗战时期，都离不开咱民兵。

　　想当初，全国人民齐抗战，

　　咱民兵跟党冲在了第一线。

　　地道战、地雷战，

　　绝活都是咱们干。

　　要不是有咱民兵来参战，

　　小鬼子，哪有那么快就完蛋！

甲乙丁：对，你哪有那么快就完蛋！

甲：谁呀？

丁：我说民兵你要认真听，

解放战争，离不开的还是咱民兵。

蒋介石，打内战，

咱民兵支前拥军到前线。

抬担架，救伤员，

独轮车推到了大西南。

打下了社会主义好江山，

咱民兵的历史功绩大无边。

甲乙丙：对，咱民兵的历史功绩大无边。

甲：你们说的都是过去的民兵老前辈，

他们是革命的先锋队。

那时候他们人人都能有大作为，

真令我们向往和陶醉。

我们现在的民兵就没了辙，

除了抗灾抢险和安保，创卫也有我们的活儿！

乙：你这想法有点偏。

得好好学学科学发展观！

甲丙丁：对，你得好好学学科学发展观！

丙：只要你坚定科学发展观，

肯定精神振奋干得欢。

作战打靶搞演习，

保证你成绩优异夺红旗！

甲乙丁：对，保证你成绩优异夺红旗！

丁：你把科学发展观都弄清，

肯定能为人民立新功！

应对安全威胁你来上阵，

保证你生龙活虎特带劲。

甲乙丙：对，保证你生龙活虎特带劲。

甲：我是想精神振奋干得欢，
可我们的装备不如人家全；
我也想为人民立新功，
可我们的装备简直就是把数充。
三七炮、五七炮，
训练总是老一套。
现代战争是信息化，
咱这个装备实在差。

乙：你这个说法不太对，
职责任务对不上位。
咱民兵虽然装备有点老，
可专门单打低、慢、小。
甲丙丁：对，咱专门单打低、慢、小。
甲：你们说的这些我知道，
我是跟你们开玩笑，
我们民兵战士很荣耀，
从当上民兵那一天，我就没事偷着笑。
乙丙丁：嘿，我看你有点儿吃错药！
甲：我们民兵就得为人民，
为建设和谐社会来值勤。
为小康社会做贡献，
为经济建设保安全。
乙丙丁：对，这回你说得还挺全！
乙：我们民兵就得帮人民，
汶川地震抢险中有好多我们这样的人。
我们不怕流血不怕流汗，
帮灾区人民防治疫情环境大改变！
丙：我们民兵就得为国家，
达沃斯论坛的安保工作也得参加。

确保有一个好环境和各国的朋友来交流，

为的是让国家更上一层楼。

丁：我们民兵就得帮国家，

奥运期间没有一天能早回家

从火炬传递到闭幕，

五百名民兵，不分昼夜，没离开分控地点一小步！

甲乙丙：对，这样才没把人民来辜负！

甲：我们坚持科学发展观，

各项工作走在先。

目光放远往前看，

把双建双为来实现。

乙丙丁：对，把“双建双为”来实现！

乙：我们官兵团结一条心，

上下一致根连根，

和谐社会作贡献，

敢为人民挑重担！

甲丙丁：对，敢为人民挑重担！

丙：我们立足实战搞训练，

训练建立新理念，

一定做个好民兵，

再为人民立新功！

甲乙丁：对，再为人民立新功！

丁：我们建设狠抓信息化，

网络指挥变化大，

应急应战速度快，

培养出，科技人才新一代！

甲乙丙：对，培养出，科技人才新一代！

甲：新民兵，斗志高，

豪情壮志冲云霄！

乙：老民兵，人心齐，
　　泰山压顶志不移！
丙：新民兵，变化大，
　　实现部队现代化！
丁：老民兵，不平凡，
　　把营区建成了小花园！
甲乙丙丁：让我们，中华好儿男，
　　　　身在岗位前，
　　　　青春做贡献，
　　　　重担挑在肩，
　　　　为人民，抒壮志，谱新篇，
　　　　让锦绣的江山万万年！

快板 /

我是中国人

今天的观众特别热情，
我一上台就有掌声，
对您的掌声表示感谢，
我先给您鞠上一躬。
今天不把别的唱，
我唱段快板给您听。
说段中国人，不忘初心，
继承发展，改革创新，
让国家更繁荣，让祖国面貌新。
手机扫一扫咱们建个群，
群里头聊天虽然不见人，
可谁有困难能体现爱心。
温暖人帮人，感动人疼人，
和谐人让人，幸福人爱人，
为人民谋幸福是党的方针。
习大大的讲话，
我们牢牢记在心。
时代的文艺，是时代的精神。
理论创新，实践创新，制度创新，文化创新，
时代的思想之母实践是灵魂。
我们文艺工作者，
前面打头阵。
不管中老年还是青年人，

我们登高望远，居安思危，

勇于变革，勇于创新，

让明天更美好，让天新地也新，

让人新面貌新。

为小康社会早实现，我们奋勇前进，

方得始终，不忘初心，

做一个新时代合格的中国人！

对，做一个新时代合格的中国人！

杂唱数来宝 /

不忘初心

合：霞光万道披彩虹，
　　十九大报告荡春风，
　　不忘初心跟党走，
　　伟大祖国富强民主文明和谐更繁荣！
甲：荡春风，乐盈盈，
　　习总书记的讲话句句暖在咱们心中，
　　激励咱们全国人民奔小康，
　　踏上新征程！
　　嘿！就在那和谐小区居委会的会议厅，
　　他们及时召开居民代表联欢座谈会，
　　会上的发言个个有激情——
　　谈感想吐心声，
　　报党恩叙旧情，
　　唱快板说相声，
　　他们连表带演，连唱带说，
　　这个座谈会开得甭提多热情喽！
乙：开场的就是黄奶奶，八十多岁挂点零，
　　一张嘴地道的天津话，透着浓厚的乡土情。
甲：（以下模仿老奶奶，天津方言）报告！我要发言。
乙：奶奶不用打报告，想说什么都在您。
甲：那我就嘚吧嘚了！
乙：说吧！（御板儿过门儿）
甲：打起了御板儿我喜在心，十九大报告我的体会深。

习总书记处处为人民来着想，他就是咱们大家公认的最好最好的领导人。

老太太我今年八十五岁，还算精神儿，

五年前可不这样，我得了坐骨神经特烦人。

吃嘛嘛不香，我心情特烦闷，

就盼着有个轮椅，推我出门散散心。

嘿！春风化雨百花香，十九大报告喜临门，

习总书记派来了群众服务工作的小分队，免费赠轮椅亲自送家门，

实在是感动人。

习大大关心咱百姓，不忘初心。

我要编段天津快板儿送给亲人。

（白）鼓掌！伴奏！

乙：还有我的事？（用嘴学天津快板儿旋律）

甲：竹板儿这么一打，我心里乐开了花。

激情满怀我夸夸十九大。

十九大报告讲得没治啦！

激励咱们全国人民奔小康把宏伟蓝图画。

文明和谐的社会主义，倍儿好美极啦！

感谢咱们的领路人，要感谢习大大！耶！

乙：嘿！黄奶奶天津快板儿真逗哏儿，

感动了王晓红，黄奶奶的小孙子儿。

王晓红他是学校文艺小分队的负责人儿，

唱了段山东快书还是新词儿。

甲：（学小伙子，精神振奋）铜板打，我抖精神儿，（鸳鸯板）

我说上一段儿高兴的事儿。

我叫王晓红，是个残疾人儿，

一落生唇裂特难看，八岁了还没上学整天待家门儿，

出不了门儿，见不得人儿，坐在家里直愣神儿，

都快变成了植物人儿。

嘿！免费医疗像春风，党和政府关心咱们残疾人儿，
王主任为我联系了光彩工程，带我到最好的医院免费治疗，
真是喜煞人儿。
如今我也是风度潇洒、漂漂亮亮、健康活泼，大小伙子儿。
党的恩情永不忘，长大后报效祖国献青春儿。（不停地打鸳鸯板）
乙：没完了！王晓红人小志气大，
将来一定是个有出息的好娃娃。
孤老户儿齐大爷沉不住气啦！
打起了传统乐器撒拉机，节奏明快声音大。（撒拉机过门儿）
甲：（学赵大爷）撒拉机一打我特振奋，我也谈谈心得感想报党恩。
多年来，党从来没把我们给忘记，米面油从来不落给我们送家门。
社区医院对我多次来施救，每次施救使我逃鬼门。
特别是十九大胜利来召开，咱们社区送轮椅、送电视、送温馨，
习总书记处处想着是人民，我们是激动、激动又泪奔。
今后我争取活百岁！不忘党恩，不忘初心。
跟党走，不变心，做一个合格的优秀公民！
合：对，做一个合格的优秀公民！
乙：这座谈会越开越激动，
感动了居委会的老主任他叫王大中。
王主任的绝活儿是三个小碗儿，
小碗儿一打特动听。（小碗儿过门儿）
甲：（学王主任）小碗儿一打我的声音俏，
我现编了一段数来宝。
富民政策好，
不但能温饱，
住上安居房，
补助享受了。
生活不发愁，
还能有低保，

党的恩情比海深，

跟党走永远不变心！

跟党走永远不变心。

乙：嘿！您听这段花辙顺口溜，

我听到现在都没听够。

老书记一旁不落后，

抄起了牛胯骨连说带唱谈感受。（牛胯骨过门儿）

甲：（学老书记）嘿嘿嘿嘿……王主任话语深，句句情浓意更真。

志愿者服务小分队做好事，

国家干部来扶贫，

免费来培训，

亲自送家门，

捐钱送技术，

真诚献爱心，

咱们就是一家人，

咱们永远党恩不忘，不忘党恩。

合：对，党恩不忘，不忘党恩。

共产党的队伍震乾坤，

带领咱们全国人民奔小康，让神州大地降甘霖。

甲：这时节，彩云飞舞红日升，

座谈会越开越激情，

黄奶奶、王晓红、齐大爷、王大中，个个脸上展笑容，

激情满怀把那心意表，铿锵的话语在心中，

让我们——

合：紧跟总书记习近平，

同心共筑中国梦，生活奔小康，人们享太平，

社会大和谐，经济大繁荣，

让伟大的祖国再放异彩，为党和人民再立新功！

数来宝／

周恩来邓颖超纪念馆

打竹板，唱快板，
我唱周邓纪念馆。
周恩来，邓颖超，
万古留芳美名标。
他们是，一对儿革命好伴侣，
人生路，把马列主义大旗高高举。
他们是，中国共产党的卓越领导人，
心中的最爱是人民。
他们把人民放心中最高处，
时刻铭记为人民服务。
为了人民，呕心沥血，
辛勤工作劲儿不泄。
为了人民，鞠躬尽瘁，
辛勤工作不怕累。
甘为人民当公仆，
一心为人民谋幸福。
甘当人民勤务员，
永远和人民心相连。
他们是一对儿好战友，
奋斗路上，心贴心来手挽手。
互相关心，互相爱护，
互相支持，互相帮助。
有共同的理想和追求，

俯首甘为孺子牛。
周恩来，少年立志救中华，
为中华崛起走天涯。
确立了共产主义是信仰，
不忘初心向前闯。
与邓颖超，求学路上在一起，
两颗心，心心相印求真理。
相识于一九一九年，
五四运动掀狂澜。
周恩来，是天津学生的领袖，
领导学生运动很优秀。
邓颖超，机智活泼又聪明，
对学生运动很热情。
那一天，邓颖超演出话剧《木兰从军》，
打动了，周恩来的一颗心。
从此俩人多交流，
共谈信仰和追求。
互相倾诉爱慕情，
两情相悦心相融。
两颗心碰撞在一起，
六年之后结连理。
成为伴侣好战友，
革命路上大步走。
周恩来，是党的早期领导人，
为党工作很辛勤。
他曾经，南昌起义举红旗，
横扫千军如卷席。
他曾经，领导在白区干工作，
方方面面很出色。

他曾经，长征路拥护毛泽东，
为革命找到了引路灯。
他曾经，西安事变挽狂澜，
联合抗日冲在前。
他曾经，宝塔山下纺线线，
发展生产拼命干。
他曾经，协助领袖毛主席，
指挥三大战役歼顽敌。
到后来，他成为人民好总理，
一颗心，永远和人民在一起。
为国为民多贡献，
不分昼夜拼命干。
为国为民操碎了心，
迎来了，中华腾飞满目春。
邓颖超，一直协助周恩来，
用心爱护和关怀。
他们没有遗产没子女，
人民把他们永远记心里。
他们精神财富最宝贵，
贡献给整个全人类。
他们的遗产满山河，
激励后人，永远奋斗勇拼搏。
他们说明，
共产党走过的百年奋斗路，
宗旨就是，为人民服务。

四书说唱数来宝 / 根系老家希望洪洞

表演乐器：甲用蛤蟆板、乙用牛胯骨、丙用七块板、丁用铜板

（出场套板花样）

丙：七块竹板我打得齐，

开门见山说主题。

甲：唱主题，我先唱，

蛤蟆板节奏特别棒。

乙：你们三人别吹嘘，

牛胯骨要唱洪洞数第一。

丁：夸洪洞我先说。

我对洪洞了解得多。

丙：（白）都别唱啦。这多乱哪！咱得按着顺序唱

你先唱他二唱，我三唱他后唱。

甲：洪洞县，历史悠久有渊源，

一棵古老的大槐树，魂牵梦绕亿万后裔多少年。

它是华夏之源，九州之萃，人文明气它最全。

五千年华夏文明发源地，是仰韶文化遗址的大发现。

这里有：伏羲画卦、尧王访贤、皋陶制狱、舜耕历山，

古书上都有记得全。

一座矗立七百年的广胜寺飞虹琉璃塔，

一曲唱彻神州大地的苏三离了洪洞县，

更是让洪洞五湖四海名声传。

华夏大半部的文明史，

都在洪洞浓缩，有口皆碑代代传。

为咱洪洞的历史来骄傲，

咱们来点掌声和呐喊！

（过门）

乙：咱们洪洞是山西能源重化工的基地县，

煤、焦、化装备制造一体很齐全。

咱们洪洞是国家商品粮基地县，

什么药材种植和红薯，

杂粮杂果花卉和苗木。

你看那，

甘亭现代农业示范区，

秦壁创意融合示范园。

休闲农业乡村旅游，

现代农业大发展。

再说那，

洪洞经济技术开发区，

甘亭产业园区，

“两区四园”优势互促、功能互补。

工业园、农业园，

齐头并进共发展，

走在了改革开放最前沿。

合：对，走在了改革开放最前沿。

丙：这几年，

洪洞县面貌大改变，

国家卫生县、国家园林县、国家旅游县、

省级环保县、省级平安县、省级文明县，

在咱洪洞都实现。

咱洪洞人，锐意进取铸辉煌，

人人都为洪洞做贡献。

洪洞地理区位很优越，

交通发达也上了线，

大西高铁、同蒲铁路、瓦日铁路，纵横西北和东南。

高速环城通八方，

航空、铁路、公路，

便捷您出门旅游更方便，

出门坐汽车，快速坐高铁，改乘飞机上蓝天，

不等你落座歇一歇，一眨眼，嗡地一声到了天津把饭点啦，太方便了。

（过门）

丁：说方便，真方便，

俺把洪洞的旅游谈一谈，

华人的老家在咱们洪洞县，

迄今已有几千年。

在改革开放的号角中，

洪洞的旅游，始终走在了全国最前沿。

以根祖文化为主题，

大槐树的神话天下，

5A 景区成功，

“旅游专列”像“一带一路”，快马扬鞭。

现如今，开放美丽的新洪洞，

好多人看着都“眼蓝”了，

都想到洪洞来投资，

都想来洪洞把家安。

洪洞的父老乡亲欢迎您，

（白）常回家……

合：看看。

（过门）

甲：洪洞县，有人气，

洪洞人热情好客特仗义，

包容大度，诚实守信，

勤劳善良那可是没说的（读作“滴”）!

谁要找洪洞姑娘来结婚……

（白）怎么样?

保证顾家疼人做饭又洗衣，小日子过得甜如蜜，

你说你是多么有福气!

乙：哎哎哎，

说起洪洞人我清楚。

这个你们别抢也别急，

悄悄告诉您，

我在洪洞有亲戚。

众：（白）有亲戚?

丙：什么亲戚?

乙：我三舅的哥哥，我爸爸的内弟，我姥姥的儿子，我妈妈的弟弟，我的二舅南铁沟的王二喜。

丙：瞧这弯儿绕的。

乙：我二舅，以前他，

靠天吃饭来种地，

不懂种地还要靠科技。

农产品收了没有销路，

卖不出去。

因为他上有老下有小，

生活上面添了压力。

嘿，自从扶贫小分队进了村，

帮助他搞扶贫搞管理。

给苗木，送科技，

种了十亩地的核桃树，

眼瞅着就要丰收增效益。

全家人，脱贫致富奔小康，

生活上越过越富裕。

今天的晚会他在席，
就坐在后边角落里。二舅，你好哇！……

丙：二舅，演出完了我们都上你家去。有酒吗？酒菜你都预备齐呀！
洪洞的发展迎春天，
领导班子是关键。
办实事儿，办好事儿，
办大事儿，办小事儿，
实事好事大事小事儿，
事事都为百姓来出力儿，
咱们百姓越干越有劲儿。
党和人民心连心，
小康路上大进军。
不忘初心跟党走，
事业一步一层楼。

丁：现如今，
洪洞改革发展换新天，
百姓们安居乐业换新颜。
您再到洪洞走一走，
就像喝了延年的酒。

甲：水绿啦，天蓝啦，
街道变成花园啦，
人民兜里有钱啦，
休闲都到公园啦。

乙：小汽车擦得倍儿亮啦，
住房面积宽敞啦，
大秧歌扭得倍儿棒啦，
人们的心情倍儿爽啦。

丙：在县委政府领导班子正确领导下，
洪洞翻天覆地起了变化。

丁：春风杨柳万年条，
洪洞人民多自豪。
如今洪洞在飞腾，
创造和谐幸福的大家庭。
甲：新时代，新征程，
十九大精神记在心中，
不忘初心跟党走。
伟大祖国，
富强民主文明和谐更繁荣，
让洪洞……
合：紧跟总书记习近平，
同心共筑中国梦。
生活奔小康，
人民享太平，
社会大和谐，
经济大繁荣。
让美丽的洪洞放异彩，
为“保优夺魁”再立新功。

音乐快板／

自豪华融人

【随音乐伴奏手持御板边舞边唱上场】

合：今天的日子真喜庆，
　　站在舞台心激动，
　　心激动来唱快板，
　　高歌华融助助兴。
　　我们因为华融而自豪，
　　所以要，把华融好好地来歌颂。

甲　丙　戊　庚　壬：我们是天津分公司，
　　　　　　　　　　来给大家报报名。

乙　丁　己　辛　癸：我们是自贸子公司，
　　　　　　　　　　也给大家报报名。

合：我们同在津沽大地上，
　　一体两翼，携手同行。

丙　丁：看华融，资产大。

戊　己：看华融，队伍精。

庚　辛：看华融，业绩优。

壬　癸：看华融，上水平。

合：集团领导有水平，
　　他们是华融的指路灯。
　　高瞻远瞩定战略，
　　高屋建瓴展鹏程。
　　我们所有华融人，
　　风雨兼程奔大同，

同心共筑华融梦，

奔向那一流资产管理公司，锦绣前程。

【间奏】

甲　乙：多年之前的华融，

许多困难一重重，

十年大限压头上，

何去何从带愁容。

困思变，求生存，

求改革，求前行。

霹雳一声震天响，

集团的决策贯长空。

五年三步大战略，

八大创新，十大转型，大踏步地向前冲。

集团扬帆又起航，

华融从此，走向光明。

【间奏】

丙　丁：2009年，华融驶上快车道。

大家齐心不放松。

戊　己：发展战略定得好，

改革转型干劲浓。

庚　辛：创新项目无其数，

签下客户上千名。

壬　癸：一体两翼设计妙，

华融理念来贯通。

甲　乙：香港上市传捷报，

我们心中喜盈盈。

丙　丁：要创新，要发展。

戊　己：要提高，要攀升。

庚　辛：要协作，要稳健。

壬　癸：要和谐，要安宁。

合：要做到，治理科学、管控有序、主业突出、综合经营、业绩自信、理念自信、道路自信、文化自信，
让整个市场都震惊，
中国华融在振兴。

【间奏】

甲：提起建立自贸子公司
当时的意见大不同。

乙：分公司说他们样样都能干，
子公司建不建的全都行。

甲　丙　戊　庚　壬：分公司成立了十六年，
和集团一起风雨兼程。
政策性处置圆满完成来落实，
市场化业务大力发展向前冲。
综合金融服务项项来研究，
资产管理业务样样都精通。

丙：盘活存量。

戊：化解风险。

庚：救助企业。

壬：履行责任。

甲　丙　戊　庚　壬：不让公司的各项业务来落空。

甲：你们自贸子公司立过什么功？

乙：要问我们子公司立过什么功？
那我就说一说，让你们听一听。
虽然年初刚成立，
业务干得精又精。

丁：紧贴国家新战略，
快马加鞭搞经营。

己：自贸区，地儿不大，

跑遍南北与西东。

辛：不等不靠也不要，

创新才是最有用。

癸：深耕经营机会多，

不和你们抢合同。

甲：当时好多的意见，

乙：大家全都想不通。

甲：经过了集团总指挥，

开创分子合作好典型。

乙：把各自优势发挥好，

放宽视野要包容。

甲：我们天津分公司适应新常态，寻找新动力，实现新发展，融会来贯通。

乙：我们自贸子公司抢抓新机遇，寻找新商机，打造新亮点，大步向前冲。

合：开放共享自贸区，

绿色经济受欢迎。

分子公司来协调，

一体两翼在奔腾。

互相借力效益高，

共同支持天津经济发展大繁荣。

【间奏】

甲　丙　戊　庚　壬：我自豪，我是华融人，

服务实体最光荣。

乙　丁　己　辛　癸：我自豪，我是华融人，

要把那“创新、稳健”的核心理念来践行。

合：天津市委来评价，

集团领导的理念很英明。

他们说，要听党话跟政府走，

按市场规律办事肯定能够上水平。

甲　乙：调结构。

丙　丁：促转型。

戊　己：补短板。

庚　辛：防风险。

壬　癸：提质量。

合：这五大任务也能超额来完成。

功夫不负有心人，

咱世界五百强里都有名。

达标上市、提质控险、战略转型、可持续发展的战略目标，让收入年年增。

我们敢为天下先，爱拼才会赢。

甲　丙　戊　庚　壬：政府是大山，任我们去飞腾。

乙　丁　己　辛　癸：总部是大树，为我们支天棚。

合：跟着政府走，一切全都行。

跟着总部走，前途更光明。

【间奏】

甲　乙：我们华融天津的领导层，

“两学一做”学得精。

让大家努力来学习，

对党和人民要忠诚。

队伍建设要加强，

努力打造一支想干事、能干事、会干事、干成事、不出事，有素质的好员工，把队伍建设得强又精。

合：新工作，任务重，

勇担重任向前行。

不畏艰难和困苦，

愿为华融献终生。

靠华融，调节市场促繁荣，

靠华融，缩小贫富求大同。

靠华融，要让沙漠变绿洲，

靠华融，要让荒山郁葱葱。
靠华融，要让人民更幸福，
靠华融，要让百业更兴隆。
坚定信念跟着党，让华融好梦早筑成。
坚定信念跟着党，让华融好梦早筑成。
华融好梦，早筑成。

小品喜剧篇

小品／

情人节的玫瑰

时间：情人节后的深夜

地点：金街街头

人物：燕　子（女 28 岁，农民工街道清洁员）

林　涛（男 30 岁，农民工建筑工人）

醉酒人（男 45 岁）

中年夫妻

【金街街头，街灯昏暗，舞台正中有一长椅。】

燕　子：（手持清扫工具上）情人节已接近尾声了，金街上的人基本上走空了，俺这个清洁员该上工了，这些城里人也不犯神经了。城里人就是跟俺乡下人不一样，你说好好过日子不完了嘛，情人节，情人节，折腾个啥呀！你看看，你看看，放着垃圾箱不用，满街的……咳，俺该干活了。（清扫街道）

醉酒人：（抱一束玫瑰上）人……人生几何，对酒当歌。李白斗酒诗百篇，我这一瓶酒下去，俩字——瞎编。嘿嘿嘿，你们别笑，我打听打听道儿。（呼喊）大妹子！

燕　子：大哥，您是喊我吗？

醉酒人：哦，大妹子，我就是想问问，这海河在哪儿？

燕　子：大哥，我告诉您，一拐弯儿你顺着滨江道一直走，过五个路口，向左拐，前边是解放桥，桥底下就是海河了。

醉酒人：谢谢大妹子，（抒情地）等我到了解放桥上，极目望去，辉煌的津沽大地，啊，我不再留恋你，一头跳下去，咕咚咚，咕咚咚，我命休矣！

燕　子：大哥，您咋就要自杀呀？

林　涛：（穿棉大衣上）咋的，他要自杀！（躲到一边观看）

醉酒人：大妹子，我有一个小蜜，她身姿婀娜，亭亭玉立。情人节的夜晚，我与她相约，去参加一个派对（party），进了酒吧，眼前的景象让我感到惊奇——啊，我的小蜜，与一个大款相挽，有说有笑，眉来眼去。我给她献花，她爱答不理，请她跳舞，她让我玩去！

燕　子：那是她变心啦。

醉酒人：就这样我悄悄离开了她。我感到非常失意，走进小酒馆，独酌平心气，究其缘由，我没有钱，才失去了魅力，我决心离开这个充满铜臭的世界，让我那个小蜜看看，为了她，情人节我飞身跳海河，实现我的如此壮举！

燕　子：大哥，您自杀这也叫壮举呀！

醉酒人：大妹子，我走啦！（欲走）哎，你怎么不拦着我呀？

林　涛：（走到近前）拦你干啥，你不是想跳河吗？道儿她给您指明了，拐过弯儿去，（学电影《追捕》台词）一直向前边走，不要向两边看，前面是蓝蓝的天……

醉酒人：都半夜了，哪来的蓝天哪？

林　涛：到了桥上，你就往下跳，大哥，（学电影《追捕》台词）跳啊，跳啊，朝仓不是跳下去了嘛，跳啊，跳下去，你将融化在蓝天中。

醉酒人：大兄弟，我这都要自杀了，你怎么还拿我找乐呀？

林　涛：大哥，俺这不是拿你找乐，俺这是劝你。

燕　子：有你这么劝人的吗，你劝人家跳河呀？

林　涛：燕子，咱们这农民工，早出晚归，像这样自杀的人见多了，这样的人，你越劝他，他越没完，可你真让他去自杀，他还真没胆儿。不信，你问问他。

燕　子：大哥，真跳河，你有这胆儿吗？

醉酒人：没有。

林　涛：你看看，大哥，不是俺说你，为了这么一个女人，自杀，跳河，你说你值得吗？

醉酒人：不值得！

燕　子：大哥，您是个明白人，时候不早了，快回家吧。

醉酒人：哎，大兄弟，我听你的，大妹子，这花我送给你了。

燕　子：大哥，这花俺不能要，今儿是情人节，他是俺老公。

醉酒人：大妹子，你误会了，我是说，你把这花当垃圾处理了吧。

燕　子：噢，俺就替你处理了。（接过鲜花）

林　涛：大哥，别想不开了，你要还想跳海河，我可得跟着你。

醉酒人：不用了，谢谢大兄弟。（欲下，又转过身来）

燕　子：老公，大半夜的，你来这儿干啥？

林　涛：老婆，天寒地冷的，（撩开棉大衣，拎出保温罐）俺给你做了点儿云吞，吃点儿，暖暖身子。

燕　子：老公，俺还真有点儿饿了。（接过保温罐，打开）吃了一口，真香！

醉酒人：看看这小两口，难得的夫妻情啊！（走到燕子近前）大妹子，这花儿我还是拿走吧。

燕　子：哎，给你，（将花儿递给醉酒人）扔了怪可惜的。

醉酒人：不好意思，看见你们俩这热乎劲儿。回家这花送给我老婆！

燕　子：哎，大哥，你这就对啦！

醉酒人：大兄弟，大妹子，我走了，拜拜！（抛吻，落下的手碰掉了一支玫瑰，下）

燕　子：拜……（欲抛吻又止）这个不行，这是你的专利！（吃云吞）

林　涛：老婆，情人节，你吃了俺给你包的这云吞，感觉咋样啊？

燕　子：感觉，好像少了点啥。

林　涛：知道，这云吞淡了，我这有盐。（拿出一个纸包）

燕　子：不是盐的事。

林　涛：噢，少了点儿香油，这预备着哪。（拿出一个小瓶）

燕　子：也不是！

林　涛：那你说，这少了点儿啥呀？

燕　子：俺也说不好，就是心里头有点不得劲儿。

林　涛：心里不得劲儿，是不是家里来信，孩子想你了？

燕　子：想，不也回不去，不对。

林　涛：要不就是小孩她舅找咱借钱？

燕　子：借了不还，俺不借了。不对。

林　涛：那就是……你爹、你娘病了？

燕　子：你爹、你娘才病了呢！咋的俺一不高兴，你就往俺娘家想呢？

林　涛：可俺家里没事儿啊！

燕　子：哦，你家里没事儿，就是俺家里有事儿啊？

林　涛：得得得，咱也别抬杠。

燕　子：俺没跟你抬杠啊！

林　涛：那……俺想起来了，去年情人节你就跟俺别扭，对吧？

燕　子：那是因为，俺就要一支红玫瑰，你没给俺买。

林　涛：乡下人，要那干啥。

燕　子：乡下人就不要浪漫啦！

林　涛：好好好，浪漫，回来俺给你买红玫瑰去。

燕　子：这还差不多，老公，俺心里还别扭。

林　涛：怎么还别扭啊？

燕　子：俺问你，咱们俩结婚几年了？

林　涛：孩子都三岁了。

燕　子：可咱俩结婚举行结婚仪式了吗？

林　涛：啥仪式啊，咱领了结婚证，那就是正式夫妻啦！

燕　子：没举行婚礼，俺心里就不得劲儿。

林　涛：你这是没事找事！

燕　子：俺这也不是额外要求。

林　涛：行，明儿咱俩回家，在村上办一个像样的婚礼！

燕　子：孩子都三岁了，在村上办，俺怕人家笑话。

林　涛：那就在城里办，大饭店咱来他二十桌！

燕　子：这挺好，可花钱多了俺心疼。

林　涛：你这左不行、右不行的，这不折腾人吗？

燕　子：你不理解俺！（哭）

林　涛：哭哭哭，娘们儿家就知道哭！

燕　子：俺哭咋的啦！

林涛：没咋的，有能耐你在这哭死！（扭头欲下，突然发现脚下的一朵玫瑰，捡起，下）

燕　子：俺没说啥呀！（哭，见有人来，止住哭声，扫地）

【中年夫妻挽臂上，但动作不协调，看着别扭。】

妻　子：就这脾气呀，他比犟驴还要犟！

丈　夫：你还怨我呀，我这睡得“呓巴睁”的，你拉我上这来干什么呀？

妻　子：干什么，你心里有我吗？

丈　大：我心里怎么没有你呀？

妻　子：我问你，情人节，我让你跟我来这，可你怎么就是不来呀！

丈　夫：哎哟，情人节，那是年轻人的节日，咱这老夫老妻的，挎着胳膊在这金街上溜达？你不嫌鬈哪？

妻　子：我就不明白，咱是合法夫妻，来这有什么可鬈的？

燕　子：（扫地到近前）就是，大叔，大婶，俺在这扫街，看到你们城里人，真是浪漫，各色的气球，鲜艳的玫瑰花，买的、卖的、吃的、喝的、玩的，真热闹哇，跟俺家里赶集一样！

丈　夫：你们农民工也真不容易。

燕　子：可不是嘛，大叔，俺这起早贪黑，赚这俩钱不得过日子嘛。

妻　子：哎哎哎，你跟她搭咯什么呀？走，咱上那边去。（走向另一边）

丈　夫：老婆，这情人节，我不是不想跟你出来，你说，夫妻双双，出来溜溜，这是挺正常的事啊。

妻　子：对呀。

丈　夫：可挺好的情人节，让一些人都给搞得变了味儿了！、

妻　子：怎么哪？

丈　夫：小蜜挎着大款，学生挎着老师，小姨子挎着姐夫！

妻　子：这不都乱套了嘛！

丈　夫：更让我生气的是，一个20多岁的大姑娘挎着一个60多岁的老头，那姑娘的怀里还抱着这么一大堆红玫瑰。

妻　子：人家那可能是孙女跟爷爷逛街。

丈　夫：哪儿啊，后来一打听，才知道是干爹、干闺女！

妻　子：这叫没羞没臊！哎，老公，咱跟他们可不一样。我就是想在情人节的夜晚，跟你浪漫一回。

丈　夫：你想浪漫，大半夜的，我没那情趣啊！

妻　子：你再没情趣，那情人节总该给我买束鲜花吧？

丈　夫：买鲜花儿哪天不行，干嘛非得情人节呀？哦，就我这岁数，情人节，进花店，买一大把红玫瑰……知道的是我给你买花儿。

妻　子：那不知道的呢？

丈　夫：人家说我老不正经。

妻　子：你自己瞎嘀咕，谁说你呀！

燕　子：（扫地来到近前）大婶儿，俺是个农村人，也不会劝人，要是俺爹，俺娘准不会让他买这红玫瑰，您说这红玫瑰也当不了吃，也当不了喝，只要大叔心里有您，您说，这多好哇！

妻　子：这孩子，说出话来，让我心里热乎乎的。老公，不是我非得让你给我买这红玫瑰，你知道今儿是什么日子？

丈　夫：什么日子？

妻　子：三十年前，咱俩——

丈　夫：哎哟！我怎么给忘了哪，今儿是咱俩结婚三十周年！

妻　子：对，三十年这叫银婚。

【林涛默默地上，为情所动。】

丈　夫：三十年了，我们风风雨雨，坎坎坷坷。

妻　子：三十年了，我们有苦有甜，有辣有酸。

丈　夫：生儿育女，日子一天天过来了。

妻　子：你疼我，我疼你，咱俩都五十多了。

丈　夫：老婆！

妻　子：老公！

丈　夫：你怎么就不早说哪，走，不管顶着多大的雷，我也得把红玫瑰给你买了！

妻　子：好老公！（二人欲下）

燕　子：（被感动，哭）

妻　子：（走回）孩子，怎么了？

燕　子：（擦了擦眼泪）大婶儿，没事儿。

丈　夫：孩子，有事儿跟我们说，啊？

燕　子：大叔，您快买花儿去吧，要不花店就关门了！

丈　夫：哎，那我们走了？

妻　子：孩子，想开点儿，啊？

燕　子：大叔大婶儿，俺没事儿。（起身扫地）

【二人挽臂下，燕子扫地，林涛拎一保温罐悄悄上。】

林　涛：老婆，还生我的气呀？

燕　子：谁跟你生气呀。

林　涛：（绕到燕子身后，突然将一朵玫瑰送到燕子眼前）老婆，你看！

燕　子：（高兴地）红玫瑰！你买的？

林　涛：啊，我买的。

燕　子：多少钱？

林　涛：听说三十多块哪。

燕　子：听说？

林　涛：呵，（给自己一个嘴巴）我连个瞎话都不会说。

燕　子：哼，我都看见了，人家那大哥临走时掉了一朵，你给拾起来了。

林　涛：我琢磨这三十多块，能买两瓶酱油，还有两袋面酱。

燕　子：（给林涛一个吻）我就喜欢你这样。

林　涛：老婆，把花儿给我。

燕　子：（把花儿递给林涛）干啥呀？

林　涛：（将花儿折断）来！我把花儿给你戴上。

燕　子：戴花儿干啥？

林　涛：（将花儿戴到燕子头上）老婆，戴上花，你更漂亮啦！

燕　子：俺本来就不丑。

林　涛：老婆，现在咱俩就在这举行一个别开生面的婚礼，好吗？

燕　子：在这举行婚礼呀？

林　涛：燕子，戴上花，你就是新娘了。

燕　子：那好，那俺也打扮打扮新郎，把大衣脱掉！

林　涛：哎。（脱大衣）

燕　子：哎，老公，俺给你买的那件西服哪？

林　涛：二狗子结婚给借走了，将就吧。哎，老婆，你头上还少一样东西。

燕　子：俺少啥呀？

林　涛：（从大衣口袋里掏出一个纸包）看看！

燕　子：（打开纸包）呀，红纱巾！

林　涛：老婆，你把它顶到头上。

燕　子：行，这就是俺的红盖头了！

林　涛：林涛、燕子结婚典礼现在开始！新郎新娘站好！一拜天地！

【二人鞠躬。】

林　涛：二拜高堂！

【二人鞠躬。】

林　涛：夫妻对拜！

【二人相互鞠躬。】

林　涛：送入洞房！

燕　子：老公，咱洞房在哪呀？

林　涛：楼当柱，桥当梁，金街是洞房，这张长椅是咱的床！

燕　子：哟，这可是单人床！

【二人大笑。】

林　涛：老婆，拾掇咱这洞房喽！

【音乐起，在音乐声中，燕子踏着节奏翩翩起舞，林涛有节奏地扫地，下。】

【幕落】

小品／

不该发生的故事

时间：当代

地点：印染厂某车间办公室

人物：大　牛（男 48 岁，车间主管，当地人）

　　　阿　根（男 32 岁，车间副主管，南方人）

　　　秀　兰（女 23 岁，厂长协理，大牛的外甥女）

【幕启：窗外厂房林立，环境优美。（幻灯）】

【室内墙上绘有生产进度图表及写有与世界色彩同步的巨幅标语。窗前有办公桌椅。桌上有电话。】

【大牛从办公桌后走出，面向观众。】

大　牛：（骄横地）我是车间的牛主管，独霸一方掌着权，我要看谁不顺眼，他妈的，滚蛋！（看进度表）

阿　根：（扛着一匹布上）主管，你这是让哪一个滚蛋嘛？

大　牛：（尴尬地）我……我让我媳妇滚蛋。

阿　根：（将布放下）你们两口子闹矛盾啦，你不是说家里红旗不倒、外面彩旗飘飘吗？

大　牛：别跟我磨牙，有什么事，说。

阿　根：是这个样子，我设计的新工艺，样品布出来了。

大　牛：（走近，验看）我就没真看出来，这布好在哪啊？

阿　根：（打开布，指点着）主管你看看，这样的布色泽鲜艳，花纹清晰，国外的市场上就喜欢这样的产品啦。

大　牛：哟哟哟，泰山不是堆的，火车不是推的，大海不是剋的，牛皮不是吹的。你这嘴够好使的！

阿　根：我这嘴怎么的啦？

大　牛：你设计的布色泽就鲜艳？

阿　根：是的。

大　牛：你设计的布花纹就清晰？

阿　根：是的。

大　牛：你设计的布就能打进国际市场？

阿　根：是的。

大　牛：你就这么没羞没臊吗？

阿　根：是的，（急改口）不是的，我怎么没羞没臊了？我这新工艺在原来的那个工厂，产品早就打入国际市场啦。

大　牛：既然你设计的产品打入国际市场，那你不在原来的工厂好好待着，上我们这干嘛呀？

阿　根：不是我要来，是你们厂长和我们原来的厂长经过协商，聘我到这里来的。

大　牛：这么说，你技术好？

阿　根：是的。

大　牛：你能耐大？

阿　根：是的。

大　牛：你在这要长期干下去？

阿　根：是的。

大　牛：你给我玩去！

阿　根：你这是怎么说话呀？

大　牛：拿嘴说话，拿后边说话……那是放屁。

阿　根：太不文明啦。我知道，从我一到这里来当副主管，你就看不上我，不是给我穿小鞋，就是给我系鞋带。你以为我愿意伺候你呀！此处不养爷，自有养爷处，处处不养爷，家里还有老米树。我走了，拜拜！（生气地下）

大　牛：（得意地）小样儿，跟我斗，你还嫩点！

【秀兰上场，与阿根相撞，秀兰倒地，阿根搀扶。】

阿　根：（愧疚地）是厂长协理呀，对不起。

秀　兰：阿根，你这风风火火的，怎么啦？

阿　根：（委屈地）我准备辞职不干了，辞职。（欲下）

秀　兰：（阻拦）阿根，别走啊，（不解地）这是为什么呀？

大　牛：就是你那个舅舅，他太霸道，我受不了啦。

秀　兰：（走进办公室）老舅，阿根要走，这是怎么回事？

大　牛：是他自己要走的。

秀　兰：阿根？

阿　根：我在这没法干了呀！

大　牛：少说废话，就你这样的走一个少一个！外来户，大尾巴鹰，想夺我的饭碗子？告诉你，你就是强龙，能斗得过我这地头蛇吗？

阿　根：我这人胆小，就是怕蛇咬我。

秀　兰：老舅，你都把阿根吓出毛病来了。

大　牛：秀兰，知道你老舅的厉害了吧？

秀　兰：知道，我早就知道了。就您这地头蛇往这一盘，谁来了您就咬谁。

大　牛：我咬谁了？

秀　兰：去年，厂里给您配了个副主管，没俩月就让您给掐跑了。

大　牛：那是他自己要走的。

阿　根：人家没法不走，一个工程师，搞出来的设计你说没用，指挥工人干活你不让动，跟你说话吧你这儿耍横，那天人家感冒，你非说人家得的是不治之症啦。

大　牛：我那不跟他逗着玩嘛。

秀　兰：您那是轰人家走。

大　牛：他不走，我这主管干得长吗？

阿　根：看看，说实话了吧。

大　牛：你一边呆着。

秀　兰：今年上半年厂里又给您聘了位副主管，人家跟您说，“我是管理学硕士加经济学硕士”。可您说什么？

大　牛：我说，“俩士都不要，我拡老将”。

秀　兰：您这下棋来了？

大　牛：我就是怕他来了，把我挤兑走了。

阿　根：你怕被挤兑走，长本事啊，长知识啊，长能耐啊。

大　牛：我就这样。

秀　兰：特别是这次，厂里给您聘了这位管理能力、技术能力都很出色的副主管阿根，这回您的表现还真不错。

大　牛：我没挤兑他吧？

秀　兰：净给人家穿小鞋啦。

阿　根：就是，表面上他一脸微笑，可背后搞的都是小动作。

大　牛：我搞什么小动作了？

阿　根：我上新的项目，印版都上好了，你那一挤眼睛，你一个哥们儿成心不把颜色给我调匀了。

大　牛：那多好，出来那布这边色重、那边色轻，那是国画呀。

阿　根：他的一帮哥们儿还给我起哄，说我是"若把此布比西子，'浓妆艳抹'总相宜"。

秀　兰：老舅，您可够损的。

大　牛：一般。

阿　根：我好不容易把色彩调匀了，刚一开机，他那又是一挤眼睛。

大　牛：我一个哥们儿把车速给他加快了。

阿　根：那布一出来，一股子一股子的，有地方有色，有的没色。

大　牛：这叫跳跃式发展。

阿　根：你说这是人话吗？

秀　兰：老舅，您这是成心整治人。

阿　根：费了半天劲，我把车速调好了，他那又一挤眼儿。

大　牛：我一个哥们儿把印网给捅了个窟窿。

阿　根：这布本来是小方格。

大　牛：这回一股子一股子地出了大牡丹了。（大笑）

阿　根：你说这活儿让我可怎么干哪？

秀　兰：老舅，您还笑啊？

大　牛：我笑怎么了？

秀　兰：往小处说，您这是心胸狭窄，地方主义。

大　牛：那往大处说哪？

阿　根：你这是破坏生产。

大　牛：别逗了，我破坏生产？打这个厂一建厂我就在这。陈年的花生米——我是老人（仁）儿，爷爷的皮袄——我是老货，奶奶的顶针——我是老物件，慈禧太后的尿盆儿——我是老古董。

阿　根：你哪儿那么多俏皮话啊？

大　牛：说我破坏生产，谁信哪？

阿　根：我信，你这就是破坏生产！

大　牛：我就破坏生产了，你把我怎么样？

阿　根：我……我走还不行嘛。（欲走）

秀　兰：（拉住阿根）阿根，你不能走！

大　牛：秀兰，我可是你亲舅舅，你大学毕业，是我把你弄到这厂子来的，如今你当上了厂长协理，你这胳膊肘不能往外拐！

秀　兰：老舅，向人得向理，您做的这事可都不在理上。

大　牛：什么理不理的，在这车间，我是主管，我就是理！

阿　根：看看，整个儿一个没文化，没素质，没品位，没档次。跟这样的人合作，没意思。我还是走吧。（欲走）

秀　兰：阿根师傅，我请求你留下来。

阿　根：厂长协理，你……

秀　兰：厂长把你请来，我们的工作没有做好，让你受委屈了。我代表厂长，特别是我们富强集团的董事长，向你赔礼道歉啦！（鞠躬）

阿　根：别，这我可担待不起。

大　牛：（不解地将秀兰拉到一旁）秀兰，在这关键时刻，你怎么站到他那边呀？

秀　兰：老舅，这事您做得不对呀。

大　牛：我怎么就不对啦？

秀　兰：老舅，纸里包不住火，就您干的这些事，厂长都知道了。今儿我到这来，就是来劝劝您。

大　牛：（一惊）什么！这事厂长都知道了？

秀　兰：厂长很生气。

大　牛：厂长说什么了？

秀　兰：他说要让你停职检查。

大　牛：那这车间主管哪？

秀　兰：让阿根师傅担任。

大　牛：啊！（一屁股从椅子上跌下）

秀　兰：（急忙搀扶）老舅，没事吧？

阿　根：（也过来搀扶）牛主管。

大　牛：秀兰，我真的错了吗？

秀　兰：老舅，您是错了。厂长有急事出差去了，他临走的时候，写了一封信，他让我交给您。（将信递给大牛）

大　牛：（接过信）厂长，我的好兄弟，你不该这么对我呀！

【音乐起，画外音：大牛，咱们是老哥们儿了，打建厂咱们就在一起，风风雨雨，摸爬滚打，多不容易呀。那时，一个饼子咱俩掰开吃，一杯水咱俩倒开喝，累了咱俩相互鼓劲儿，困了咱俩就依偎着睡上一觉。老哥，这些你都忘了吗？】

大　牛：（深情地）我能忘了这个嘛。

【画外音：厂子办大了，咱们都混得有头有脸了。可厂子要发展，要打进国际市场，咱们就得引进技术，引进人才。不然，我们的厂子，我们的集团，就会有灭顶之灾呀！面对新技术，新市场，应该说，你的观念已经陈旧了，你保守，你自私，你专横跋扈，你为所欲为，为了保住这个车间主管，你做了很多不该做的事。我真为你痛心哪！为了大局，为了发展，为了工厂、为了集团的利益，我只好忍痛割爱了。老哥，你是咱厂的功臣，咱厂的每一步前进都离不开你，可咱不能躺在功劳簿上不往前进了呀！】

大　牛：我……

【画外音：老哥，主管你让出来吧，让给阿根。你就当他的助手副主管吧。】

大　牛：哎。阿根，对不起，以后我一定支持你！（主动与阿根握手）

阿　根：主管！

大　牛：（愧疚地）不，你是主管，我是副主管。

秀　兰：老舅！（三人大笑）

【剧终】

小品／

女硕士兵

时间：当代

地点：女学员宿舍

人物：张　丽（女，28岁，硕士生）

李　娟（女，27岁，硕士生）

于　娜（女，26岁，硕士生）

王　霞（女，21岁，硕士生）

【幕启：舞台正中吊一标语，上写：搞好信息化建设，提高部队战斗力。标语下，一桌居中，一侧一凳。另一侧相对并排摆三凳。四人整齐步入会场，就坐。】

张　丽：我们是武警部队特招的硕士生班，请大家做一下自我介绍。

于　娜：我叫于娜，26岁，电子信息专业，硕士生。专长：研制特殊软件，杀入对方指挥系统，使其处于瘫痪状态。网名“宇宙来客”！

张　丽：为什么要当兵？

于　娜：爱穿这身军装。

张　丽：什么原因？

于　娜：我爸是老兵，少将一颗星，他常对我说，最好去当兵！

张　丽：你妈妈什么态度？

于　娜：我妈给我找了个工作，年薪十万，让我给辞了！

张　丽：好！

李　娟：我叫李娟，27岁，电子信息专业，硕士生。专长：建立古今中外反恐信息库，网名“千手观音”。

张　丽：为什么要当兵？

李　娟：当兵光荣。

张　丽：是啊？

李　娟：新婚蜜月中，丈夫来送行，他说当兵好，军营出英雄！

张　丽：他为什么不当兵？

李　娟：他硬件还好，软件差点。

张　丽：好！

王　霞：我叫王霞，21 岁，超常班神童，电子信息专业，硕士生。专长：破译各种密码，网名“小龙女”。

张　丽：为什么当兵？

王　霞：女兵最美。

张　丽：怎么个美？

王　霞：军装穿在身，特别有精神，走在马路上，跟着一堆人。

张　丽：还有呢？

王　霞：女兵最朴素，远看像雕塑，走到近前看，美在心中铸。

张　丽：这还差不多。我叫张丽，是她们的老大姐，28 岁，电子信息专业，硕士生。专长：电子控制系统，网名“东方不败”。

三　合：为什么要当兵？

张　丽：报效祖国。

三　合：是啊？

张　丽：国外发聘书，请我把国出，被我给拒绝，只想穿军服！

三　合：好！

张　丽：来，咱们开个会。

【四人走向会场，整齐坐下。】

张　丽：军训已经一个多月了，明天的三公里越野考核，是我们班军训的关键科目。该怎么办，大家研究。

李　娟：报告！

张　丽：咱不喊报告了！

李　娟：那好，大姐，今天三公里越野训练，有人说咱的闲话。

张　丽：你听到什么闲话了？

李　娟：人家说：“硕士生班的那帮姐姐，玩电脑那是高手，一到了军训，她们就死机啦！”

于　娜：我们死“机”，他们“死鸭子”！

张　丽：这叫什么话。

李　娟：事出有因。

于　娜：就是，今天三公里越野，咱们班的成绩是第一，不过是倒数的。

王　霞：说，接着说，别停机！（拿出薯条，吃着）

于　娜：你怎么开会吃东西呀？

王　霞：这叫补充内存。你来点？

于　娜：我不需要增容！

王　霞：硬盘出毛病了。

于　娜：那是因为有病毒！

王　霞：那我给你杀火啊？

于　娜：放心，我这有防火墙！

张　丽：得得得，什么呀，没到哪，你们俩这乱码了！

王　霞：我就不爱听她那话里头带刺儿。（吃薯条）

于　娜：副班长，不，大姐，她开会吃东西！

张　丽：王霞，把薯条放下，这开会哪！

王　霞：好，放下，说吧，不就是我三公里拖大伙儿后腿的事吗？有人看不上我，我还看不上她呢！

于　娜：大姐，你看她什么态度啊？

王　霞：对你，我关闭 QQ，不予理睬！

于　娜：你……

李　娟：王霞呀，你应该端正态度。

王　霞：我怎么了？

李　娟：你今天三公里的速度是太慢了。

于　娜：她快不了，就你这机型——“286”。

王　霞：我现在“286”，明天考核我就是“奔腾 4”。

于　娜：吹牛！你以为你是小神童就了不起了？咱硕士生班的脸都让你丢尽了！

王　霞：我丢什么脸了？

于　娜：军训一开始，你走队列，外八字就是改不了！

王　霞：我走路走了二十年，就这样！

于　娜：还有，你时间观念差！

王　霞：我怎么时间观念差了？

于　娜：你总迟到！

王　霞：那是过去，现在准时到达！别拿老眼光看人！

于　娜：你……

李　娟：王霞，咱是一个整体，你要有集体荣誉感。

王　霞：我怎么没有？

于　娜：（讽刺地）有，你有荣誉感，就是三公里越野又得了个倒数第一。

王　霞：这是预测。

李　娟：明儿考核，你成绩上去，咱班就是上游，你成绩上不去，咱班可就是下游了！

于　娜：有她，咱班是死定了！

王　霞：（气愤地）你小看人！（将薯条扔在地上，哭）

张　丽：王霞，你别哭了，咱姐妹到这军训一个多月了。谁是什么脾气也都相互了解。就拿王霞来说吧，军训刚开始的时候，她是自由、散漫，成绩上不去，可现在，好多了。

王　霞：（止哭）还是大姐了解我。

张　丽：三公里越野，很多眼睛都盯着我们硕士生班，我们的文化素质高，军事训练我们也不能落在别人的后头。今天的预测，王霞速度是慢了些，可我看得出来，她也在拼命啊。一个军人有了荣誉感，有了这种潜质，还怕她的成绩上不去吗？

王　霞：大姐，请你相信我，明天我绝不会给咱班丢脸！

张　丽：好，三公里越野，看来是小事，可它能锤炼我们军人的意志，提高我们的时间观念，加强我们的集体荣誉感。这些在我们未来的信息化实战中，有着特殊的意义。姐妹们，军训以后，我们将共同走向未来，你们畅想过我们的未来吗？

于　娜：我们想过。

王　霞：我们想过。

李　娟：我们想过。

【切光，一束追光打在张丽身上。】

张　丽：这是一场信息化的战斗。一个恐怖集团挟持人质占据了一座大楼，我武警部队开赴现场，对大楼实施了包围。上级命令我们信息分队立即投入战斗！

【另一束追光打向李、于、王，她们在模拟操作电脑。】

【张丽走来，带上耳麦。】

李　娟：报告，信息系统启动！

于　娜：报告，搜寻系统启动！

王　霞：报告，破译系统启动！

张　丽：迅速判断恐怖分子及被挟持人质具体方位！

李　娟：报告，位置锁定。

张　丽：开启干扰系统！

李　娟：报告，开启，大楼与敌指挥中心联系中断！

于　娜：报告，敌指挥中心发射信号被截获。

张　丽：输入破译系统。

王　霞：报告，破译正在进行！

张　丽：迅速查阅敌方资料！

李　娟：是！

王　霞：报告，敌发射信号密码已被破译！

于　娜：报告，根据破译密码，我方程序进入敌方指挥中心！

张　丽：投放病毒！

于　娜：报告，敌指挥中心网络瘫痪！

李　娟：报告，部队已进入大楼，人质被安全解救，恐怖分子被全部俘获！

张　丽：好！

李　娟：报告，发现一枚定时炸弹，有 26 组密码。

张　丽：请首长指示，是，立即破译！

王　霞：明白！

李　娟：报告，时间还有三分钟！两分钟！一分钟！五十秒！

王　霞：报告，密码全部破译！

张　丽：首长命令，排爆！

李　娟：报告，还有三十秒，二十八秒，危险排除！

张　丽：好，我们胜利啦！

【众人欢呼，拥抱。】

【给光。】

王　霞：未来多美好啊！

于　娜：是啊，我们配合得多棒啊！

李　娟：真那样，我们就该立功了。

张　丽：可是，如果没有我们的协同作战，能取得胜利吗？

三　合：不能！

张　丽：如果我们不团结，能取得胜利吗？

三　合：不能！

张　丽：如果没有时间观念，能取得胜利吗？

三　合：不能！

王　霞：大姐，请放心。三公里越野，我不会落后的！

于　娜：（玩笑地）那你吃兴奋剂呀？

王　霞：去，我这有绝招，（卸下沙袋）卸下去就能长翅膀！

三　人：（惊诧地）啊，沙袋！

张　丽：王霞，你怎么不早告诉我们哪？

王　霞：我就是想给你们一个惊喜。我知道，于娜看不起我，是我老拖咱们硕士生班的后腿。这次三公里越野，我就想，一定跑出个好成绩，让你们看看，让那些小看我们硕士生的人看看，我王霞是个真正的军人！

三　人：王霞！

张　丽：让我们携起手来，为了祖国，（伸手）

李　娟：为了武警部队的信息事业，（叠手）

于　娜：为了我们的美好未来，（叠手）

王　霞:为了明天三公里越野取得好成绩,(叠手)

四　合:咱们共同努力!

【音乐起:《女兵》】

小品／

门槛儿

时间：当代

地点：一居民家

人物：奶　奶（女，68 岁，居民，盲人）

　　　小　偷（男，14 岁，学生）

【幕启：舞台正中放一屏风，屏风前一桌两椅，桌上有凉水瓶、杯，奶奶拎包上。】

奶　奶：我当教师已多年，退休在家心里烦，只因得了白内障，要做手术得花钱。我跟我孙子一块过日子，孙子上中学，哪哪不得用钱哪。可有病还得治，这不，我刚打银行回来，取钱做手术，要不，整天摸黑，这也不是事啊。（开门进屋）

小　偷：（尾随奶奶上）银行见她去取钱，一路跟踪到这边，她是盲人看不见，要偷这钱下手难！（趁奶奶放东西时，溜进）

奶　奶：（将包放在桌上，回身关门时，似乎听到了动静）哟，是我那大孙子回来了？

小　偷：……是。

奶　奶：今儿放学这么早啊？

小　偷：对。

奶　奶：快，坐，小宝啊，快坐。

小　偷：哎。（坐）

奶　奶：（坐）奶奶把水都给你凉好了，每天回来，你都“咕咚咕咚”地喝一气，今儿这是怎么了，小宝，喝呀？

小　偷：喝。（喝水）

奶　奶：这孩子，说话怎么跟打电报似的，一个字一个字往外蹦啊？

小　偷：奶奶。

奶　奶：又改俩字了，是不是嫌奶奶老了，不愿意跟奶奶说话？

小　偷：不是，我……我愿意跟奶奶说话。

奶　奶：哎，这孩子，怎么今儿说话跟平时不一样啊？

小　偷：奶奶，一样，怎么不一样？

奶　奶：说话好像变得粗了？

小　偷：（掩饰地）奶奶，我感冒了。

奶　奶：我说呢，小宝，奶奶给你找点儿药去。（自言自语地）我怎么觉着这小宝不对味啊？

小　偷：奶奶，您说什么？

奶　奶：（急掩饰）我是说，你感冒鼻子不通气啊。

小　偷：您快找药去呀。

奶　奶：哎，我找药去。（走到屏风后）

小　偷：老奶奶上里屋去了，我还不趁这阵儿把钱拿走？对，说拿就拿！（拎包欲走）

奶　奶：（走出，听动静）小宝啊，你看，这是治感冒的药吗？

小　偷：（转回，看药）奶奶，这不是感冒药，这是治拉肚子的。

奶　奶：（伸手摸桌上的包）

小　偷：奶奶，你摸什么呀？

奶　奶：钱，我刚取钱的包哪？

小　偷：（急把包放回桌上）奶奶，包在这哪。

奶　奶：小宝，奶奶给你找药去。

小　偷：奶奶，我去吧？

奶　奶：你不知道药放在呢，还是我去吧。（自言自语）这个人可能不是小宝？

小　偷：奶奶，您说什么？

奶　奶：我说感冒一定要治好。

小　偷：奶奶，这回药可别拿错了。

奶　奶：哎，这回错不了啦。（走到屏风后）

小　偷：这老太太可能怀疑我了，我赶紧拿钱走人！（拿包欲走）

奶　奶：小宝啊，这回药没错了，治感冒的。

小　偷：（无奈地转回，将包放回桌上，接药，看）奶奶，这回真是感冒药。

奶　奶：那就快把药吃了。

小　偷：哎。（将药放进口袋，假装吃药）

奶　奶：小宝啊，你今儿吃药怎么跟每回都不一样啊？

小　偷：（一惊）怎么不一样？

奶　奶：你每回吃药都跟嚼崩豆似的，把药都嚼了。

小　偷：（急拿出药，放进嘴里，大嚼）

奶　奶：喝水呀？

小　偷：哎，喝水。（喝水）

奶　奶：这回我明白了。

小　偷：您明白什么了？

奶　奶：我明白……吃药得这样吃，这样吃药劲大。

小　偷：对，这样吃药劲大。

奶　奶：（伸手摸包）

小　偷：奶奶，包在这哪。（将包推到奶奶跟前）

奶　奶：小宝啊，知道这包里装的是什么吗？

小　偷：知道……不知道。

奶　奶：这里……装的是钱，一万块。

小　偷：（自言自语）给我正好。

奶　奶：你说什么？

小　偷：我说数额不小。

奶　奶：这么多钱搁这不好，我把它放到里屋锁起来。（欲拿包）

小　偷：（急抢包）奶奶，我来吧。（拿包走进屏风）

奶　奶：（自言自语）他不是小宝！听得出来，他是奔这钱来的。我不能让他把这钱拿走！

小　偷：（拿包走出）奶奶，钱放好了，我有点事，想出去一下。

奶　奶：小宝啊，别急，跟奶奶说会儿话。

小　偷：哎。（不情愿地止步）

奶　奶：小宝啊，自从你爸你妈走了之后，咱娘俩苦熬苦业的，存俩钱容易吗？

小　偷：是不容易。（坐下，将包揽在怀里）

奶　奶：特别是奶奶退休之后，出版社让我给校对稿子，我也是想给你多攒下点儿钱，以后你用钱的地方多着哪。可我这眼它不给我争气呀！

小　偷：奶奶。

奶　奶：一天一天的，这眼就看不见东西了。

小　偷：那您看看去呀？

奶　奶：这不，人家大夫说，我这是白内障，做手术得一万块。

小　偷：这钱是您看病的钱哪？

奶　奶：明儿一交钱，手术做了，眼能看见东西，我还校对稿子，把这钱我再赚回来。

小　偷：（将包放在桌上）奶奶，我出去一会儿就回来。（欲走）

奶　奶：（手触到包，一惊）等等！

小　偷：您……

奶　奶：吃完了饭再走，奶奶这就给你做饭去！（下）

小　偷：多好的奶奶呀，我怎么能忍心偷她的钱哪？可……我也急等着用钱哪！

奶　奶：（悄悄上，听动静）

小　偷：一不做，二不休，我还是把钱拿走吧！（拿包走到门口）

奶　奶：站住！孩子，你拿了别人的钱，一迈过这门槛儿，那可就是坏人啦！

小　偷：（把脚撤了回来）

奶　奶：孩子，你不是坏人。

小　偷：我……

奶　奶：孩子，奶奶知道你有难处，可再难，你也不能迈出这个门槛儿啊！

小　偷：奶奶，我错了。（走回）

奶　奶：孩子，来坐，有什么难处跟奶奶好好说说。

小　偷：奶奶，我有一个跟您一样的好奶奶，可我奶奶住进了医院，正急等着用钱哪！

奶　奶：那你爸、你妈哪？

小　偷：他们都在外地，听说我奶奶病重，他们要回来，可这住院押金我没法交啊！

奶　奶：孩子，你怎么想着要偷东西哪？

小　偷：奶奶一病，我都急晕了，到银行正好看见您取钱，我就跟着您来了。

奶　奶：孩子，你可千万不能迈出这一步啊。本来我也有一个很好的家，十几年前，小宝的爷爷有了病，也是等着钱要住院，小宝的爸爸去偷东西，让人家给堵到屋里了，他杀了人！他走了，小宝的爷爷走了，小宝的妈丢下小宝也走了。就剩下我跟小宝，十几年这日子苦啊！

小　偷：奶奶！

奶　奶：孩子，有时这门里门外就隔着一道门槛儿，迈出这门槛儿，想后悔都来不及呀！

小　偷：奶奶，我再也不偷了！

奶　奶：好孩子。钱哪？

小　偷：我放到桌上了。

奶　奶：你把它拿上。

小　偷：这……

奶　奶：钱，有个急用慢用，一时倒不开，这都是常有的事。这样，我这病跟你奶奶的病比，还有个缓头，你把钱拿上，先给你奶奶看病去！

小　偷：（跪地）奶奶，我的好奶奶！

奶　奶：孩子，（扶起）以后的路还很长，记住了，千万别迈过那道门槛儿啊！

小　偷：（深情地）哎！

【定格。】

【剧终】

小品

传　承

人物：戏法艺人的儿子大成、大成的同学顺子

【大成在家里练戏法。】

顺　子：（按门铃）

大　成：谁呀？

顺　子：我，你同学顺子。

大　成：来喽！（开门）老同学，屋里坐。喝茶。

顺　子：大成你别忙活。

大　成：有事呀？

顺　子：伯父在家吗？

大　成：我爸去演出啦。怎么啦？

顺　子：有个惠民演出，要伯父的古典戏法。

大　成：他不在，我顶替我爸。

顺　子：你顶替你爸，你爸爸愿意吗？

大　成：这话我听着别扭，你的意思我的戏法不如我爸？

顺　子：谁敢这么说我跟他急。

大　成：哎，这话我爱听。

顺　子：你是真不如你爸。你变得没他利索，谁敢带你呀！

大　成：我现在是没他利索，再来两年，我准比他利索。

顺　子：说的不是现在吗。

大　成：咱这样，现在我给你变一回。看着行，带着我去，怎么样？你坐会儿我准备准备。（回里屋）

顺　子：（对观众）您别听他的，他真不如他爸，去年夏天，我带他去海南

岛演出，在一艘船上和人搞联欢，他给人变这古典戏法，拿块布往身上一蒙，先变出一只大鹦鹉，这只鹦鹉可了不得，他变的东西这鹦鹉都知道在哪儿藏着。把鹦鹉往旁边一放，拿布往身上一蒙，变出一盆花，鹦鹉说话啦，“从脖子后边变出来的。”“别说话！”又拿布一蒙，变出一盆鱼来，鹦鹉又说话啦，“从咯吱窝变出来的。”他瞪了一眼鹦鹉，拿布往身上又一蒙，变出一盆火来，鹦鹉还说话，“从裤裆里变出来的。”把他给气得，一着急把布扔到火盆上了。这下坏了，把船给引着啦，大家弃船逃生，他抱着个圆木头跳到海里，他在这头，鹦鹉在那头，在海上漂。他问鹦鹉：“你说话呀，刚才那些话呢？”鹦鹉看看他，看看大海，看看大海，看看他，“你把船给变哪去啦？”您说就这水平我能带他去吗？

大　成：（对观众）您别听他瞎说。我这就变一回，您看看我现在水平怎么样！

【大成变戏法。】

大　成：怎么样？

顺　子：你太有长进啦！

大　成：我一直就这样。

顺　子：又吹上啦！不过，说真的，你这回真比你爸利索。

大　成：我不利索，能顶替我爸吗？

顺　子：这儿等着我啦！

大　成：我从小跟我爸学艺就非常刻苦，我爸也对我寄以厚望，可是我刚要一展身手的时候，正赶上国外各种文化冲击着我们的传统文化，变戏法这门民间艺术，受到了冷落，行业很不景气。我又参加了其他工作，当时自己想，这辈子再也不能变戏法了，再也不能从事我心爱的工作了。可是，没想到，现在我又非常幸运地赶上了文化大发展的新时代，国家非常重视保护传统文化，我又看到了光明，我每天都在排练快失传的传统戏法节目，为的就是把我爸所会的戏法节目全部继承下来，以后自己再传授给更多喜爱戏法的人，让他们把中华民族优秀的传统文化好好地传承下去。现在只要有演出我就参加，为的是让更多的人能欣赏到我们自己的优秀节目，让更多的人不要迷失文化的方向，让他们知道这才是我们的文化，我们民族的根。

顺　子：好！大成说得太对了，让我受益匪浅，就冲你的这个想法儿，演出我带你去！

大　成：这才是我的好同学了。

顺　子：咱走！

小品

共同的职责

时间：当代

地点：街头

人物：韩　姐（女，40 岁，交通协管员）

　　　小　王（男，30 岁，交警）

　　　大　张（男，39 岁，司机，天津方言）

【幕启：韩姐身背电喇叭、水杯，用手势指挥交通。】

韩　姐：哎，哎哎！（拿电喇叭）那桑塔纳，你怎么闯红灯啊？把车停边上，过来！（自言自语）你说这多危险哪。

大　张：（跑上，立正，敬礼，夸张地）报告大姐，您好，您为人民服务，辛苦了！

韩　姐：这位喝多了。

大　张：大姐，我……我没喝多，就……就喝了二两。

韩　姐：什么？

大　张：不，我……我说我这开车，您这站岗。

韩　姐：知道你闯红灯了吗？

大　张：大姐，我……没闯红灯，就是红灯亮了，我……我这车过线了。

韩　姐：过了多少？

大　张：不多，也就二……二十来米。

韩　姐：你都快到马路中间儿了，这还不叫闯红灯啊？

大　张：这不量……量没掐好嘛。

韩　姐：都掐不好量，这马路上不乱了嘛。

大　张：我错了，大姐，我……我下回注意。

韩　姐：你喝酒了？

大　张：没……没喝酒，喝酒开车，那……那是严重违反交通法规，轻了罚款，重了那……那得上里边吃些日子窝头。

韩　姐：你全明白呀？

大　张：我真没喝酒。

韩　姐：没喝酒你说话怎么不利索？

大　姐：我……我就这毛病，结巴，对，我……我是结巴。（打酒嗝，吐酒气）

韩　姐：（敬礼）请把驾驶证给我。

大　张：哟，要动真的？

韩　姐：你怎么不结巴了？

大　张：谁……谁……谁谁谁谁……谁说我不结巴？

韩　姐：（再敬礼）请把驾驶证给我。

大　张：我……我没带着。

韩　姐：你这是无证驾驶，把车先扣这吧！

大　张：别，我……我有证。（不情愿地掏证、递证）

韩　姐：根据新交通法规，你闯了红灯，还酒后驾车，请到民警那儿，接受罚款。

大　张：大姐，别呀，咱……咱一个小老百姓，哪那么多钱哪。您高高手，你就当我是个屁，把我放了不就得了吗？

韩　姐：这不行。

大　张：不行？你这人怎么给你脸你……你不要脸哪？

韩　姐：你这是怎么说话？

大　张：拿嘴说话，拿鼻子说话，那……那是特异功能。

韩　姐：你……

大　张：我嘛，把本子给我！

韩　姐：这不能给你，你得接受罚款。

大　张：罚款给你们家呀？

韩　姐：这钱上缴国库。

大　张：还是的，有你的嘛？

韩　姐：我是交通协管员，得严格执法。

大　张：得得得，你不就是个下岗的嘛，刚穿上这身皮，一个月五百多块，弄这充嘛熟的？

韩　姐：别管生的熟的，你得去交罚款。

大　张：行，我交去，不就是钱嘛，就打是随个份子，给你们家买花圈啦！

韩　姐：你，你这人怎么这样哪？（哭）

小　王：（上）韩姐，别哭。你说给谁买花圈哪？

大　张：（发现小王，一惊，遮掩）给我，不不不，对了，给我们小孩他……他姥爷。

小　王：你岳父过世了？

大　张：对，今儿三天了，圆……圆坟儿。

小　王：不对呀，圆坟儿怎么还买花圈哪？

大　张：对呀，圆坟儿怎么还买花圈哪？他不是这么回事嘛，我岳父去世那天我没赶上，今儿补……补一个。

小　王：得了，她招你惹你了？

大　张：她没招我，也没……没惹我。

小　王：那你这嘴这么损呢？

大　张：姐姐，我错了，我这是逗……逗你玩儿。

韩　姐：谁跟你逗了？小王，他闯红灯了。

小　王：你闯红灯了吗？

大　张：闯了，我愿意接受罚……罚款。

小　王：这阵儿你的态度怎么这么好啊？

大　张：我们这司机一般都怕……怕警察。

小　王：怕她们吗？

大　张：她们差点，她们是二……二警察。

韩　姐：小王，除了闯红灯，他还酒后驾车。

小　王：喝酒了？

大　张：没有，绝对地没有，大大地没有。挤兑得我日……日本话都出来了。

小　王：（拿出测试器）我这有测试器，喝没喝酒一测就知道。

韩　姐：还用测？他肯定喝酒了。

大　张：姐姐，我渴了，能……能给点水喝吗？

韩　姐：（递水杯）给。

大　张：（将水喝尽）行了，这回测吧，一喝水测，测也测不出来！

韩　姐：呵，他这辙还挺多。

小　王：来，请您测一测。

【测试。】

小　王：看见了嘛，上边的刻度是一。

大　张：说实话，我就喝了一……一瓶啤酒。

韩　姐：瞧这意思，不像喝一瓶的，再给他测一次。

大　张：姐姐，嘴下留……留情。

小　王：请再配合一次。

大　张：等会儿。（揉肚子，跳）

韩　姐：你这干吗？

大　张：刚喝了水，让它在里边冲淡冲淡酒，酒精。

【测试。】

小　王：看，这回是两个格。

大　张：这玩意儿还真灵，我就喝了两……两瓶啤酒。

小　王：说吧，第一，你闯了红灯；第二，你酒后驾车；第三，你态度蛮横、无理取闹。罚款这是肯定的了，这拘留嘛……

大　张：别……别呀，民警同志，罚款我认了，千万可别拘我，您不知道，我就怕……怕吃窝头。

韩　姐：不光是窝头，怎么也得给你点儿咸菜呀？

大　张：姐姐，这阵儿您，您就别拿我找乐儿了。

韩　姐：你拿我找了半天乐儿了。

大　张：姐姐，您大人不记小人过，宰相肚子能撑船。您给讲讲情，别……别让他拘我。

韩　姐：行，我给你讲讲情。小王，你看他也就是闯闯红灯、喝点儿酒开车，不也没轧死人嘛。平时像这样的也就拘留一个星期，根据他这态度，这样，拘留他十五天吧。

大　张：姐姐，你这是给我讲情嘛，这不给我垫……垫砖儿嘛！

小　王：你没听出来，韩姐是让你加强对交通新法规的认识。你认为闯闯红灯、喝点儿酒开车都是小事，可一出了事那就是大事。你知道全国一年死于交通事故的有多少人吗？

大　张：多少人？

小　王：好几万呢！

大　张：这……这么多呀！

小　王：就拿你闯红灯来说吧，过线二十多米，赶上这头儿有车，撞上了，你脑袋破了，胳膊折了，到医院没抢救过来，死了。

大　张：我爱人成……成寡妇了。

小　王：你的家庭就残缺了。所以，为了你的家庭就别再闯红灯了。

大　张：哎，让……让他们闯去。

韩　姐：谁闯也不对呀！

大　张：是是是，都……都别闯。

小　王：再说你这酒后驾车，危险性更大，我们常说，一滴酒，两行泪。你一不留神，挺漂亮的一个大姑娘让你给撞了，躺在医院里成植物人了。你说你悔不悔呀？

大　张：悔，你说我撞谁不好，干嘛撞……撞这么漂亮的姑娘啊？

韩　姐：你撞谁也不对呀！

小　王：所以，为了他人的幸福，你以后别再酒后驾车了！

大　张：哎，我再酒后驾车，让……让我当那植物人去。

韩　姐：同志，我劝你，告别违法，告别事故，告别哭声。

大　张：哎。

韩　姐：也请你多理解我们交通协管员。我们都是下岗的，政府关心我们，给了我们再就业的机会，我们打心眼里高兴啊。按说都是四五十岁的人了，风里来，雨里去，冬天一身雪，夏天一身汗，一天的岗站下来，腰酸背疼，回到家都拾不起个儿来了。可我们知足，政府在时刻关心着我们这个两千多人的队伍，工资、服装、冷暖、甚至连手套都给我们想到了，医疗保险、养老保险都给我们上齐了。我们还能说什么哪，我们得对得起政府啊！

小　王：韩姐！

大　张：你们也真……真不容易。

韩　姐：要协管好交通，我们宁听骂声，不听哭声。有违法不一定有事故，可有事故必然是有违法。我们就是要从一点一滴做起，我们是交通协管员，我们得尽职尽责呀！

大　张：大姐，我对不起你。

韩　姐：管理交通，交警有责任，我们协管员有责任，你们，千千万万的你们都有责任，这是咱们共同的责任。只有这样，我们的交通才会畅通，我们的治安才会稳定，我们的家庭才会幸福，我们的社会才会和谐。

大　张：大姐，我错了。

小　王：知道错就行，根据你的表现，拘留就免了，不过，罚款你还得去交。

大　张：行，这回我心甘情愿地去……去交罚款。

韩　姐：好，这回你想通了。

小　王：韩姐，刚才家里来了电话，说你父亲病重住院了，你怎么不跟我说一声啊？

韩　姐：这是我的岗位，等下了岗，不，等交了班，我就去医院。

小　王：韩姐，我现在就是来接您的班，您快走吧！

大　张：大姐，我……我拿车送你！

韩　姐：这不行，你酒劲儿还没过去，这车你不能动。

大　张：我明白了。（拿手机拨电话）喂，您……您……您赶紧到您家前边俩路口这儿来一趟，您……您……您把车给我开走。

韩　姐：你这是给谁打电话呀？

大　张：我……我岳父。

小　王：啊？你岳父不过世了吗？

大　张：那……那是我蒙你们。

韩　姐：你呀！（三人大笑）

【定格。】

小品／

鱼藏剑

时间：当代

地点：汪局长家中

人物：汪局长（男，50岁，水产局局长）

郑淑娴（女，40多岁，汪局长之妻）

汪晓兰（女，20多岁，汪局长之女）

贪　心（汪局长的贪婪心灵）

【幕启】

【汪局长家餐厅内，设餐桌、椅及简单装饰物，左侧通往厨房处放一个冰柜，右侧通客厅处有讲究的座椅、茶几等。】

【场上空无一人，灯渐亮。局长上，贪心随上。局长抱着一个大号的电饭锅。累得他气喘嘘嘘。】

局　长：哎哟！可累死我啦，真他妈沉。

贪　心：哎，局长还讲脏话！

局　长：你管得着嘛！哎，你是谁呀？

贪　心：我是你的贪心。

局　长：说什么呢？我没贪心！

贪　心：（帮局长抬锅）还沉吗？

局　长：哎，轻多啦。

贪　心：我要一起作用，你也长力气。

【贪心帮局长将锅放下。】

局　长：走，走！我就是没贪心！

贪　心：你没有我，（指锅）这个怎么到你家的？

局　长：我买的！

贪　心：给钱了吗？

局　长：就是人家送的又怎么样？

贪　心：对，这是人家送冰柜搭的，这叫送一饶一……

局　长：（捂贪心的嘴）别嚷！

贪　心：我怎么嚷别人也听不见。

局　长：你快走吧！

贪　心：我在这儿，谁也看不见。咱俩的事儿，只有天知地知，你知我知。有了这大冰柜就能解决你的心头之患啦。

局　长：我有什么心头之患哪！

贪　心：（笑）嘿嘿嘿……鱼！

局　长：（大惊）什么鱼呀？

贪　心：你瞒得了我吗？你别忘了我是你的贪心！

局　长：你可烦死我了！

贪　心：实话。有了我就是烦。

局　长：你叫我安静一会儿吧！

贪　心：冰柜都来了，你还不快安排！

局　长：我怎么会听你的呢？

贪　心：快干活吧！

局　长：你命令我？（下意识地奔向厨房）我还真听他的。（到厨房拿来几条冷冻的鱼）哎呀！真他妈凉！

贪　心：（打局长脸）嘴！

局　长：你敢打我？

贪　心：你嘴上不注意容易把我露出去！快弄！一会儿你老婆就回来啦！

【局长取出一条红绳拴在鱼腮上。将其他几条鱼放在这条的上边。打开冰柜将鱼全部放入。然后取出抹布擦餐桌，忙着收拾。贪心安然地蹲在了一旁呼呼睡去。】

【郑淑娴上。】

淑　娴：老汪！

局　长：（下意识地一抖）啊，你吓我一跳。

淑　娴：喊你一声你至于吓一跳嘛。（玩笑地）心里有鬼呀？

局　长：我有什么鬼呀？瞎说！

淑　娴：哎，刚才我打电话家里没人，你干嘛去了？

局　长：执行你的命令去啦！看看吧。（指电饭煲）

淑　娴：这是什么？

局　长：电饭煲。这可是你叫买的！老规矩，给钱吧，二百五十八。对了，你还得给我一千。

淑　娴：干嘛？

局　长：我买了个冰柜。

淑　娴：咱家一个冰箱就够用的了，还买冰柜干嘛？

局　长：太便宜了。

淑　娴：老汪，俗话说，是便宜就是当啊。

局　长：可是咱也不能跟人家大款似的，只买贵的，不买对的吧。

【贪心醒来奔向局长。】

淑　娴：不，老汪，我是说……

局　长：行，行，别为这点事儿惹你不高兴！咱不要了，我匀给别人。

贪　心：傻蛋，那你就吃亏啦！

局　长：（一把将贪推到一旁）一旁呆着去！

淑　娴：行啦，既然买了，就留下吧。回头给你钱，给人家带了去。老汪啊，刚才我碰见老张了，他叫你一块儿去钓鱼。

贪　心：鱼！

局　长：鱼！鱼！

淑　娴：哎，这几天你怎么啦？怎么一提鱼你就紧张啊？

局　长：谁紧张了？我一点都不紧张。我紧张什么呀？（笑）（将贪心推至一旁）

淑　娴：老汪，你有什么心事吧？

局　长：我有什么心事呀，没有，什么也没有。

淑　娴：老汪，有事儿你可别瞒着我。你现在是水产局的一把手哇……咱可得犯病的别吃，犯歹的别做，犯恶的别摸呀！

局　长：你想到哪去了。你还不知道我吗？一身正气，两袖清风。（将贪心藏至背后）

淑　娴：那就好，哎，晓兰今天出差回来，一会儿回家，给她做什么吃吧？

局　长：那是你的活儿，你安排吧。

淑　娴：就给她做鱼吃吧！

局　长：（一惊）啊鱼？鱼！

淑　娴：啊，冰箱里还有好几条鱼呢。

局　长：那鱼不能吃！

贪　心：已经倒到冰柜里啦！

淑　娴：为什么不能吃啊？

局　长：那鱼不新鲜啦，我去买几条活的来吧。

淑　娴：也好，快去快回呀！

局　长：几分钟的事儿。（欲走）

贪　心：要钱哪！

局　长：对，给我钱。

淑　娴：（掏钱给局长）给。（奔向厨房下）

局　长：你怎么老跟着我呢？

贪　心：不是我跟着你，是你心里有我啦。

局　长：唉！自打有了你，我是矬子骑大马——上下两难。

贪　心：应该说是严嵩打喷嚏——倒霉起手。（同下）

淑　娴：（从厨房上）哎，老汪！冰箱里的鱼上哪去啦？这可邪了……

【汪晓兰上。】

晓　兰：妈！

淑　娴：哎！晓兰回来啦。

晓　兰：我爸呢？

淑　娴：给你买菜去啦。

晓　兰：做什么好吃的？

淑　娴：糖醋鱼！

晓　兰：哎呀！太好啦！妈，爸爸好吗？

淑　娴：好，反正越老越添毛病呗。

晓　兰：什么毛病？

淑　娴：夜里说梦话，喊，闹。

晓　兰：喊什么？

淑　娴：叽里咕噜的听不清楚。

晓　兰：妈妈，咱家新买了个冰柜？

淑　娴：你爸不知道想起什么来啦。有个大冰箱呢，偏又买个冰柜。

晓　兰：这逢年过节可方便多啦！爸爸想得周到。

淑　娴：我看他是中着不着。听说你回来，给你做鱼吃吧，冰箱里有好多鱼，他非得出去买不行。

晓　兰：那是爸爸疼我，叫我吃新鲜鱼。

淑　娴：可是刚才我一看冰箱里的鱼又都没了！

晓　兰：是不是你们吃完了忘啦？

淑　娴：不可能，我早晨看还有呢，（起身欲找）这是怎么回事儿呢？

晓　兰：哎，会不会爸爸把它挪到冰柜里啦？

【母女同时奔向冰柜，开门，看。】

淑　娴：哎呀还真在这呢。（伸手拿出几条鱼）哎哟，怎么都化啦？

晓　兰：哎呀！我爸没给冰柜通电。

淑　娴：看看，全化了。

晓　兰：先放回冰箱里吧。（拿鱼欲走）

淑　娴：等等，这鱼鳃上怎么还有条红绳啊？

【母女忙对拴红绳的鱼进行检查，抽出塑料兜，掏出存折，打开一看，大吃一惊。】

晓　兰：怎么，这是爸爸的工资？

淑　娴：不，他的工资存折在我那儿。也没这么多呀。

晓　兰：爸爸他……

【局长和贪心上，进屋见状惊呆。贪心吓得浑身战抖。】

局　长：哎，你们怎么把鱼都拿出来啦！

淑　娴：（手持存折气愤地）说！这是怎么回事儿？这钱是哪来的？说呀！

晓　兰：爸！您快说呀！

局　长：我，我，他这个，啊……就觉着人家死气白赖地送，不要不合适呀……

淑　娴：你要了就合适啦？谁合适啊？！

贪　心：当然是我合适啊。

淑　娴：对，是你的贪心合适！

【贪心在局长身后，贪心说话，局长在前表演，演双簧。】

贪　心：人家主动给，我就要哇，反正不要白不要，要了也白要。他主动送到手，要了谁知道。

淑　娴：要想人不知，除非己莫为。现在我和晓兰就知道啦！

贪　心：那怨我没藏好。

淑　娴：你，你真不要脸（打局长一嘴巴）

局　长：哎！你怎么打我？

淑　娴：我打的是你的贪心！

局　长：（将贪心拉至面前）打他呀，他在这儿呢！

贪　心：我本来不想出来，是他非叫我出来。

淑　娴：就因为你出来，他才变坏啦！

晓　兰：对！都是你叫我爸干的！

贪　心：哎，本来他们看不见我，也听不见我说话呀，这会儿是怎么啦？他们也看见了，也听见了呢？

淑　娴：该把你掏出来见见光啦！

晓　兰：你就是我爸的祸根！

局　长：到这阵儿你还藏得住吗？

贪　心：哎！我……

局　长：（摁住贪心）你先忍会儿！

贪　心：我……

局　长：（仍摁贪）下去！

淑　娴：老汪啊，你说说啊，你这样的干部，房子是组织安排的，出门儿有车，打的报销，接连不断地还发点儿吃的穿的，一年赶寸了还许到国外考察转两圈儿。自己一分钱不花，说不定还能领点补助。就这样，你再去沾，去贪，你……你……你还有人味吗？

晓　兰：妈妈，您别着急，妈妈！

局　长：事儿已经出了，我也后悔呀。把钱送来了，我不收吧……

贪　心：我不愿意呀！我折腾得你浑身难受。

局　长：把钱收了，可说又不敢说，花又不敢花，整天藏啊掖的，天天提心吊胆，那是什么滋味啊！……谁叫你冒出来的？！叫你露头！叫你惹事儿！你给我滚！（踢贪）

贪　心：嘿！打我一出来就没落好哇，又摁，又打，还挨踢！

合：你呀，就是这么个角儿！

贪　心：我呀，先躲躲吧。（下）

局　长：快滚！他走啦！

淑　娴：说不定什么时候他还会回来。你得跟他彻底一刀两断！我跟着你，可没什么奢望，就图过个安稳日子。可……你，你说说你，啊！你把钱藏到鱼肚子里。

晓　兰：鱼里藏钱……

淑　娴：鱼藏钱？不！这里藏的可不是钱！

局　长：那是什么？

淑　娴：记得有个专诸刺王僚的故事，叫……

晓　兰：鱼藏剑！

淑　娴：对，鱼藏剑。老汪，你藏在鱼肚子里的就是一把剑，是一把杀人不见血的剑。它会要了你的命啊！老汪！

局　长：（猛地站起）那我，我到纪检委去，去，去彻底交待……

【淑娴将存折递给局长，深情地望着他，晓玉上前拉住局长，喊了声“爸爸”。】

【幕闭】

【剧终】

小品／

我招惹谁啦

人物：丈夫、妻子、宝、大爷、女会长（下面简称夫、妻、宝、爷、女）

【幕启：家、桌子、椅子、电话。宝（女儿）拿竹板上场】

宝：爷爷、奶奶、大爷、大娘、大叔、大婶、大哥哥、大姐姐——大家好！大家好，大家好，我给您唱段数来宝。数来宝，数来宝，全国就数我唱得好。（妻上）

妻：一大早就呱了呱了地打你那要饭板儿？

宝：我打板儿怎么啦？

妻：怎么啦？你快吵死我了！打吧，打吧，你爸爸买彩票都中不上奖了。

宝：这怨我吗？

妻：犟嘴。（电话铃声）喂，老公啊，开了吗？开啦？

宝：开了？我爸让谁开了？

妻：别打岔！老公啊，怎么样？一等奖？你别骗我，真的？你再说一遍？真是一等奖？哎呀老公，我亲爱的老公。你真行，死鬼！

宝：妈，我冷！

妻：宝儿，你爸他、他、他……

宝：我爸他怎么啦？

妻：你爸他中……

宝：中风了？

妻：中彩了！

宝：缝几针啊？

妻：哪啊？你爸买彩票中奖了！

宝：中奖了？

妻：是啊！

宝：多少钱啊？

妻：（看看四周，伸出五个手指）

宝：还是中风！

妻：你爸他中了五百万！

宝：五百万？（大声）是真的？

妻：（咬宝手）是真的！

宝：妈，是真的你咬我干吗？

妻：俗话说得好。人不得外财不富，马不吃夜草不肥，饿了天上掉馅饼，癞蛤蟆吃上了天鹅肉。怎么着？这回我们算吃上啦！

宝：妈，那我们不就癞蛤蟆了吗？

妻：别瞎说。宝啊，这回好了，你爸中了头奖。我们有钱了！从今以后，你喝的牛奶，妈再也不给你兑水啦！

宝：啊！怪不得我光喝牛奶不长个呢！

妻：以后就好了，妈给你多买牛奶，喝一袋倒一袋。宝，一会你爸就回来。咱给你爸庆功做点好吃的慰劳慰劳他（门铃声，一个老者上）

妻：宝，你爸爸回来了。老公！（要拥抱）

爷：别冲动！不是老公，是老爷！（倒口）

宝：老爷？

妻：这是我远房的大爷，你叫老爷。

宝：老爷。

爷：这是宝吧？一晃这个孩子都这么大了？我第一次见她的时候，才这么大！（比划一个很小的手势）

妻：啊？

爷：脚丫子！

妻：您了人喘气。我说大爷，今天怎么这么闲着呀？您喝点水。

爷：别忙活。

妻：大爷，我们刚出来打工的时候您可没少帮我们。

爷：你还记着呢？

妻：哪能忘吗？就说我们用的家具——

爷：你大爷的。

妻：厨房用的锅碗瓢盆——

爷：你大爷的。

妻：我们用的被卧褥子——

爷：你大爷的。

妻：还有那……

爷：你大爷的！

妻：我听着怎么像骂人？

爷：这些事你就别提了。

妻：我可不能忘。

爷：好，吃水不忘打井人，好啊！你们家有喜事了吧？

宝：我爸爸中奖了。（妈妈拦着）

爷：别拦着，我早就知道了。

妻：您是怎么知道的？

爷：俗话说得好，要想人不知，除非己莫为。今天你们家一中奖，咱们家族群里都传开啦！

妻：这也太快啦！

爷：当然了。咱们家族有大事，我都有预感！谁家的媳妇生孩子，谁家孩子考大学，谁家要发财，谁家要破财……我是全知道。你家能发财，全是祖上积的德呀！所以，经过“族委会”研究……

妻：族委会？

爷：家族委员会呀。所有家族成员，要集资捐资重修祖坟啦！

妻：那得拿多少钱哪？

爷：上不封顶下不保底。钱多多拿，钱少少拿。

妻：哦，孝敬祖先也是理应的，别人拿我们也拿，这样吧，我们出——

宝：一百！

爷：少！（念经）

宝：一千！

爷：少！（念经）

宝：一万！

爷：少！（念经）

宝：那出多少合适？

爷：十万！

妻　宝：那么多？

爷：俗话说得好，一人中彩大家花。这点赞助算个啥。出十万吧！这点钱放你们家那就是毛毛雨。祖先会保你全家平安，大人孩子身体健康不得病，孩子能考大学，出门见喜，低头就捡钱……

妻：好，好，我出十万！

爷：我代表我们家族男的、女的、老的、少的、高的、矮的、胖的、瘦的、黑的、白的、灵的、傻的、远在天边的、近在眼前的全体成员，向你表示……

妻：感谢！

爷：欧啦！

妻：不过呢，钱还没拿回来。

爷：没关系，过两天我再来取。走啦，别送。（出门）

妻：慢走！大爷。

宝：妈，这十万就给他了？

妻：宝儿啊，你爸他中了五百万，除了缴税咱们还剩三百九十万呢！这十万就是毛毛雨嘛。

宝：妈，这毛毛雨可不小呢。这回我要喝酸牛奶，

妻：妈让你喝个够。

宝：喝不兑水的。（门铃声）

妻：喝不兑水的，快，你爸回来了。（开门，女会长上）

女：哟——（宝被吓跌倒）不年不节的磕嘛头啊？姐姐在家呢！

妻：这不是串姐吗？

女：串姐！串姐！

宝：阿姨请坐。

妻：我说串姐，今儿呢串我们家来，是送蟑螂药还是发耗子药哇？

女：我给你打预防针来了。

妻：我们家可没养狗，预防什么呀？

女：预防狐狸呀？

妻：我们家可没狐狸！

女：我的傻姐姐！我问你，你老公帅不帅？

妻：帅！

女：老公好不好？

妻：好！

女：俗话说得好：老公要是帅，马上要变坏！老公要是好，早晚跟人跑。就你们家老公哪个女的见了不变心？

妻：啊？

女：不动心。你家老公可是刚刚中了大奖啊！俗话说，男人有钱就学坏。所以，不三不四的女人，千万别往家里带。

妻：我们家中奖你是怎么知道的？

女：俗话说得好，要想人不知，除非己莫为。我是谁呀？

妻：你不是走东家串西家的串姐吗？

女：别叫人家外号啊。跟你说吧，我，升了！

妻：生了？男孩女孩？

女：嘛男孩女孩？人家还没结婚呢！

妻：那生嘛？

女：我现在是会长！是咱们社区保护妇女基金会的常务副会长。谁家男的有外遇，我要管；谁家男的打女的，我要管。就这么跟你说吧，只要是妇女挨欺负的事，我都管。我们手段非常之多。有跟踪、盯梢、偷听、拍照、录音，必要的时候还要打进内部呢！

妻：我听着像特务。

女：为了搜集那些男人的证据，我们需要各种仪器和设备，准确记录下他们的蛛丝马迹。全社区的姐妹都非常支持，捐款捐物。你老公中奖了，有钱了，他有可能变坏，也有可能不变坏。为了预防你老公走弯路，你是不是资助一下咱妇女基金会呀？

妻：你就说，我们出多少钱吧？

女：俗话说得好，一人中彩大家花。出点赞助算个啥！

妻：我出一万——（伸出一个手指）

女：（打开手掌）

妻：五万？

女：（翻手）

妻　宝：十万？

女：你真慷慨。你就是我们妇女光辉的典范。这点儿钱放你们家那就是毛毛雨吗。

妻：不过我们这钱还没拿回来呢！

女：那没关系，过后我来取钱。让我代表全体女同胞向你表示谢意。不要送了！

宝：妈，这十万就给她了？

妻：宝儿啊？你爸他中了五百万，除了缴税咱们还剩三百八十万呢！这十万就是毛毛雨嘛。

宝：这就二十万啦。妈，这不是毛毛雨啦，这是大雨。那以后我可要喝鲜牛奶。

妻：没问题，妈让你喝个够。

宝：喝不兑水的。（电话响）

妻：（接电话）谁呀？保安公司？什么事？我们家中奖用不用保镖？钱还没见着呢！等钱来了我们连保姆都用。（放电话）您说这中奖不是都保密吗？现在倒好，都公开发行了。（门铃声，夫上）

宝：我爸回来了。我去开门！（妈拦住）

妻：别忙。你是谁呀？

夫：（捏着鼻子）我是你老公相好的！

妻：得。真是有钱就学坏，钱还没到家，这狐狸就来了。他不在家！

夫：我是老公！

妻：你是公公也不给开！老公？（开门，四外看看）就你自己？

夫：是啊。

妻：那个女的呢？

夫：哪个女的？

妻：刚才说话的那个？

夫：哦，（捏鼻子）你是说我那个相好的吗？

妻：讨厌！你快说，你中的是一等奖吗？

夫：是一等奖啊！

妻：奖金五百万？

夫：没错！

妻：还得说我家爷们是条汉子，面对几百万的奖金，大气不喘，老公，奖金——领——了吗？

夫：领——了。

妻：看见了吗？各位，什么叫男子汉？四百万，四百万哪！那得多大一堆？快关上门让我数数。

夫：给！卡！

妻：存卡里了？我就知道你会这么做。这叫不露富，老公，你太聪明了。我爱你！

夫：（对宝）你妈没发烧吧？

妻：常言说得好，人不得外财不富，马不吃夜草不肥。从今以后，我们有钱了！这卡太重啦！（接卡亲吻）美容卡？

夫：我把奖金给你买了美容卡了！

妻：这奖金都买卡了？

夫：对呀！你想啊，自打你嫁给我，就为这个家，没有你不管的事，为我为孩子，你是操尽了心。现在咱俩一上街，知道的你是我老婆，不知道的还以为你是我二姨呢！

妻：我有那么老吗？

夫：所以让你好好整整容，该整的都整啦！左一刀，右一刀，一刀一刀又一刀。

妻：那我的脸不成果盘了吗？再说做美容也用不了五百万呀？

夫：什么五百万？

妻：奖金呀！

夫：奖金是五百万，可中头奖人太多。

妻：多少人中头奖？

夫：五千人。

妻：五千人？那一注奖金是多少？

夫：一千。

妻：才一千！哎哟！我都许出二十万了。我招惹谁了！

宝：妈，看来我还得喝兑水的牛奶呀？

书：宝儿，不会让你再喝兑水的牛奶！

宝：那就好。

书：咱得往水里兑牛奶啦！

宝：啊！

津味喜剧

婚外情引出的故事

人物：韩　旭（48岁，三流作家）

秀　丽（42岁，韩旭的妻子，小学老师）

大　宝（18岁，韩旭的儿子，高三学生）

如　梦（46岁，韩旭的初恋情人，诗人）

黑　子（20岁，如梦的儿子）

小　雨（18岁，如梦的女儿，大宝的同学、女朋友）

爷　爷（73岁，韩旭的父亲）

奶　奶（73岁，韩旭的母亲）

咖啡厅服务员

第一场　美酒加咖啡

地点：咖啡厅一角

【很有特色的屏风前，两张咖啡桌，四把椅子，服务员站在一咖啡旁。】

【音乐起：《美酒加咖啡》。】

【主持人上。】

主持人：这是发生在当代两个家庭间的喜剧故事。当今社会上很多人把一夜情、婚外恋当成一种时尚。岂不知，这种所谓的时尚，给夫妻双方、给各自的家庭带来的是什么呢？是社会舆论的鞭挞，是对家庭另一方情感的伤害，是对双方当事人心灵的煎熬，是后果严重的家庭破碎。不是吗？请看五场津味喜剧《婚外情引出的故事》。第一场“美酒加咖啡”。故事就从这咖啡厅开始。（下）

【韩旭挎着如梦上。二人均操天津方言。】

韩　旭：我俩相约咖啡厅，

如　梦：缠缠绵绵几多情，

韩　旭：家花没有野花香，

如　梦：就怕撞上我老公。

韩　旭：如梦，你都离婚了，还老公呢，你怕他干吗？

如　梦：韩旭，我听儿子说，他爸爸跟我离婚以后，天天练跆拳道！

韩　旭：他练跆拳道干吗？

如　梦：人家说啦，要狠狠地摔死你！

韩　旭：哎哟，妈呀，那还真得留点儿神。来，坐吧。（四处张望）

如　梦：哎。（坐）你也坐。

韩　旭：我坐，我坐。（由于紧张，一屁股坐在地上）

如　梦：（搀起韩旭）他不就练跆拳道吗，你至于吓成这样吗！

韩　旭：上回在你们家让他逮着咱们俩，打得我鼻青脸肿啊，这小子下手太黑啦！

如　梦：要说这也不怨他，一个大老爷们儿，你给人家戴了顶绿帽子，夺妻之恨，人家这仇能不报吗！

韩　旭：这能怨我一个人吗？咱俩都有责任！我这是花心萝卜，你那是——红杏出墙。

如　梦：是啊，一时的感情冲动，离了婚，儿子跟着他，闺女住她姥姥家了，我租了套房子，孤孤单单的，冷冷清清的，凄凄惨惨的，苦啦吧唧的，我这个家算是完了！

韩　旭：如梦，你别难过。

如　梦：（唱《我想有个家》）我想要有个家，一个不需要华丽的地方。在我疲倦的时候，我会想到它。我想要有个家，一个不需要多大的地方。在我受惊吓的时候，我才不会害怕。谁不会想要家，可是就有人没有它。脸上流着眼泪，只能自己轻轻擦。我好羡慕他，受伤后可以回家。而我只能孤单地，孤单地寻找我的家。

韩　旭：如梦，别唱了，你这一唱，我有一种预感。

如　梦：有嘛预感？

韩　旭：我那个家也有点悬乎。

如　梦：那不正好嘛，你们俩离婚，咱俩结婚，啊？

韩　旭：哎哎哎，咱不说这个了。（坐）服务员！

服务员：（上）先生，太太，欢迎二位的光临，您要点什么？

韩　旭：一杯威士忌加冰块，一杯咖啡。

如　梦：我那咖啡不加糖。

服务员：请二位稍等一会儿。（下）

韩　旭：哎，你这咖啡为嘛不加糖呢？

如　梦：自打离婚之后，我就喜欢喝这苦咖啡，苦咖啡，（学京剧旦角叫板）苦啊！

韩　旭：你这要唱戏呀！

如　梦：人生就是一台戏，有苦有甜人相聚，今天喝下苦咖啡，明日驾鹤西游去！

韩　旭：如梦，你这是喝咖啡呀，还是喝毒药啊？

如　梦：咳，这日子我真不想过了。

韩　旭：如梦，想开点，这事都怨我，你挺好的一个家，让我这第三者给搅散了！

如　梦：也不能都怨你这个花心大萝卜，我也不是个好女人。就在咱们俩出事之后，你知道吗，我一出门，一帮小孩冲着我唱了一首儿歌。

韩　旭：他们唱的什么儿歌？

如　梦：稀呖呖，哗啦啦，娘们在家搞瞎扒，爷们逮着了第三者，打得他满脸开了花，哈哈哈，哈哈哈，两口子离婚分了家！

韩　旭：呵，别说，这词编得还真顺嘴儿，哏儿。

如　梦：哏儿？就这儿歌唱得我都抬不起头来了，你还说哏儿啊。（哭）

韩　旭：如梦，你别哭哇，这是咖啡厅，影响不好！

如　梦：哎，不哭了。（立即止住哭声，改为大笑）哈哈哈！

韩　旭：你神经啦？

如　梦：你才神经呢！我哭，是哭我现在的生活之苦；我笑，是笑我将来的生活之甜！

韩　旭：将来的生活之甜？

如　梦：自打我离婚以后，你一上我这来，就说要跟你媳妇儿离婚，我等啊等，盼啊盼，就等你离了婚，咱们俩就生活在一起了。咱们俩，一个作家、一个诗人，你说，到那时候，咱们的日子能不甜吗？

韩　旭：甜，甜。（扭头，自言自语）这头甜，那头可就苦啦！

如　梦：你说什么？

韩　旭：我，（掩饰地）我说，你这戒指沾上土了。

如　梦：去去去，哪来的土啊，就给我买过一回戒指，还是个18k金的。

韩　旭：瓜子不饱是人心，那不是我手头紧嘛，等缓过手来，下来一大笔稿费，我给你买个钻石的！

如　梦：这还差不多，哎，我要一百克拉的。

韩　旭：哎哟，妈呀，一百克拉的，那得多少钱哪！我也就是三流作家，有这么多稿费嘛，你这不拿我打镲吗？

如　梦：看把你吓得，我这是逗你玩儿。

韩　旭：嘿嘿嘿。

服务员：（端一托盘，上有两个杯子）先生，您的威士忌加冰块。

韩　旭：哎，谢谢！

服务员：太太，您的咖啡。

如　梦：谢谢！

服务员：先生、太太，您慢用，再用什么请吩咐。（下）

韩　旭：（喝一口威士忌）爽！这酒不错，我这是美酒，你那是咖啡，咱们俩是美酒加咖啡。（唱《美酒加咖啡》）

如　梦：得得得，别唱了，就你这五音不全，一会儿把母驴招来了。

韩　旭：噢，我是那叫驴呀！

如　梦：别说，你一唱歌，还真像。

韩　旭：什么呀，我至于那么惨吗！

如　梦：哎，韩旭，咱们俩相好有几年了？

韩　旭：咱俩相好几年了？那得看打什么时候算了。要打一上中学算，我给你递纸条，那得三十多年了。

如　梦：那阵儿咱们俩是同桌。

韩　旭：我功课不好，你老帮助我。

如　梦：我知道你对我好。

韩　旭：你是我的初恋情人。

如　梦：可我把那纸条交给老师了。

韩　旭：老师说我是早熟，校长怕我惹事，让我爸爸给我转了学校。

如　梦：从此咱们就分手了。

韩　旭：可我老想着你，想啊想，想不来你，我就跟我媳妇儿结婚了。

如　梦：三十多年过去了，咱们在那次同学会上见面了。

韩　旭：那是三年前的相遇。

如　梦：同学会上，真没想到你会来。

韩　旭：我就是专门儿奔你去的。

如　梦：呵，一见面，你那俩眼就一个劲儿地盯着我，闪烁着蓝色的光芒。

韩　旭：我是一只来自北方的狼。

如　梦：同学会上，你送给我两本你写的小说。

韩　旭：你送给我一本你写的诗集。

如　梦：你是个作家，我喜欢你的才华。

韩　旭：你是个诗人，我喜欢你的浪漫。

如　梦：打那以后，你今儿请我吃饭。

韩　旭：想跟你聊聊。

如　梦：明儿请我喝酒。

韩　旭：酒逢知己千杯少，

如　梦：有一次你喝醉了，我把你搀到我们家，正好我们那口子出差，就这么着，咱们俩就出事了！

韩　旭：酒喝多了，没及时刹车，这叫醉驾。

如　梦：我开始了婚外恋。

韩　旭：我交了个桃花运。

如　梦：三年了，我们俩常常相约。

韩　旭：三年了，我们俩如胶似漆。

如　梦：我老公知道了，逮个正着，他把你一通狠揍，当时你那模样惨着呢。

韩　旭：那是一场灾难。

如　梦：咱俩的事，你老婆愣没察觉？

韩　旭：那是我保密工作做得好。

如　梦：自打我离了婚，你老说你也离婚，哎，这事怎么样了？

韩　旭：她对我挺好的，我想跟她说，可张不开嘴呀。

如　梦：可老这样做地下工作，也不是事儿啊！

韩　旭：慢慢来，你别着急，着急上火烂眼皮。

如　梦：去去去，别贫，我还不急，你这热火罐儿我都抱了三年了。

韩　旭：那总比你这清锅冷灶的强吧？

如　梦：你……你这是脚踩两只船！

韩　旭：脚踩两只船有什么不好？家里有老婆，外边有情人，这是时尚。

如　梦：时尚？你拿我当什么了？

韩　旭：我拿你当什么，这还用问吗？你是我相好的，情人，按时髦的话说，你是我的小蜜。

如　梦：呵，三年了，我就是你的小蜜呀？

韩　旭：不不不，按年龄来说，你不是我的小蜜，你是我的老蜜！

如　梦：呸！姓韩的，你耍我啊！（打了韩旭一耳光）

韩　旭：（捂着腮帮子）如梦，你怎么打我呀，我可是真心对你好啊。

如　梦：韩旭，我问你，你还打算跟你老婆离婚吗？

韩　旭：我这不离不了嘛。

如　梦：那好，离不了，咱们分手！（起身要走）

韩　旭：（拦阻）别别别，如梦，我，我，我离还不行嘛！来来来，坐。有话好好说，干嘛怄气呀。来，喝咖啡，你看都凉啦。我给你加加温。（用嘴哈气）

如　梦：（破涕为笑）你呀，就会哄人。

【音乐响起：《美酒加咖啡》。】

【二人各自闷闷地喝酒、喝咖啡。大宝、小雨相依相偎地上，说普通话。】

大　宝：高中搞了个小对象，

小　雨：让他陪我把街逛，

大　宝：咱俩进去喝咖啡，

小　雨：喝完最后你结账。

大　宝：哎，这是潜规则。（进门，张望，发现韩旭）哟，我爸在那儿啦！

小　雨：在哪儿啦？

大　宝：就那儿，旁边有个女的。

小　雨：哟，那女的是我妈。

大　宝：那是你妈？

小　雨：那是你爸？

大　宝：这倒不错，咱俩刚搞对象，俩亲家就见面了。

小　雨：什么呀，这你不知道，你爸跟我妈早就好上了。

大　宝：还有这事？

小　雨：可不。有一次，你爸、我妈在一起，让我爸给堵上了，呵，你爸让我爸给痛打了一顿哪，眼也青了，鼻子也肿了，嘴也歪了，满脸是血呀！

大　宝：这是什么时候的事儿？

小　雨：大概有一年多了吧。

大　宝：我想起来了，有一次我爸就这模样回到家里，我妈问："哟，这是怎么啦？"你猜我爸说什么了？

小　雨：他说什么？

大　宝："我就是喝多了，撞火车头上了。"

小　雨：呵，撞火车头那还活的了吗！

大　宝：仗着我妈好糊弄，也没细问。

小　雨：大宝，你爸可是第三者，为这事儿我爸我妈可都离婚了。

大　宝：对呀，这事儿你跟我说过，闹了半天，这事儿是我爸造的孽呀？

小　雨：可不是他呗。

大　宝：那好，今儿我要来个大义灭亲！

小　雨：你揍他一顿？

大　宝：我让他买单！

小　雨：就这个呀！

大　宝：你不知道，我爸刚下来一笔稿费，我要狠狠宰他！走！

【大宝、小雨悄悄走近韩旭、如梦】

大　宝:(突然地)爸!

小　雨:妈!

韩　旭:哟,大宝!

如　梦:哟,小雨!

大　宝:爸,您这威士忌加冰块,够潇洒的!

小　雨:妈,您这又喝苦咖啡啦,是不是心情不好?

韩　旭:大宝,那女孩是谁?

大　宝:爸,我给您介绍一下,这是小雨。

小　雨:妈,我给您介绍一下,这是大宝。

如　梦:你们俩是什么关系?

小　雨:他是我同班同学。

大　宝:现在我们俩是对象。

韩　旭:胡闹!大宝,你现在还在上学,怎么能搞对象呢?你这是早恋!

大　宝:爸,要说早恋,这也是遗传,听说您上初一的时候就给女生递纸条啦?

韩　旭:(尴尬地)啊——那你们这对象先处着吧,啊?

如　梦:小雨,早恋可不好,那会影响你的学习。

小　雨:妈,没事,我们都高三了,再说,我们同学一个个早就都搭上伴儿了。

大　宝:就是,这叫男女搭配,上学不累。再说了,你们老一辈儿的思想观念太陈旧了,据我们学校有关人士统计,在高中的学生里,基本都谈过恋爱啦!

韩　旭:大宝,您太放肆啦!

大　宝:爸,您别生气。我们俩是一小对儿,您二位呀,是一老对儿,按打麻将说,咱爷儿俩这叫"老少对儿"。

韩　旭:去去去,别跟我贫!

大　宝:爸,我给您介绍完了,您还没给我介绍了,这位女士是?

韩　旭:哦,她是我的老同学,大宝,你喊阿姨。

大　宝：（小声地）爸，我看你们俩这关系，我别叫阿姨了，我叫小妈。

韩　旭：别胡来！

大　宝：哎，我喊阿姨。阿姨！

如　梦：哎，大宝啊，小伙子挺精神的。小雨，你喊叔叔呀！

小　雨：我才不喊他呢，什么东西！

如　梦：这孩子！

韩　旭：好好好，不喊不喊吧。

小　雨：不，我得喊，我喊你——人头太次郎！

大　宝：哟，我爸还有个日本名儿。

如　梦：小雨，不许这么没礼貌！

小　雨：妈，他把咱家都搅合散了，您还拿他当仙儿供着呀？

韩　旭：（尴尬地）啊，这样吧，你们聊着，我有事儿，得先走一步了。服务员，买单！（欲走）

大　宝：（拦阻）别呀，爸，我们俩来了半天了，您给要点什么呀！

韩　旭：啊，对对对，给你们要点，要点。

服务员：（上）先生，您要结账？

韩　旭：不忙，给他们俩一人一杯咖啡，加奶，加糖。

服务员：请稍等。（欲走）

大　宝：（拦住服务员）别呀，爸，我们俩还没吃午饭呢！

韩　旭：那好，看有什么吃的，给他们上！

大　宝：爸，那酒？再给我上六瓶黑啤！

韩　旭：别，年轻轻的，不许喝酒。

大　宝：（嬉皮笑脸地）爸，今天的事我可不跟我妈说……

韩　旭：哦——威胁我？

大　宝：我哪儿敢呀。

韩　旭：那就给他上六瓶！

服务员：好，稍等。（下）

大　宝：看我爸多好啊。爸，再陪我们坐会儿？

如　梦：咱也陪孩子们聊聊？

韩　旭：那……要不我再坐会儿。（坐）

小　雨：哼，六瓶啤酒就把你给收买了。

大　宝：你说什么？

小　雨：我说六瓶啤酒就把你给收买了！还记得吗？自打咱俩交朋友，我们家的事儿我跟你全说了。你听了之后，那可是义愤填膺啊，还记得吗，当时你是怎么说的？

大　宝：我说什么了？

小　雨：你说："这样的人渣儿，老天爷怎么不打雷把他劈死呢！"

韩　旭：小子，这是不是狠点儿了？

大　宝：爸，在这之前，我不知道这事儿是您干的。

小　雨：现在你知道了吧？

大　宝：知道了，可今儿天气预报说是晴，打不了雷。

韩　旭：不打雷，我是安全的。

小　雨：安全？你干的这缺德事儿，老天早晚会报应你的！

大　宝：小雨，怎么着他也是我爸呀。

小　雨：你爸你爸，没你爸，我爸、我妈怎么能离婚呢？

大　宝：小雨，这样，我给我爸讲讲情，咱别让雷劈他了，咱让他撞火车吧！

韩　旭：小子，这也够狠的，那我撞自行车行吗？

小　雨：不行，就得雷劈你！

大　宝：那今儿天气预报，晴？

小　雨：天气预报还说，明儿有雷阵雨！

韩　旭：有雷我就有危险。

大　宝：小雨，消消气。

小　雨：不是我生气，看看他给我们家造成多大的伤害呀。自从我爸我妈离婚以后，我妈整天愁眉苦脸的，没事就唱《我想有个家》。我爸、我哥总商量着怎么弄死这个第三者。你说我们家这日子可怎么过呀！（哭）

大　宝：小雨，你别哭啊。

小　雨：别劝我！要想咱俩搞对象，你必须跟你爸爸划清界限！

大　宝：行！（自言自语）我划清界限！那谁给我交学费呀？

服务员：（端托盘上）先生，六瓶啤酒，两杯咖啡，还有面包、小吃。几位用着，再有什么您吩咐。（下）

大　宝：小雨，来呀，不喝白不喝！

小　雨：对，不吃白不吃！（二人边吃边喝）

如　梦：小雨，大宝，难得头次见面，今儿咱不说那些过去的事儿了，好吗？

大　宝：（将一瓶啤酒一口喝光）不，要说。窗户纸不捅不透，砂锅不打不漏。盐打哪儿咸，醋打哪儿酸，咱得掰扯掰扯。爸，别看您给我要了六瓶啤酒，该说的，我还得说您两句。

韩　旭：这小子开始教训老子啦。

大　宝：咱得讲理呀，爸，这事儿您做得对吗？

韩　旭：不对。

大　宝：怎么不对？

韩　旭：我第三者插足了。

大　宝：第三者插足那是文明的说法，按老百姓的话说，您这叫搞瞎扒！

韩　旭：小子，杀人不过头点地，我错了行吗？

大　宝：干这事您还理直气壮。

韩　旭：我说我有理了吗？

大　宝：爸，认错您就别这么硬气了。

韩　旭：儿子，爸错了。

大　宝：这态度还行。爸，不是我说您，您是我爸，您这么大岁数，干这事，您让我这当小辈儿的脸往哪搁呀！

韩　旭：该搁哪儿搁哪儿呗。

大　宝：再说了，您干这不体面的事儿，您想过我妈吗？您想过我吗？您想过我们这个家吗？

韩　旭：我怎么没想。

大　宝：爸，我再问您，我妈对您好吗？

韩　旭：挺好的。

大　宝：挺好的，那您还背着我妈搞这婚外恋？

韩　旭：是我不对。

大　宝：哎，爸，您跟儿子说实话，您当时是怎么想的？

韩　旭：我怎么想的？我，我就想来点刺激。

小　雨：什么刺激，你就是个花心大萝卜！

如　梦：小雨呀，这事儿妈也有责任。

小　雨：妈，您有什么责任，都是他，他欺骗了您的感情，您就别替他说话了！

如　梦：是啊，他老说跟他老婆离婚，我这不等着了嘛。

大　宝：啊！爸，您要跟我妈离婚？

韩　旭：你妈对我那么好，离婚，我……我不敢提呀！

大　宝：爸，为了咱这个家，您别跟我妈离婚哪！

韩　旭：哎，要不我不离。

如　梦：韩旭，一会儿离，一会儿不离，你怎么老来回拉抽屉呀？

小　雨：就是，你这不涮我妈吗？

韩　旭：咳，我这是武大郎服毒——吃也得死，不吃也得死啊！

小　雨：你活该！

【黑子手提一块板砖上。】

黑　子：（天津方言）谁是韩旭？谁是韩旭！

小　雨：哥！

如　梦：黑子！

黑　子：妈，你们娘儿俩都别掺和！（指韩旭）你是韩旭吧？

韩　旭：是我。

黑　子：说吧，你这婚离不离吧？

大　宝：哎哎哎，你干什么呀？

小　雨：大宝，他是我哥。

黑　子：你是谁？

大　宝：我是他的儿子，也是你妹妹的对象。

黑　子：呵，爷儿俩欺负我们这娘儿俩呀，你也不是好鸟！

大　宝：你这怎么说话呀？

黑　子：就这么说了，信不信，我这一板砖拍你个万朵桃花开！

小　雨：哥！

如　梦：黑子，不许胡来！

黑　子：妈，您放心，冤有头，债有主，我先放过这小渣男，治治那老渣男！哎哎哎，别装哑巴，说话呀！

韩　旭：你让我说什么？

黑　子：我不刚才问你了嘛，这婚你离不离？

韩　旭：我跟你妈说我要离，可我回家又不敢说离，这头说离，那头不敢说离，究竟离不离，我这不还没离了嘛。

黑　子：呵，你给我说绕口令来了！告诉你，这婚你必须离！

大　宝：我也告诉你，我爸、我妈这婚就是不离！

黑　子：（挥动板砖）滚一边去！找死是吗？

大　宝：得得得，我惹不起你。

黑　子：知道你爸把我们家给搅合散了吗？

大　宝：那是他不对。

黑　子：他把我们家搅合散了，我就得把你们家搅合散了！

大　宝：你这什么逻辑呀！

黑　子：少废话，这没你的事儿。姓韩的，别以为我们家好欺负，今儿我立马弄死你！（举起板砖要追打韩旭）

韩　旭：救命啊！（闪躲）

如　梦：（阻拦，拉住黑子）黑子，你把砖放下！

小　雨：哥，杀人是要偿命的！

韩　旭：大宝，护着点爸爸呀！

大　宝：爸，这时候我才发现，您这人色大胆小。

韩　旭：你就别挖苦我啦。

黑　子：姓韩的，今儿我妈、我妹拦着我，下不了手，我让你多活几天。记住了，三天之后，你给我办离婚手续，要不然这板砖专拍你的肾脏！让你这花心萝卜变成糠心萝卜！呸！（啐韩旭一口，昂头下）

韩　旭：这孩子怎么这么厉害呀？

如　梦：打小让我给惯坏了。

小　雨：我哥今儿拿的是板砖，明儿啊，我给他买把手枪！

大　宝：小雨，有那么大仇吗！

韩　旭：咳，本来挺好的心情，全让他们给搅了，嘛玩意儿啊。如梦，咱们走！

如　梦：咳！

大　宝：爸，您真要走啊？

韩　旭：作协开会，我跟你阿姨都得去。

小　雨：妈，您还跟他走啊？

如　梦：小雨，妈这心里也矛盾啊，这真是上贼船容易，下贼船难哪。

大　宝：爸，您走，别忘了结账，啊。

韩　旭：宝贝儿，放心，让你结你也没钱。（欲走）

大　宝：（阻拦）哎，爸，您有钱，给来二百！

韩　旭：没有！

大　宝：我知道您刚下来一笔稿费，再说了，今儿这事儿我一准儿不告诉我妈！

韩　旭：说定了，好。（掏钱）封口费，给你三百！（与如梦同下）

大　宝：呵！看我老爸，多大方啊，要不你妈怎么勾搭上我爸呢？

小　雨：胡说，是你爸勾搭上我妈的！

大　宝：好好好，别管他们谁勾搭上谁的，反正不是一对儿好鸟。

小　雨：对，他们的臭事儿咱不说了。

大　宝：来，吃东西！

大　宝、小　雨：爽！嘢……

【切光。音乐《美酒加咖啡》再起。】

【幕落。】

第二场　陋室悄悄话

地点：出租房一角

【简陋的屏风前，一套桌椅。】

【主持人上。】

主持人：咖啡厅风波过后，韩旭和如梦来到出租房，往日的欢笑荡然无存，往日的温馨随着与儿女们的邂逅被淡淡抹去。他们在想，今后的路该怎么走啊？他们担心，他们惶恐，一对有情人由无所顾忌变得是那样地脆弱，他们渐渐从梦境中苏醒过来，现实的残酷让他们不得不去思索。是啊，他们终归不是正式夫妻呀！请看第二场《陋室悄悄话》。

【韩旭与如梦来到出租房前。】

如　梦：走出咖啡厅，

韩　旭：忐忑心不宁，

如　梦：来到我的家，

【一声霹雷。】

韩　旭：（哆嗦）真怕五雷轰！天气预报说是晴，怎么打起雷来了？

如　梦：你呀，俩孩子说的话，你也当真了？

韩　旭：没做亏心事，不怕鬼叫门。我不做亏心事儿了嘛。

如　梦：你呀。（开门）进来吧。

韩　旭：哎。（进门，坐）

如　梦：我给你沏壶茶去。（沏茶）

韩　旭：对，喝杯茶稳稳心。

如　梦：饿了吧？

韩　旭：这一个雷把肚子里的东西震下边去了，是有点饿了。

如　梦：我看看厨房有什么吃的。（下）

韩　旭：看看，离婚之后，她这日子过得可真够苦的，出租房，独单，里边卧室，外边会客，真难为她了。咳，想想真对不起她呀！可话又说回来了，我媳妇儿那儿，我不是也对不起她吗？

如　梦：（端一托盘上）就这俩菜了，先将就着吃点吧。

韩　旭：哎。这要比水晶宫，那真是天壤之别呀？

如　梦：那是大饭店，当然没法跟这比啦。

韩　旭：怎么样，这几天的水晶宫，感觉不错吧？

如　梦：（坐）那是，这几天我就像在天堂一样。可一回到这，下十八层地狱了。

韩　旭：人就是这样，没有享不了的福，也没有受不了的罪。

如　梦：别说了，吃饭吧。

韩　旭：哎。（吃一口饭）这饭怎么是凉的呀？

如　梦：煤气炉坏了，就合着吃吧。

韩　旭：这日子怎么过的，给我倒点儿热水。

如　梦：这穷毛病。（倒水）

韩　旭：这还行，总算有点儿热乎了。

如　梦：吃吧。

韩　旭：哎。（吃了一口饭）如梦，等我这笔稿费下来，先给你这买台新煤气灶！

如　梦：怎么，你又有稿费了？

韩　旭：这不，有个杂志社约了我一篇稿，他们说这篇小说故事情节太好了。

如　梦：这小说你写的什么？

韩　旭：这小说的名字叫《美丽的妓女死在了歌舞厅》。

如　梦：通俗文学。

韩　旭：这多吸引读者呀！

如　梦：我不喜欢这样的作品。

韩　旭：可这能赚钱呀！

如　梦：这作品发表了吗？

韩　旭：发表了，人家马上就寄稿费来了。对了，人家还约了我一篇，我都构思好了，过几天我就给他们寄去。

如　梦：这篇小说叫嘛名字？

韩　旭：《爱上妓女也光彩》。

如　梦：你怎么净写这个呀！

韩　旭：（手机铃声响，接电话）喂，我是韩旭。什么？哎，哎，哎，哎。我知道了，我……

如　梦：怎么了？

韩　旭：倒霉嘛，这杂志社停刊了！

如　梦：为嘛停刊？

韩　旭：人家说，就因为我这篇小说太黄了。

如　梦：发这种作品能不停刊嘛。

韩　旭：人家说了，头一篇稿费照付，后一篇就别往这寄了。

如　梦：都停刊了，还寄什么呀！饭都凉了，快吃。

韩　旭：（夹了一口菜）哎，这土豆炒辣子怎么不是味啊？

如　梦：是吗？（也吃了一口）哟，这有点馊了，你吃那烧茄子。（继续吃土豆炒辣子）

韩　旭：这烧茄子还行。

如　梦：这是早晨新炒的。

韩　旭：那个呢？

如　梦：你说这土豆炒辣子呀，那是咱去水晶宫那天炒的。

韩　旭：啊，都十来天了！

如　梦：我不是放冰箱里了吗？

韩　旭：那也不能吃了！

如　梦：扔了怪可惜的。（继续吃）

韩　旭：得得得，别吃了，吃出毛病来，看病的钱得够炒多少盘儿啊？

如　梦：那我不吃了还不行嘛。

韩　旭：吃这烧茄子。

如　梦：哎。

韩　旭：如梦，你这日子过得够细的。

如　梦：不细不行啊，打我离婚以后，租房子得花钱吧，小雨上学得花钱吧，还有，等你离婚之后，咱俩结婚那不得贷款买套房子啊？

韩　旭：你想得够远的！

如　梦：人无远虑，必有近忧。

韩　旭：是啊，可我这婚怎么离呀？

如　梦：你还是没下决心哪！

韩　旭：决心我倒是有了，你儿子给我三天期限，我不离，他要弄死我呀！哎，你说，他要弄死我，我能算为爱献身吗？

如　梦：想得美，还为爱献身哪！你呀，甭怕他，我的儿子我知道，他那是吓唬你。

韩　旭：吓唬我？当时，要不是你拦着他，他那一板砖，非把我拍死。

如　梦：我儿子是演员，他那是演戏呢。

韩　旭：真的？好嘛，上我这体验生活来了。

如　梦：哎，韩旭，离婚的事儿，你回去怎么跟你老婆说呀？

韩　旭：怎么说？我还没准谱呢。

如　梦：那你这婚就别离了！（摔筷子）

韩　旭：你看，说着说着就急了？

如　梦：我能不急吗？你总这么拉抽屉，我受得了吗？

韩　旭：可我真怕我媳妇儿她不同意呀！

如　梦：你不说她同意吗？

韩　旭：还有我爸、我妈，听说我要离婚，他们非吃了我！

如　梦：这是你自己的事儿，老人管不着。

韩　旭：还有我儿子，他也不会同意。

如　梦：韩旭，你前怕狼后怕虎的，怎么就不想想我呢？

韩　旭：我不想你？我能跟你上水晶宫开房吗？

如　梦：这是两回事儿，我等了你三年了！

韩　旭：可我媳妇儿跟我都二十五年了。

如　梦：好好好，韩旭，你回去就别提离婚的事儿了，我有一种预感，我知道，你平时总爱拉抽屉，一会说离，一会说离不了，回家一给你点压力，你那抽屉谁知道怎么拉呀？

韩　旭：如梦，这回我这抽屉一定往你这边拉。

如　梦：抽屉往哪边儿拉，那是你的事儿。

韩　旭：这样，我媳妇儿那个人心软，我一进门就给她跪下。

如　梦：让她同情你？

韩　旭：然后，我让她救我的命！

如　梦：你不说离婚？

韩　旭：先让她救我的命，后让她跟我离婚！

如　梦：那你不是去欺骗人家吗？

韩　旭：眼睁你儿子要弄死我呀！

如　梦：那理由也不充分。

韩　旭：那我还跟她说，三年没动她，不是我不行，是我有外遇。

如　梦：女人最恨男人花心。

韩　旭：然后我还跟她说，咱们俩都好了三年了。

如　梦：这是事实。

韩　旭：然后我再说，咱们俩在水晶宫开房了！

如　梦：那她更受不了啦。

韩　旭：再然后……

如　梦：你还说什么？

韩　旭：没词儿了。

如　梦：你回去怎么说我不管，反正老这么偷偷摸摸的，这也不是长事儿。

韩　旭：是啊，我一到你这来，总跟做贼似的。

如　梦：长痛不如短痛。

韩　旭：这回我一定快刀拉豆腐！

如　梦：你这会总算像个男子汉了。

韩　旭：如梦，有酒吗？

如　梦：有啊。

韩　旭：给我拿去！

如　梦：哎，怎么想起喝酒来了？（下）

韩　旭：这回我豁出去了！

如　梦：给你，这是你上回剩下的，还有二两吧。

韩　旭：俗语说得好，酒壮怂人胆，我这个怂人，喝了酒，就不怂啦！

如　梦：就怕喝了酒，你这胆儿也壮不起来。

韩　旭：上酒！

如　梦：给你。（递酒）

韩　旭：（学京剧《红灯记》李玉如）谢谢妈！

如　梦：我是你妈呀？

韩　旭：（喝酒，唱）临行喝妈一碗酒，浑身是胆雄赳赳……得啦！如梦，有你这杯酒垫底，什么样的困难我都能对付！这婚离定啦！我走了，你就听我胜利的消息吧！（招手，跑下）

如　梦：（看着韩旭的背影）他，神经病啊？

【切光。音乐起。】

【幕落。】

第三场　离婚变奏曲

地点：韩旭家客厅

【屏风换一种颜色，屏风前一组沙发。】

【音乐：《喜洋洋》。】

【主持人上。】

主持人：韩旭有一个幸福美满的家庭，有一个漂亮、贤惠的妻子。婚外恋让他愁肠百转，咖啡厅里的邂逅，让他苦恼万分。不离婚吧，对方的苦衷让他自责，对方儿子的威胁让他惧怕；离婚吧，跟贤惠的妻子怎么说呀！咳！到现在他才明白，脚踩两只船，危险哪！请看第三场《离婚变奏曲》（下）

【奶奶搀着爷爷上，天津方言。】

爷　爷：人过七十身体弱，

奶　奶：咱俩瘸驴配破磨，

爷　爷：医院看病回到家，

奶　奶：整天他就会傻乐。

爷　爷：（傻乐）嘿嘿嘿……

奶　奶：您看，就这模样！秀丽，秀丽！

秀　丽：（上）爸，妈，你们回来了。（搀二位老人坐下）

爷　爷：回来了。嘿嘿嘿……

秀　丽：妈，大夫怎么说的？

奶　奶：大夫说你爸这是脑血管有点儿堵塞，这不，人家给开了几副中药。

秀　丽：那我给爸把药熬上去？

奶　奶：去吧。

秀　丽：爸，别着急，病来如山倒，病去如抽丝，您得好好养着。（拿药下）

奶　奶：（感慨地）多好的媳妇儿啊。

爷　爷：好！嘿嘿嘿……

奶　奶：又来了！

爷　爷：咱这儿媳妇儿，（手势）好，（手势）这叫顶好，（手势）这叫好上加好。

奶　奶：你还会哑语？

爷　爷：嘿嘿嘿……

奶　奶：别笑了，自打秀丽进了咱家的门儿，在学校人家是优秀教师，在家里人家是贤妻良母。对咱老两口子那个孝顺就更别说了。

爷　爷：人老了就得念着人家的好。这不，前些日子我得了脑中风，一口痰没上来，眼看着就没气了……

奶　奶：在这关键时刻，人家秀丽二话没说，一个儿媳妇儿，愣嘴儿对嘴儿地给公公做人工呼吸呀！

爷　爷：她不为救我的命嘛！

奶　奶：对呀，那口痰吸出来了，你人也活过来了。

爷　爷：你猜咱那宝贝儿子跟我说什么了？

奶　奶：他说什么了？

爷　爷："爸，您儿媳妇儿那嘴，可是我的专利呀，您这可是侵权！"

奶　奶：他说的这是人话吗！你那嘴还是我的专利呢！

爷　爷：嘿嘿嘿……

奶　奶：别傻笑了，人家儿媳妇儿那是什么思想境界？

爷　爷：高，实在是高！

奶　奶：还有，我这膝盖半月板坏了，住院得做手术，就咱这儿媳妇儿秀丽忙前忙后，端屎端尿，比我亲闺女都孝顺。

爷　爷：可不是嘛。

奶　奶：那次，秀丽端着便盆正往外走，咱那宝贝儿子来了，他一看那便盆，马上就把鼻子捂上了。

爷　爷：这孩子，咱算是白养活他了。

奶　奶：可这小子命好，娶了个好媳妇儿。

爷　爷：这么好的媳妇儿哪儿找去。咱那儿子真是衣来伸手，饭来张口啊。就这样，他不懂得珍惜，真是身在福中不知福啊！

奶　奶：咱儿子那德行我也看不惯。有一次，他摔了腿，从医院回来，人家秀丽背着他从一楼一口气爬到了八楼！进了家门，人家差点背过气去。

爷　爷：甭问，那是累得！

奶　奶：哪儿啊，熏得。

爷　爷：这小子肠胃不好，老是放屁。

奶　奶：人家秀丽一点也不嫌弃他，还说了："我就喜欢闻他这味儿。"

爷　爷：有爱闻臭味的吗！

奶　奶：咳，这扯哪儿去了。咱还说他摔腿的事吧。

爷　爷：你接着说。

奶　奶：从医院回来，就咱儿子一进家门，就嚷啊。"哎哟哟哟……疼死我了！"

爷　爷：一个大老爷们，忍着点儿啊。

奶　奶："哎哟哟哟……我忍不了啦，这骨折太疼了。我现在才体会到，抗日的时候，怎么会出了那么多叛徒啊？"

爷　爷：他要赶上，不是叛徒，也是汉奸。

奶　奶：还是人家秀丽，一边劝着他，一边把他扶到床上，把水倒好了，把药拿过来，一口一口地给他喂药啊。

爷　爷：还这么伺候他呀？他都快叛变了！

奶　奶：当时我也纳闷啊，你说咱儿子，你腿疼自己喝药不就完了吗，干吗让人家喂呀，你是摔的腿，还是摔的胳膊摔的嘴呀？

爷　爷：他就是耍大爷的派头儿。

奶　奶：哎，老头子，咱儿媳妇儿对咱儿子这么好，可我怎么觉得咱儿子有点型儿不正啊？

爷　爷：怎么型儿不正了？

奶　奶：我只是一种感觉。他一回到家，老是心神不定的。

爷　爷：好像有什么事儿老躲着秀丽。

奶　奶：电脑上网，他老把门关上。

爷　爷：接电话，老是偷偷摸摸的。

奶　奶：这里头肯定有事儿。

爷　爷：哎，这么一说，我还真想起来了。咱不有老年乘车卡嘛，就在前几天，我坐车出去遛弯儿，在海河边上，看见他跟一个女的胳膊挎着胳膊，进了水晶宫饭店，呵，那个亲热劲儿就别提了！

奶　奶：这小子外边有人啦？

爷　爷：没错。当时我真想下车过去给他一拐棍儿！

奶　奶：一拐棍儿，那太便宜他了，要是我，我把他腿打折了！

爷　爷：你也太狠了吧？

奶　奶：你想想，秀丽对他、对咱家那么好，他这么做，是坏了良心啦！

【大宝略有醉意地上。】

大　宝：奶奶，谁……谁坏良心啦？

奶　奶：哟，我大孙子回来了？谁坏良心啦？你爸爸！

大　宝：我爸爸？对，我爸爸良心，大……大……大大地坏了！我……我改日本了。

爷　爷：大宝，怎么，你喝酒了？

大　宝：爷爷，我……我喝的不多，我爸给我要了六瓶，他走了以后，我……我自己又要了六瓶。

奶　奶：大宝，你喝了十二瓶啊？

大　宝：奶奶，没事儿，我喝了六瓶，我那小对象，她……她喝了六瓶。她……她行，她……她可能喝了，酒量跟我一……一边大，也……也喝成我这模样了。

奶　奶：这可好，你爸是大酒鬼，你是小酒鬼，找了个对象又来了个女酒鬼。

大　宝：奶奶，我们不就偶尔地喝一回嘛。（傻笑）嘿嘿嘿……

奶　奶：得，这孙子跟你一样，也会傻笑了！

爷　爷：嘿嘿嘿……他跟我一样。

奶　奶：得得得，你就别凑热闹啦！哎，大宝，你搞对象了？

大　宝：搞了，她……她是我同班同学。长得挺俊，心眼儿也好。

爷　爷：那你什么时候领家里来呀？

奶　奶：对，也让爷爷、奶奶看看哪？

大　宝：看看？可，可能来不了啦。

奶　奶：怎么呢？

大　宝：就因为她妈跟我爸那……那个了，她妈跟我爸一那……那个，她爸就把我爸给那个了，紧接着她爸跟她妈就那……那个了。您说她们家都那……那个了，她还跟我那个吗？您二位，明……明白了吗？

爷　爷：（摇头）不明白。

奶　奶：越说我越糊涂了，怎么那么多“那个”呀！

大　宝：呵，您老二位不明白就不明白吧，我爸他不让我跟我妈说！

奶　奶：傻小子，他不让跟你妈说，那你可以跟爷爷、奶奶说呀！

爷　爷：嘿嘿嘿……

奶　奶：你又傻笑什么呀？

爷　爷：我似乎有点明白了。

奶　奶：你明白什么了？

爷　爷：大宝，我说说，看是不是你说的意思？

奶　奶：那你快说呀！

爷　爷：大宝，你是说，她妈跟你爸俩人好上了？

大　宝：对。

爷　爷：她俩一好，她爸把你爸打了？

大　宝：没错。

爷　爷：紧接着她爸跟她妈离婚了？

大　宝：分手了。

爷　爷：她们家都这样了，你这小对象还能跟你好吗？大宝，我说对了吗？

大　宝：爷爷，一点没错，您太有才了！

奶　奶：哟，这么说，你爸在外边真有人啦？

大　宝：我都看见了！

奶　奶：呵，他这是背着你妈在搞婚外恋哪！

爷　爷：啥婚外恋，那就是搞瞎扒！

大　宝：对对对，（数板）我爸爸，搞瞎扒，他在外边采野花。这朵野花我认识，就是我对象她的妈！

奶　奶：呵，你还数上快板啦！

大　宝：（小声地、神秘地）爷爷、奶奶，就跟我爸好的那阿姨比我妈岁数还大呢！

奶　奶：她比你妈大多少？

大　宝：她跟我爸是同学，看样子最少得大我妈七八岁。

奶　奶：那我就不明白了，人家都找小蜜，你爸爸怎么找了个老蜜呀？

爷　爷：嘿嘿嘿……

大　宝：爷爷、奶奶，再说了，这阿姨她也没有我妈俊呢！

奶　奶：是啊？那你妈是丹凤眼——

大　宝：她是三角眼。

奶　奶：你妈是高鼻梁儿——

大　宝：她是塌鼻子。

奶　奶：你妈是小嘴儿——

大　宝：她是兜齿儿。

奶　奶：你妈那身条真好啊——

大　宝：她是腰粗腿短，大屁股圆脸。

奶　奶：呵，你爸爸这是怎么了？

爷　爷：王八瞅绿豆——他俩对上眼儿啦！

奶　奶：咳！就你爸这事儿，可丢死人喽！

爷　爷：我觉着也不光彩。

奶　奶：你说咱怎么养活这么个玩意儿呀！

爷　爷：这怎么对得起人家秀丽呀！

奶　奶：可怜的秀丽呀，我的好儿媳妇儿啊！（哭）

大　宝：奶奶，别哭，这事儿不能让我妈知道。

奶　奶：对，奶奶不哭！这事儿是得对你妈保密。

爷　爷：哼，等这浑小子回来，我好好地教训教训他！

【秀丽端药锅子上。】

秀　丽：爸，你要教训谁呀？（将药锅子放在茶几上）

爷　爷：我……我要教训教训……我自己。嘿嘿嘿……

奶　奶：就这么着三不着两的，别听他的。

大　宝：妈！

秀　丽：哟，大宝回来了。给妈拿个杯子。

大　宝：妈，拿杯子干吗？你……你还让我喝呀？（拿杯）给……给我倒上。

秀　丽：（抢过杯子）大宝，你喝酒了？

大　宝：妈，没事儿，就是有……有点犯困。

秀　丽：去去去，困了上你屋里睡觉去！

大　宝：哎，妈，那我走了。爷爷、奶奶。（指了指秀丽，指了指嘴，踉踉跄跄下）

奶　奶：这是让咱保密？

爷　爷：哼，出了这么大的事儿，我保什么密！

奶　奶：嘘……

秀　丽：这孩子，还没少喝，一个学生，喝什么酒啊，都是他爸惯得！

奶　奶：对对对，他爸从小就惯着他喝酒。

爷　爷：跟他学不了好毛病！

秀　丽：（将药锅里的药汤倒进杯里）爸，药熬好了，一会儿您把它喝了。

爷　爷：哎，秀丽呀，嘿嘿嘿……

奶　奶：你老这么傻笑，我瘆得慌。

秀　丽：爸，您有话要跟我说，是吧？

爷　爷：是，秀丽呀，你对我们老两口子太好了。

秀　丽：爸，咱是一家人，一家人别说两家话，啊。

爷　爷：秀丽呀，这话叫我怎么说呀。

奶　奶：不好说，你就别说。

爷　爷：可不说我憋得慌啊！

奶　奶：你……憋得慌……你上厕所呀！

爷　爷：什么呀，我心里憋得慌！

秀　丽：爸，有话别憋在心里，说出来就痛快了。

奶　奶：走走走，药给你熬好了，走，回咱屋里去，有话跟我说，别给秀丽添乱！（拉爷爷）

爷　爷：不行，这话我就得跟秀丽说。

秀　丽：妈，有什么话，您让爸说嘛。

奶　奶：（无可奈何地）咳，这个死老头子，太拧！

爷　爷：秀丽，我告诉你，大宝他爸出事儿了。

秀　丽：他出事儿啦？

爷　爷：出大事了！

秀　丽：我说呢，他说他出差去南方，都十来天了，连个电话都不打，八成是他坐那动车出轨了！

奶　奶：什么呀，秀丽，你别瞎猜，他就没坐那动车。

秀　丽：那他坐的飞机出事儿啦？

爷　爷：咳，什么呀，他人好好的。

秀　丽：那您不说他出事儿了吗？

爷　爷：跟你这么说吧，动车那是出轨，他这也是……出轨。

秀　丽：他出轨？

爷　爷：对，他外边有人了。

秀　丽：爸，您别开玩笑，他出轨？说句不该说的话，我们俩都分居三年了，他说他不行了。

爷　爷：哼，这话你也信哪？他在家里不行，外边行！

奶　奶：秀丽，这事儿我们本来不想告诉你，怕你伤心，可你对这个家、对我那儿子哪儿哪儿都好啊，不告诉你，我们就是昧着良心哪！

秀　丽：（吃惊地）爸，妈，这事儿是真的？

奶　奶：他不是人啊！

爷　爷：是人能干这缺德事儿吗！

秀　丽：爸，妈，您二老别这么伤心。等他回来，我让他把事儿说明白了。我呢，也回屋好好想想，我哪儿错了？（哭下）

奶　奶：咳，秀丽这孩子心里憋屈呀！

爷　爷：这么好的媳妇儿，咱这儿子这不是中了魔啦！

【韩旭心情沉重地上。】

韩　旭：爸，妈！

爷　爷：哟，这是谁呀？

奶　奶：老头子，你气糊涂了，他是你儿子呀！

韩　旭：爸，您怎么了？

爷　爷：我怎么了？我问你怎么了？刚从看守所出来吧？

韩　旭：我上那儿干吗去？

爷　爷：上那儿干吗去，花案儿啊！

韩　旭：爸，我没怎么呀！

爷　爷：还没怎么了？你告诉我，这些日子你干什么去了？

韩　旭：爸，南方有个笔会，这不刚回来嘛。

爷　爷：编，接着编。

韩　旭：真的。

爷　爷：什么真的，十来天没见人影儿，你根本就没去参加笔会，人就在咱天津。

韩　旭：我没在天津啊。

爷　爷：没在天津？你住水晶宫饭店了，对不？小子，你够潇洒的！

韩　旭：爸，您的话我不懂。

爷　爷：少跟我装蒜！你跟那女的胳膊挎胳膊我都看见了。

奶　奶：你呀，别蒙混过关了，跟你爸就实话实说。

韩　旭：爸，那是我的初中同学。

爷　爷：还有哪？

韩　旭：我们还是同桌。

爷　爷：还有哪？

韩　旭：没了。

爷　爷：没了？同学，同桌，最关键的是，你们俩同床了吧？

韩　旭：爸！

爷　爷：别叫我爸，我没你这儿子！

奶　奶：儿子，你这事儿做得也太出格了吧？秀丽哪点儿不好，你怎么背着她干这种事儿啊？

韩　旭：爸，妈，既然你们都知道了，我也不瞒您二老了。

爷　爷：竹筒倒豆子，你就别藏着掖着了！

奶　奶：都说出来，我们好给你出个主意呀。

韩　旭：都是我的错，爸，妈，我刚开始就是想找找刺激，赶赶时髦，可这一步迈得太大了，这脚撤不回来了。

爷　爷：撤不回来了，那秀丽怎么办？

奶　奶：人家秀丽跟你都这么多年了，她哪点儿不好？

韩　旭：她哪儿哪儿都好。

爷　爷：秀丽对你、对咱家那可是没说的。

韩　旭：我也是没办法呀，人家那头儿离了婚，他儿子拿着板砖找我，限我三天之内把婚离了，要不，他就弄死我！

奶　奶：你说什么，你要跟秀丽离婚？

韩　旭：不离不行啊。

爷　爷：你敢！小兔崽子，你敢跟秀丽离婚，甭三天，我现在就弄死你！（追打）

韩　旭：（躲闪）爸，爸！

奶　奶：老头子，别打他呀！秀丽！秀丽！大宝！快来人哪！这要出人命啦！

【秀丽、大宝急上。见此情景，阻拦。】

秀　丽：爸，别打他了。

大　宝：爷爷，您消消气。

【秀丽、大宝分别搀二位老人坐下。】

秀　丽：爸，妈，刚才我都听见了，韩旭，今儿同着爸，同着妈，同着你儿子大宝，你把话都说明白了。

韩　旭：秀丽，（跪下）我对不起你呀！你救救我这条命吧！

秀　丽：拿我当观世音了，说吧，怎么回事儿？

韩　旭：秀丽，是这么回事。你也知道，咱俩分居三年了，我一指头也没碰你，不是我不行，是我在外边搞瞎扒了。这不，为这，她男人打了我，两口子也离了婚，人家儿子知道这事儿，拿着板砖找我来了，他让我三天之内把婚离了，要不就弄死我！秀丽，你要想救我的命，咱俩就得离婚，你要不离婚，就救不了我的命，秀丽呀，看在多年夫妻的情分上，我大小也是条性命，你救救我的命吧！

秀　丽：我听明白了，咱俩要离婚，你这命就保住了，咱俩要是不离婚，你这小命就完了？

韩　旭：对，就这意思。

秀　丽：我这人通情达理，要是这么说呀……

韩　旭：你同意离婚了？

秀　丽：那你就死去吧！

韩　旭：哎，秀丽，你真看着我死啊？

大　宝：爸，你别想得那么邪乎，他那也就是吓唬吓唬你！

奶　奶：对，弄死你，他得偿命！

爷　爷：也就是你这么没骨头。

大　宝：爸，你骨头硬着点呀！

韩　旭：行，爸骨头硬点，我不离婚啦！（欲起身）

爷　爷：跪下！

韩　旭：哎，跪下。爸，我听您的话。（跪下）

奶　奶：儿子，这事儿是你对不起人家秀丽，你得跪着说话。

韩　旭：我这不没敢起来嘛。

奶　奶：秀丽，你也说说他，啊？

秀　丽：爸、妈，那我就说说。韩旭，起来吧。

韩　旭：那我起来了？（看爷爷、奶奶）

奶　奶：秀丽让你起来，你就起来吧。

爷　爷：一边站着去！

韩　旭：哎。（起身，站到一旁）

秀　丽：韩旭，你跟我分居三年了，我不是没有感觉。都知道你是个作家，写的小说也不少，可你作品写的都是什么呀？

韩　旭：我作品怎么了？

秀　丽：你的头一篇小说叫《一个青楼女子的命运》。

韩　旭：那是篇纪实文学。

秀　丽：你的第二篇小说叫《两个妓女与一个男警察》。

韩　旭：那是写三角恋爱的。

秀　丽：你的第三篇小说叫《六个妓女一台戏》。

韩　旭：那是写妓女傍大款的。

秀　丽：特别是你的第四篇作品《十三个妓女的忏悔》。

韩　旭：那是写犯罪心理的。

大　宝：爸，您都成写妓女的专业户啦？

爷　爷：写小说得体验生活，肯定他跟不少妓女有过接触。

奶　奶：要不他怎么会犯错误哪？

韩　旭：你们说的什么呀！秀丽，我以人格保证，天地良心，我只是有婚外恋，可我真的没嫖过娼啊！

秀　丽：不管你有没有这方面的劣迹，可写这类作品你对青少年负责吗？

韩　旭：我没想过，就是想赚钱。

大　宝：爸，人家给您定位三流作家，一点都不委屈您！

奶　奶：大宝，也别这么说你爸，咱家这房就是你爸稿费买的。

爷　爷：明儿我就搬出去！

秀　丽：爸，您让我把话说完。

爷　爷：孩子，你接着说。

秀　丽：韩旭，分居三年了，你真的以为我是个傻子什么都没看出来吗？

韩　旭：你看出什么了？

秀　丽：有一次我给你洗衣服，发现你的外套上有一根长头发，我问你这是怎么回事儿，可你说什么了？

韩　旭：我说我们单位有只狗，可能是我蹭上狗毛了。

秀　丽：当时我没说话，这长头发是黑的，你们单位那狗我见过，那是金毛犬。

大　宝：爸，金毛犬的毛是黄的。

韩　旭：那可能蹭上的是德国黑背的毛。

大　宝：德国黑背有这么长的毛吗？

韩　旭：那是长毛德国黑背。

爷　爷：得得得，砍得没有旋的圆。

奶　奶：你就别说瞎话啦。

大　宝：我爸这人骨头软，可嘴硬。

秀　丽：还有，你一回家，身上怎么老有一股子香水味，我问你，当时你怎么说的？

韩　旭：我说，我会见了一位外国女作家，外国的礼节，她主动拥抱我，我能不拥抱她吗？

奶　奶：对，外国女人爱抹香水。

爷　爷：听秀丽的！

秀　丽：第二天，我碰上你们作协的秘书长，我一问，人家说："外国女作家拥抱他？他就是个一般会员，人家拥抱的是作协主席。"

奶　奶：又是瞎话！

爷　爷：他这瞎话来得还真快。

大　宝：爸，提个问题，人家外国女作家没拥抱您，这香水味哪儿来的？

韩　旭：（小声地）你那阿姨，她爱抹香水。

大　宝：（小声地）您怎么不早说呢？

韩　旭：去去去，别跟着起哄！

秀　丽：你这个人在家里一上网就把门儿关上，我想这里头一定有秘密，就在你不在家的时候，我打开你的QQ，拿你的生日当密码，还真给打开了！这我才知道了你的网名。

大　宝：妈，我爸的网名叫什么？

秀　丽：才子蛐蛐罐儿。

大　宝：爸，您这网名太有特色了！

秀　丽：我再看你的聊天记录，出现最多的是个妙龄少女。

大　宝：她的网名叫？

秀　丽：佳人油葫芦。

大　宝：得，这油葫芦爬我爸那蛐蛐罐儿里了！

奶　奶：别打岔，听你妈说。

秀　丽：（哭诉）最让我吃惊的是，你还让人家跟你裸聊。

大　宝：爸，您可够时髦的！

韩　旭：时髦什么呀，人家没同意。

爷　爷：什么东西！

奶　奶：咳！

秀　丽：韩旭呀，咱们夫妻二十年了，最让我不能容忍的是，三年了，你说你不行，连碰都不碰我一下，有时候我想，我哪儿做错了？做错了你打我呀！虽说打人那是家庭暴力，可也比你这样淡着我强，知道你这叫什么吗？

韩　旭：叫什么？

秀　丽：这叫家庭冷暴力！

奶　奶：这还真是新名词儿。

秀　丽：想想这些我冷啊，我没想到一腔子热血倒给了你，你怎么这么无情啊！

韩　旭：秀丽，全是我错了！

秀　丽：爸，妈，不是我想离开这个家呀，是韩旭，他让我太伤心啦！这样吧，韩旭，我成全你，什么时候离婚，我跟你去办手续！

（欲下）

大　宝：（阻拦）妈，您不能离婚，爸，您再说离婚，我拿板砖拍死你！

韩　旭：得，那板砖还没拍上我，这板砖又来了！

爷　爷：秀丽，你不能走！

奶　奶：秀丽，千错万错是我儿子的错，你留下吧！

韩　旭：秀丽，你给我一次机会，让我跟那头儿断了，行吗！

三　人：秀丽！

大　宝：妈！（跪下）你别离婚，我们求你了！

秀　丽：咳！人心都是肉长的，我也舍不得离开这个家呀！我进这个家二十多年了，能没有感情吗？爸，妈，我听你们的。韩旭，你说话算数吗？

韩　旭：算数！

秀　丽：你真跟那头儿断了？

韩　旭：不断，我不是人！

秀　丽：那好，这婚我不离了，可我有个条件！

韩　旭：什么条件我都答应。

秀　丽：你这同学跟你相爱一场，这是你们俩的缘分，也是我们姐们儿的缘分。（摘下项链）这是我的礼物，你去了跟她说，我不记恨她，让她做我们俩的好朋友，你们可以继续往来，但，不能出格儿！

爷　爷：太感人啦！嘿嘿嘿……

奶　奶：你又傻笑。

韩　旭：秀丽，这你放心，只要我不出格儿，她就出不了格儿！

爷　爷：哦，哦……（一口气没上来）

奶　奶：（抱住爷爷）老头子，你这是怎么了？

秀　丽：（过去）呀，快打 120，赶紧送医院！

韩　旭：（围了上来）爸！

大　宝：（围了上来）爷爷！

【切光。120 的警笛声。幕落。】

第四场　情断伤心处

地点：租住房的一角

【简易屏风前，一套桌椅。】

【音乐：《我想有个家》。】

【主持人上。】

主持人：月有阴晴圆缺，人有悲欢离合。一对婚外恋者，面对两个不同的家庭，斥责是一种关爱，劝导是一种亲情，在关爱和亲情的感召之下，在经历了一场婚外恋情之后，他们开始反思自己了。当然，这对有情人也会难分难舍，也会苦苦心痛，但在一个和谐社会里，在道义面前他们必将作出一种牺牲，做出一种选择。请看第四场《情断伤心处》。（下）

韩　旭：（臂带黑纱，忧心忡忡地上）咳！往日我来到如梦的家，心里那真是乐不思蜀，可今天，这种感受没有了，剩下的只有痛苦。本打算来跟如梦把事儿说开，将我们的关系做个了断，可人家等了我三年了，要说我不离婚了，可怎么说呀！没办法，谁让我当初是花心大萝卜哪？咳！（敲门）

如　梦：谁呀？

韩　旭：如梦，是我！

如　梦：韩旭！等着啊？（开门）进来吧。

韩　旭：哎。（进门）。

如　梦：你坐呀！我给你泡茶。

韩　旭：不用了，我一会儿就走。

如　梦：你今儿这是怎么了？（坐）

韩　旭：你看（指黑纱），我爸爸没了。

如　梦：哟，你爸才七十多，怎么就……

韩　旭：这不，我回家一说离婚的事儿，他就气得火冒三丈，后来，人就没了。

如　梦：老人去世，我得看看去呀！

韩　旭：你去？不行！

如　梦：为什么？

韩　旭：现在你还是我的情人，不是我老婆，你要是去吊唁，人前人后的，你名不正言不顺啊！

如　梦：可老人是因为咱俩的事儿死的。

韩　旭：对呀，那你就更不能去了！

如　梦：我去就是想表示一下我愧疚的心情。

韩　旭：你要实在要去，我们家你也认识，到那儿你别进门儿，就在外边，向里边默哀得了。

如　梦：行，那我就在外边向里边默哀。

韩　旭：（哭）你说我爸，好好的，怎么就没了呢！

如　梦：韩旭，你爸爸没了，那你还上我这来干吗呀？你应该在家料理丧事啊！

韩　旭：家里没人理我。再说了，在家待着，虽说我爸停在医院太平间里了，可我总觉着我爸就在我身边，我真怕我爸那魂儿他把我给掐死。

如　梦：咳，那是你心里有鬼。

韩　旭：是，我心里是有鬼，三年来，是我这个鬼缠上了你，让你离了婚，家不像家，业不像业，如梦，你就打我这个鬼吧！

如　梦：我又不是钟馗，打鬼干嘛呀？

韩　旭：如梦，我真是个鬼，三年了，我一上这来就跟你鬼混，在家我当面是人背后是鬼，我跟我老婆天天说鬼话，办鬼事儿，分居三年，想的是鬼主意，打的是鬼算盘，在我爸、我妈面前，我是鬼儿子，在我老婆面前，我是鬼丈夫，在我儿子面前，我是个鬼爸爸。你说我是个鬼吧？

如　梦：韩旭，你不愧是个作家，愣把这么多鬼凑一块儿了。你今儿有点不太正常啊。

韩　旭：如梦，我正常不了啦！在家我一说离婚的事儿，我老婆不理我，我妈数落我，我爸要打我，就连我儿子他都要拿板砖拍我，我现在是众叛亲离呀！

如　梦：韩旭，听这意思，你是不打算离婚啦？

韩　旭：如梦，这婚，我不想离了。

如　梦：咳！我早知道就是这样的结果，从咖啡厅回来以后，我就有一种预感，一边是家庭的亲情，你和你老婆生活了二十五年；一边是你对我的眷恋，我跟你偷偷摸摸地也算三年吧，我知道，这就像一场排球比赛，哨一吹，二十五比三，我输了。

韩　旭：这比喻有点意思。

如　梦：可我不服输啊，要从上中学你给我递纸条算起，咱俩也三十多年了！

韩　旭：那不中间儿断开了嘛。

如　梦：可你还想着我呀！

韩　旭：想着想着，那不我跟她结婚了嘛，这段时间我还是以她为主。

如　梦：打排球按分计算，婚姻也是这样，在家庭和外遇两者中选择，你肯定会选比分高的。

韩　旭：比分高，那也是一种感情积累。

如　梦：要不我怎么预感你离不了婚呢。另外，社会舆论也是一种压力。人们都讨厌小三儿啊！你也会屈服这种压力，选择跟我分手。

韩　旭：如梦，可在我的心中有你呀！

如　梦：韩旭，不要再说了，我知道，我这个小三儿当得也不光彩。没听儿歌就这么唱我这样的小三儿嘛。

韩　旭：这儿歌怎么唱的？

如　梦：（数唱）不要脸的当小三儿，给人家爷们儿当心肝儿，看上人家钱，看上人家官儿，没事儿陪人家打两圈儿。大旅馆，开单间儿，游山逛景跟着人家玩儿，人家回家她要单儿，哭鼻子怨地又怨天儿！恨小三儿，劝小三儿，找个工作你快上班儿，今后别再当傍尖儿！

韩　旭：这儿歌编得不错。如梦，可这儿歌不是唱的你呀！要说钱，我没有，要说官儿，我也就是个副科级。再说了，你这也不算傍尖儿呀？

如　梦：可我跟你开单间儿了，我回家也要单儿了，我也哭鼻子怨地怨天儿了。

韩　旭：儿歌是文艺作品，你别对号入座呀。

如　梦：离开咖啡厅，我也在反思自己。由于我的出现，你的家庭出现了危机。特别是你的父亲这一故去，让我心里阵痛。烙饼咱得翻个个儿，站到你爱人的角度，她能不恨我这个小三儿吗？

韩　旭：如梦，她说了，她不记恨你！

如　梦：什么，她不记恨我？

韩　旭：不但不记恨，她还让我把这礼物送给你，（拿出礼物）她还说，让你做我们的好朋友。

如　梦：没想到，她这人这么大度！我真不如她呀！

韩　旭：她还有一句话。

如　梦：什么话？

韩　旭：她让咱们俩别再出格儿了。

如　梦：哈哈哈……

韩　旭：你笑什么呀？

如　梦：我如梦虽说不是个顶天立地的男子汉，可我也是个性情中人，既然她原谅了我，还送我礼物，人家如此大度，我还能再做那些苟苟且且的事儿吗？

韩　旭：我跟她说了，这事儿只要我不出格儿，你就出不了格儿。

如　梦：是啊，你我都是重感情的人，当初，你一出格儿，我在格儿里也待不住了。

韩　旭：打那儿，咱们一发不可收拾。

如　梦：二年了，我们俩共同做着一个梦，

韩　旭：这梦甜甜的。

如　梦：我们一起去跳舞，

韩　旭：搂着你，我像腾云驾雾一样。

如　梦：我们一起去唱歌，

韩　旭：咱俩唱的是《夫妻双双把家还》。

如　梦：我们一起去旅游，

韩　旭：照相机留下了咱们美好的回忆。

如　梦：我们一起去野炊，

韩　旭：我就爱吃你烤的羊肉串儿。

如　梦：我们一块儿谈创作灵感的体会，

韩　旭：我们一起聊发表作品的快感。

如　梦：有人说，我们俩真是天生的一对。

韩　旭：可惜呀，我有了老婆，你姗姗来迟了。

如　梦：就这样，我梦想着。有一天我跟你结婚了！我穿着雪白的婚纱，我们俩手挽着手，和你一起步入那圣洁的天堂！

韩　旭：天堂？咱俩殉情啊？

如　梦：不不不，我和你一起步入那圣洁的教堂！

韩　旭：对，你是基督徒。

如　梦：可是，好梦不长。

韩　旭：是啊，不到三年。

如　梦：在咖啡厅的巧遇，让我的梦醒了！

韩　旭：没想到我儿子跟你闺女来了！

如　梦：在儿女面前，我好尴尬呀。

韩　旭：他们数落我，我心里也别扭啊！

如　梦：我知道，纸里包不住火。

韩　旭：我猜测，准是儿子泄的密。

如　梦：我知道，你提出离婚，那准是铤而走险，

韩　旭：我明白，事儿一败露，我成了惊弓之鸟。

如　梦：我知道，你和你爱人单独谈，可能还有戏，

韩　旭：我明白，全家老少一块儿上，我肯定一败涂地。

如　梦：结果出来了！

韩　旭：我们俩只好分手了！

如　梦：梦里的浪漫化为泡影。

韩　旭：我们俩只能接受现实。

如　梦：可现实太残酷啦！

韩　旭：没办法，我们在现实中生活，不能靠做梦过日子啊！

如　梦：咳，早知如此，何必当初啊？

韩　旭：如梦，你恨我吗？

如　梦：恨。我恨！我恨我为什么在同学会上会见到你？我恨我在你喝醉的时候，为什么把你背到我家？我恨我为什么和你发生了一夜情？我恨我为什么因为你而离了婚？我恨我一个聪明人，为什么要当万人不齿的小三儿啊？

韩　旭：如梦，你别光恨自己呀，你也恨恨我行吗？

如　梦：得，说了半天了，我拿酒去，咱喝点儿？

韩　旭：喝点儿就喝点儿，解解心宽。

如　梦：说好了，不许多喝。

韩　旭：你放心，酒多乱性！

如　梦：（拿来酒和酒杯，倒酒）

韩　旭：来，为我们的过去，化作烟云去。

如　梦：好，为我们的今天，尽在不言中。

韩　旭：干！（一饮而尽）

如　梦：干！（一饮而尽，满酒）这第二杯酒，我先敬！这杯祝老人一路走好！

韩　旭：谢谢！

如　梦：干！（一杯见底）

韩　旭：干！（一杯见底）

如　梦：我还要敬一杯！嫂夫人心胸开阔，不计我这个小三儿的前嫌，我敬佩啊！

韩　旭：有时间你到家里坐坐？

如　梦：我一定去，不出格儿！干！（一杯见底）

韩　旭：干！（一杯见底）如梦啊，三杯酒下肚，我给你唱首歌吧？

如　梦：你给我唱什么歌？

韩　旭：这首歌的歌名叫《找个好人就嫁了吧》。把音响开开！

如　梦：（开音响）你唱吧。

韩　旭：（手持话筒唱）我知道你我走到今天，却不能白头到永久。我知道我们彼此相爱，却注定要分手无缘。我知道太多的付出，让你为爱而憔悴。我知道你的离去，让你无奈掉下眼泪。找个好人就嫁了吧，虽然不是我心里话，纵然情到深处谁都放不下。找个好人就嫁了吧，就让时间去淡忘它。无论走到海角天涯让我来为你祝福吧！

如　梦：韩旭！（扑到韩旭怀里）

韩　旭：如梦！咱们可不能出格儿啊！

【二人缓缓分开，相互注视。】

【黑子、小雨上，敲门。】

如　梦：谁呀？

黑　子：妈，是我，还有小雨。

如　梦：等着啊。（开门）

黑　子、小　雨：妈！

如　梦：哎！你们俩来啦，进！

韩　旭：哟！（一见黑子进来，躲到一旁）

小　雨：妈，告诉您个好消息，我哥做通了爸爸的工作，爸爸说，他同意你们复婚了！

黑　子：妈，您高兴吗？

如　梦：我高兴不起来。

小　雨：妈，我哥好不容易做通爸爸的工作，您怎么不高兴啊？

如　梦：是我对不起他。你们说，如果后半生我在愧疚中和他生活，那能幸福吗？

韩　旭：如梦，我想你们会幸福的。

黑　子：呵，你怎么在这儿？（走过去）

韩　旭：别，你离我远点！（躲到一旁）

黑　子：哎，别躲着我呀！

韩　旭：我怕你拿板砖拍我。

黑　子：放心，我没拿板砖，说，干什么来了？

韩　旭：我找你妈有点事儿。

黑　子：你个老不死的，胆儿够大的，又来找我妈的便宜！

韩　旭：不，不是。

黑　子：你他妈的还不承认，菜刀呢？（到台后拿出菜刀）

如　梦：（拦住黑子）黑子，你干吗？

黑　子：我剁了他！

小　雨：哥，别剁他，把他留给我，回来我弄瓶硫酸，毁他的容！

韩　旭：这小姑奶奶更厉害。

如　梦：你们俩都一边去！没看见哪，他们家死人啦！

黑　子：哟，你们家谁死了？

韩　旭：我爸。

黑　子：好，死得好。

如　梦：黑子，不许这么说话！

小　雨：哥，人家老人又没惹你！

黑　子：对，老人没惹我，那他老婆怎么不死呢？

韩　旭：我老婆也没惹你呀？

黑　子：我是说，你老婆要是死了，你就甭离婚了！

如　梦：黑子，妈的事儿你别掺和！

黑　子：妈，我是您儿子，这事儿我就得管！告诉你姓韩的，这婚你要是不离，我跟你没完！

韩　旭：这我就不明白了，你妈、你爸都要复婚了，我还离什么婚哪？

黑　子：这是两码事，懂吗？我爸、我妈复婚这是一回事儿，可你想霸占我妈，破坏我们的家庭，你必须得离婚，这是对你的惩罚！

小　雨：对，恶人必须得到恶报！

如　梦：你们俩听我说，得饶人处且饶人，干嘛要赶尽杀绝呀？

小　雨：妈，您心太软，对这样的人就不能客气！

黑　子：对，三天之内，你必须离婚！

韩　旭：别呀！你宽限我几天，这样好不好，等我爸圆完坟儿行吗？

如　梦：韩旭，你又要拉抽屉呀？

韩　旭：不！圆完坟儿我也不离婚，到那时，要杀要剐，那就随他的便吧！

黑　子：呵，死猪不怕开水烫！

韩　旭：别说开水了，你倒硫酸都行！

黑　子：哎哟呵！真有点“英雄”气概！那我现在就不客气了！（挥刀要砍韩旭）

如　梦：（护住韩旭）黑子，要砍你就先砍你妈！

小　雨：妈，您怎么这么护着他呀！

韩　旭：如梦，反正我也不想活了，来吧，往这砍，哥们儿！

如　梦：哥们儿？

韩　旭：我们俩单论。

黑　子：呵，你将我的军？

韩　旭：对啦。

黑　子：这一刀下去，你可就完了！

韩　旭：二十年以后又是一条好汉！

黑　子：我真剁了你！

韩　旭：你别手软！

黑　子：呵，你真不怕吓唬啊？

韩　旭：你妈给我露底了，说你这是演戏。

黑　子：呵，我说呢！妈，这菜刀您拾起来吧。（将菜刀递给如梦）什么事儿啊，您这胳膊肘往外拐。

如　梦：往里拐非出人命。

韩　旭：没准我让你挤兑死。

黑　子：不过，老小子！这事儿咱没完，你们家不死人了嘛，我一会儿准去凑凑热闹。

小　雨：丧事儿让你们变成喜事儿。哥，我也去！

黑　子：你也去？大宝可是你的对象！

小　雨：哥，对象先靠一边儿，先给咱家出出这口窝囊气！

黑　子：好妹妹，走！（下）

小　雨：（走近韩旭，学京剧武旦）哼哼！未来的公公啊，你盯着我点儿的，下一出戏，我们给您演的是《兄妹大闹丧》！（亮相，跑圆场下）

韩　旭：好嘛，这小丫头儿，赶上穆桂英啦！

【切光，幕落。】

第五场　家和万事兴

地点：韩家客厅

【布置即将就绪的灵堂。屏风换成奠字的黑幔，正中悬挂着镶有爷爷照片的镜框。一组沙发前摆满鲜花。鲜花上有黑色的缎带。】

【主持人上。】

主持人：爷爷的去世，让韩家人坠入极度的悲伤之中。韩旭身陷重围，沉重一个一个地压在他的心头，他就像个机器人一样，任凭命运的摆布。看起来，这种悲剧的色彩似乎与我们这个喜剧的基调不太和谐，但悲剧和喜剧并存，大悲之中有大喜，悲中有喜笑自来。就在韩家的人布置灵堂、如梦在楼外默哀、黑子和小雨前来闹丧的时候，奇迹出现了，喜剧继续下来了，人们由悲转喜，由怒转和，一幕新的人间喜剧开始了。请看第五场《家和万事兴》。（下）

【秀丽和大宝在布置灵堂，大宝在悬挂黑幔。】

秀　丽：大宝，你那角再往上一点。

大　宝：（将黑幔向上挪动）妈，这行吗？

秀　丽：好！固定！

大　宝:(将黑幔固定,跳下,打量)妈,就这样了。

秀　丽:去,外边还有一盆鲜花,你把它搬进来。

大　宝:哎!(下)

奶　奶:(上)老头子走了,停在医院太平间了。我这是澡堂子的鞋趿拉儿——凑不上对儿了! 咳,人死如灯灭呀!

秀　丽:妈,我爸没了,您想开点。

奶　奶:哎。想他他也回不来了,真回来得把我吓着。

大　宝:(搬花进屋)妈,放哪儿?

秀　丽:就放那儿。

大　宝:好嘞!(放花)

奶　奶:大宝啊,去,到我屋里把那箱子搬过来。

大　宝:行。(下)

奶　奶:你看,都成大小伙子了,这活儿还就得他干。

秀　丽:妈,拿箱子干吗?

奶　奶:箱子里是我给你爸预备的东西,他早就说过,走的那天要像老干部一样,不要老一套,他要穿中山装,外边套呢子大衣,别看他不是党员,他要求,身上得盖上党旗。

秀　丽:妈,不是党员盖什么党旗呀?

奶　奶:他说,他思想上早就入党了。

秀　丽:咳,妈,人家上级有规定,十三级以上的老干部死了,身上才能盖党旗。

奶　奶:噢,这党旗还不能随便盖呀?

秀　丽:那可不。

奶　奶:要是这么说,他不够资格,那就别盖党旗了。

秀　丽:还是妈通情达理。

奶　奶:那就给他换床大红的被面儿。

秀　丽:妈,这有盖被面儿的吗!

奶　奶:那总得盖点什么吧?

秀　丽:妈,您放心得了,我都给买好了,让我爸铺金盖银,这是老例儿。

奶　奶：还是我儿媳妇儿想得周到。行，你办事儿，我放心。

大　宝：（提一皮箱上）奶奶，是这个吧？

奶　奶：对，这箱子里都是给你爷爷预备的东西，里边有呢子大衣，中山装、毛衣、毛裤、衬衣、衬裤、背心、裤衩、袜子、鞋，还有他常用的毛巾、肥皂、牙刷子、牙膏、拐棍儿、闹表儿、眼镜盒儿、指甲刀儿、痒痒挠儿、耳挖勺儿。

大　宝：呵！奶奶，这零碎儿您也预备呀？

奶　奶：到那边儿用着方便。

秀　丽：大宝，我这离不开，一会儿你提着箱子，到医院太平间，那儿的人我都联系好了，让人家把这些衣服给你爷爷穿上。

大　宝：哎。可这事儿应该我爸去呀！

秀　丽：你爸他不是上那边儿去了嘛。

奶　奶：八成又黏糊上了！

大　宝：我看他跟那头儿就断不了！

奶　奶：断不了，他就别进这家门儿！

秀　丽：别说了，这我心里有底，他呀，离不开咱这个家。

大　宝：那就好，妈，那我去了？

秀　丽：去吧，早点回来，这儿还有好多事儿呢。

大　宝：我知道，看您这么忙乎，我也心疼啊。

秀　丽：好儿子。

大　宝：妈，我一会儿就回来。（提皮箱下）

奶　奶：这小子，比他爸强，知道疼你了。

秀　丽：其实韩旭原来也不错，我和他结婚这么多年，他对我、对这个家还是不错的，可就是这几年，变化太大了。

奶　奶：要叫我说呀，他就是写那些小说写的。

秀　丽：作品是作者心灵的反映，他老写那种小说，说明他的心里很灰暗。

奶　奶：他写这类作品也就是想多给咱家赚点儿钱。

秀　丽：有些刊物迎合了他的这种心理，他写这些乌七八糟的东西就有了市场。他拼命地写呀、写呀，稿费多了，咱家买房子了，手头也富裕了，我呢，也就信马由缰，管不了他了。可他呢，没想到，这匹野马跑外边配种去了。

奶　奶：没听人说嘛，男人有钱就学坏。

秀　丽：好在这匹野马又让我拉回来了。

奶　奶：人不怕犯错误，改了就是好同志。

秀　丽：嗯，妈，只要他跟那边断了，我就跟他将就着过。

奶　奶：（深情地）秀丽呀，真难为你了。

【韩旭一脸紧张地上。】

韩　旭：妈，秀丽，没人上咱家来吧？

秀　丽：没有啊。这不，我跟大宝刚把灵堂布置好。

韩　旭：大宝呢？

秀　丽：我让他去医院太平间给他爷爷穿衣裳去了。门报儿贴好了，鲜花也送来了，亲戚朋友我也都通知了。

奶　奶：凡是丧事儿，一般都第二天来人。

韩　旭：那，我去派出所一趟。

秀　丽：你去派出所干嘛呀？

韩　旭：让他们来人保证咱这丧事的安全。

奶　奶：儿子，出什么事儿了？

韩　旭：这不，我不离婚，那头儿的俩孩子要来闹丧。

奶　奶：呵，他们敢，还没王法了！他们要敢来闹丧，我这条老命就跟他们拼啦！让他们也看看我这少林拳！（比划，咳嗽）

秀　丽：妈，您先别紧张，兵来将挡，水来土屯，再说了，他们不是没来嘛。

韩　旭：妈，他们来了，有什么雷我顶着。

奶　奶：你顶着？我就怕那雷在你头顶上炸了！（咳嗽）

秀　丽：妈，您身体不好，回屋歇会儿吧？

奶　奶：哎，那我歇会儿去，你们俩也说说悄悄话儿。（下）

秀　丽：那边的事儿怎么样了！

韩　旭：这不，我一去她一看见我戴着黑箍儿，说要来咱们家吊丧。

秀　丽：那她来合适吗？

韩　旭：我说了，你去我们家，名不正言不顺哪！可她非要来，还说，老爷子的死跟她有关，她要来就是表示一下愧疚。

秀　丽：实在要来，那就让她来吧。

韩　旭：我说了，到时候你别进门儿，就在外边默哀。

秀　丽：那后来呢？

韩　旭：我向她表态了，我不离婚！

秀　丽：这就对了，她什么态度？

韩　旭：她说她早就有预感，梦碎了，她要面对现实。

秀　丽：那后来呢？

韩　旭：后来，我给她唱了一首歌。

秀　丽：唱的什么歌？

韩　旭：《找个好人就嫁了吧》。

秀　丽：那听完这首歌哪？

韩　旭：听完这首歌，她就把我抱住了。

秀　丽：啊！她拥抱你啦！

韩　旭：你听我说呀，她抱住我了，可我提醒她，如梦，咱可别出格儿。

秀　丽：那她呢？

韩　旭：缓缓地松手啦！

秀　丽：哼，这还差不多！哎，那项链你给她了吗？

韩　旭：我能忘吗，我把项链交给她，她很感动，她说，你这么大度，她绝不会再做对不起你的事儿了。

秀　丽：要说，她这个人还不错。那后来呢？

韩　旭：后来，她儿子、她闺女来了。

秀　丽：他们来你就走吧？

韩　旭：走得了吗，她儿子说，做通了他爸的工作，他爸答应复婚了。

秀　丽：这是好事儿啊。

韩　旭：可她不同意，说后半生幸福不了。

秀　丽：那你劝劝她呀。

韩　旭：不劝还好，一劝他儿子抄起菜刀要砍我。

秀　丽：那你跑啊！

韩　旭：跑？我伸出脑袋让他砍，告诉他二十年后又是一个好汉！

秀　丽：那他们没砍？

韩　旭：废话，砍了我还回得来吗？

秀　丽：行，这事儿办得还是个爷们儿。

韩　旭：那当然了，我就是个爷们儿！

秀　丽：还爷们儿呢，都三年了，你老说你不行？

韩　旭：放心，船到江心必然直！

秀　丽：去去去，你们作家净是文词儿。

韩　旭：哎，秀丽，那俩小崽子要来咱们家闹丧，该怎么办哪？

秀　丽：没事儿，不就是闹丧嘛，咱吃点儿东西，我炖了一大锅排骨，吃饱了，看看他们怎么个闹法。妈，吃饭了！（下）

韩　旭：她的炖排骨拿手，我还真有点饿了。

秀　丽：（端排骨和碟子上）吃吧，外边搞瞎扒有功。

韩　旭：咱别提这个了，行吗？

奶　奶：（上）秀丽呀，以后你还真得敲打着他点儿，省得他再犯错误。

韩　旭：妈，就这一回，您吃饭吧。

奶　奶：咳，老头子没了，我吃得下去吗？

秀　丽：不吃饭您身子顶不住啊。妈，多少吃点。

奶　奶：秀丽呀，给你爸拿双筷子，再摆个碗，人走了，咱就当他还活着。

秀　丽：哎，我想着这事儿了。（下去端饭、拿碗和筷子）

韩　旭：妈，您别太伤心了。

奶　奶：我能不伤心吗，过了一辈子，我们俩都没红过脸儿。

韩　旭：那是您脾气好。

奶　奶：对，我说话直，你爸净跟我动蔫的。

秀　丽：（端饭、拿碗和筷子上）妈，碗和筷子摆哪儿？

奶　奶：老地方。

秀　丽：（摆好碗和筷子，看着照片）爸，您过来吃饭吧。

韩　旭：真过来吃饭，得把我吓死。

秀　丽：（盛饭）哪儿那么多废话，人没了，咱得念着他。

奶　奶：还是人家秀丽，不像你，人一走，茶就凉！

韩　旭：妈，我是那人吗！

秀　丽：好好好，吃饭。

【三人吃饭，奶奶和秀丽与韩旭的吃相截然不同。】

奶　奶：（瞅着韩旭）看这吃相，不像是你爸爸死了。

韩　旭：妈，我饿了。这排骨炖得真香！现在我才体会到，家的感觉真好！

奶　奶：你就不该走这弯路。

秀　丽：妈，别说他了。

奶　奶：哼，你还护着他。

韩　旭：你们不知道，中午我去那边，冷饭，冷菜，一尝那土豆炒辣子，还是馊的。

奶　奶：这日子怎么过的？

韩　旭：要说她还不错，那馊的她吃，让我吃那烧茄子。

秀　丽：（生气地）你把筷子放下！

韩　旭：怎么啦？

秀　丽：这排骨你别吃了，回她那吃烧茄子去！

韩　旭：你看，又急了！

奶　奶：这怨你，吃排骨不就得了嘛，你提那烧茄子干吗？

秀　丽：这说明他身在曹营心在汉！

韩　旭：那我不说烧茄子了，我吃排骨。（接着吃排骨）

秀　丽：儿子，以后在你媳妇儿面前，别提那边儿的事儿。

韩　旭：哎！

秀　丽：哎，韩旭，你不说那边儿要来默哀吗？

韩　旭：（看了一眼秀丽，接着吃排骨，不说话）

秀　丽：你怎么不说话呀？

韩　旭：同着你，我不说那边儿。

秀　丽：你！

韩　旭：你看，又急了！

奶　奶：这话你得说，她问你，你不说，她能不急吗？

韩　旭：你是问她来默哀的事儿吗？

秀　丽：她什么时候来？

韩　旭：她说，她到这给我打电话。

秀　丽：到这儿，别让人家在外边默哀，你出去把人家接进来。

韩　旭：那行吗？

秀　丽：我说行就行！

韩　旭：那我听你的。

秀　丽：走的时候，我再给她盛点排骨。

韩　旭：这合适吗？

秀　丽：合适，吃馊的她会得病的。

韩　旭：哎哟，媳妇儿啊，你真是菩萨心肠啊！

奶　奶：小子，你不离婚就对了！

韩　旭：那好，我现在就给她送排骨去！（欲起身）

秀　丽：坐下！

韩　旭：哎，坐下。

秀　丽：你真是毛蹬心啊，人家来了我准给。

韩　旭：她们家煤气灶坏了，我这不怕凉了嘛。

秀　丽：我给她热！

韩　旭：那我就不去了。

奶　奶：以后少往她跟前凑合，记住了，不能藕断丝连。

韩　旭：哎，我明白了，再给我盛点排骨！

秀　丽：你呀！

【大宝提皮箱上。】

大　宝：哎哟，妈呀，可回来了！

奶　奶：大宝，你怎么把箱子提回来了？

大　宝：奶奶，您让我喘口气儿！

秀　丽：怎么回事儿？

大　宝：（喘息片刻）出大事儿啦！

韩　旭：出什么大事儿了？

大　宝：我爷爷没了！

秀　丽：对呀，你爷爷没了，我不才让你给他穿这衣裳去吗？

大　宝：穿不了，太平间里没有我爷爷了！

奶　奶：啊，那他诈尸啦！

韩　旭：不会呀，人家大夫说他死了！

秀　丽：大宝，你没问问医院的人？

大　宝：我问了，人家医院的人说，他们医院还没出过这事儿。

韩　旭：会不会咱爸又活了？

秀　丽：那咱找找去呀！

【众人与动身，爷爷走了进来。】

爷　爷：甭找了，我回来了！

众　人：啊！真活了！

奶　奶：老头子，我是不是见鬼啦？

爷　爷：你看我像鬼吗？

奶　奶：哎哟，谢天谢地呀，你们又把老头子给我送回来啦！

爷　爷：你看看，都愣着干什么，怕我把你们掐死啊？

大　宝：爷爷！

爷　爷：哎，孙子！

韩　旭：爸！

秀　丽：爸！

爷　爷：哎，哎，看看，我活着回来啦！

奶　奶：老头子，坐，坐呀！

爷　爷：（坐）老婆子，没想到吧？

大　宝：爷爷，您说说，这是怎么回事儿啊？

爷　爷：那我说说，这都是编剧给我安排的。

众　人：啊！

爷　爷：开个玩笑，是这么回事儿。我在太平间里正躺着哪，一片哭声把我给吵醒了，我睁眼一看，一辆运尸车推进来了，人们围着那车玩命地哭啊，我看了看，这屋里停着有好几位，身上都盖着白单子。我再看看自己，我明白了，这是我死了又活过来了。于是，我就趁着这乱乎劲儿，从太平间里溜出来了。

秀　丽：爸，您也没跟人家医院打个招呼？

爷　爷：没有。

大　宝：爷爷，这是什么时候的事儿？

爷　爷：大概有一个钟头了吧。

大　宝：我说我怎么没碰上您呢。

爷　爷：碰不上，我在花园看下棋的呢！

奶　奶：啊！就这，你还看下棋呀！

爷　爷：对了，我都死过一次了，还不乐和乐和？

奶　奶：这死老头子！

爷　爷：别这么称呼我，应该叫……活老头子！

【众人大笑。】

爷　爷：（站起身）我好好看看，呵，这灵堂布置得不错呀，鲜花也摆上了，哎，有哀乐吗？

大　宝：这都准备了。

爷　爷：放给我听听。

韩　旭：爸，您都活过来了，这就别放了。

爷　爷：放！让我体会体会，我死了以后的感觉。

秀　丽：爸，您真想听这个？

爷　爷：这是我的天籁之声，放！

秀　丽：大宝，给你爷爷放哀乐！

大　宝：这是哪儿的事儿啊！（放哀乐）

【踏着哀乐声，如梦一身素装捧一束鲜花缓缓走来，她站在舞台一侧，向里鞠了三个躬，拿出手机，拨通电话，低头默哀。】

【韩旭的电话铃声。】

秀　丽：大宝，把哀乐停了，你爸接电话。

韩　旭：（接电话）喂，我是韩旭，什么，你在门口默哀了？秀丽，她来了，在门口默哀了。

爷　爷：谁在门口默哀呀？

奶　奶：可能是咱儿子的那个老蜜。

爷　爷：来的都是客，让人家进来吧。

秀　丽：爸，她就是来表表心意。

爷　爷：告诉她，我活过来了，别再默哀了！

韩　旭：秀丽，你看？

秀　丽：把人家请进来呀。

韩　旭：那好。（走出，来到如梦身旁）如梦，你真的来了。

如　梦：我跟你不一样，说话算数。

韩　旭：告诉你个好消息，我爸又活过来了！

如　梦：啊，这怎么可能？

韩　旭：真的！我爸和秀丽说，把你请进去。

如　梦：多不好意思，我伤害了她，伤害了你们家，应该向她、向你们家道歉。

韩　旭：道什么歉哪，你进去也认识认识。

如　梦：那走吧。（将鲜花的黑缎带扔掉）

【二人走进。】

韩　旭：我介绍一下，这是如梦，我的同学。这是我的父亲！

如　梦：伯父，您获得新生，祝贺您！（敬献鲜花）

爷　爷：能在我家这样相聚，这也是缘分，谢谢！

韩　旭：这是我母亲！

如　梦：（鞠躬）伯母好，大悲大喜，您多福多寿，

奶　奶：谢谢！

韩　旭：这是秀丽。

如　梦：你比我小，我叫你妹妹吧？

秀　丽：大姐！

如　梦：妹妹，我对不起你，姐姐给你道歉了！（深鞠一躬）

秀　丽：大姐，别这样！

如　梦：好好爱他。

秀　丽：我会的。

如　梦：妹子，我还告诉你，经过深思熟虑，我决定复婚了！

韩　旭:(高兴地)是吗?

如　梦:没你的事儿,这是我们姐俩的体己话儿。

韩　旭:(来到大宝面前)这我就不介绍了。

大　宝:阿姨!

如　梦:哎!大宝,听小雨说,你在学校老考第一,是个好小伙子。不过,搞对象早点儿。

大　宝:阿姨,我们……

如　梦:放心,阿姨不阻拦你们,但,今年一定都给我考个好大学!

大　宝:阿姨,我们的目标是北大、清华!

如　梦:好了,都认识了,过去,我错了,我向全家道歉,并向大家保证,就是韩旭再想花心,我这红杏儿也不出墙啦!

【众人鼓掌。】

如　梦:好了,今天你们家是大喜的日子,我不打扰了。(欲走)

秀　丽:大姐,等等。(下,端一锅排骨上)这是我刚炖的排骨,你带上。

如　梦:不,你们家这么多人。

奶　奶:带上吧,这是秀丽和我们全家的心意。

如　梦:这……

秀　丽:韩旭告诉我,你吃馊的菜,这可不好,这排骨还热着呢。

如　梦:谢谢妹子!(刚要接过排骨)

【突然传来唢呐声,奏的是《今天是个好日子》。黑子吹着唢呐,小雨挎着小鼓,边吹边打上。】

爷　爷:这怎么回事儿?

奶　奶:不知道啊。

韩　旭:爸,可能有人闹丧。

秀　丽:他们真来了?

如　梦:(疾步走出)啊,是他们俩!

大　宝:咱出去看看!

【众人走出。】

【唢呐声停。黑子、小雨开始对口吆喝。】

黑　子：都来瞧，都来看！

小　雨：都来看，都来瞧！

黑　子：这家办丧事了！

小　雨：这家老头死了！

黑　子：这家老头怎么死了呢？

小　雨：他儿子缺德缺的！

黑　子：我们来，就是给他们家添点儿堵！

小　雨：对，给我们家解解气！

黑　子：诸位多多捧场！

小　雨：我们再来一段儿《喜洋洋》。

【黑子刚吹《喜洋洋》，如梦走过来。】

如　梦：（严厉地）黑子，小雨，都给我停了！

黑　子：（停吹）妈，您怎么在这儿？

小　雨：妈，你不该来。

如　梦：你们不该来！人家老人过世，这是大悲大哀的事儿，你们这样做，还讲一点天理吗？过来，给人家认错！

黑　子：不！

小　雨：不！

如　梦：你们俩不认这个错，你们也就别认我这个妈！

黑　子、小　雨：妈！

爷　爷：（大笑）哈哈哈……如梦，你就别难为孩子啦！

黑　子：这老头是谁？

小　雨：不知道。

爷　爷：有人问，你这老头不是死了吗？别害怕，我是死了，可又活过来了。两个孩子，我知道，咱两家有些恩恩怨怨，可在咱们这个和谐社会里，冤家易解不宜结，我这个老头子是死过一次的人了，人世间的事儿我比你们看得透，怎么样，让过去的一切烟消云散吧。

秀　丽：如梦，这排骨拿上！（递过去）

如　梦：秀丽！

秀　丽：大姐！（二人拥抱）

爷　爷：今儿是个好日子，孩子们，吹打起来呀！

【黑子有些犹豫。】

如　梦：儿子，别犹豫，吹呀！

【黑子吹起了《今天是个好日子》。】

【人宝来到小雨身旁，要过小鼓，打了起来。】

【众人洋溢着欢笑。】

【幕落。】

【全剧终。】

其他曲种篇

京东大鼓／树高千尺也忘不了根

“我家住在黄土高坡，
大风从坡上刮过，
不管是东南风还是西北风，
都有我的歌，我的歌。”
歌声里山丹丹花开千万朵，
唱醉了的信天游是梁家河。
梁家河是陕北高原小小的村落，
孔孔窑洞似繁星点点一颗颗。
梁家河虽小学问大，
激励人的故事实在多。
沟坡上知青窑洞赫然醒目，
窑洞内摆着一盏油灯在方桌。
这灯架，红褐色，
老榆木，不雕琢，
淳朴天然很实用，
结构简约不笨拙。
上边有块板儿，
底下有个托儿，
中间竖着一个圆立柱，
煤油灯就在板儿上搁。
这油灯是用墨水儿瓶子来制作，
那灯捻儿歪着头噘着嘴，
好像是把往事来诉说。

那年月“北京娃”插队来陕北，
是一位十五岁的学生朝气勃勃，
细皮嫩肉大高个儿，
胸藏锦绣话不多。
这盏灯是他亲手制作，
他灯下读书他如饥似渴细揣摩，
他要追寻父亲的足迹朝前进，
他把娘的心紧紧贴在自己的心窝。
他一定要系好人生的第一颗纽扣，
他发誓决不让岁月来蹉跎，
忆往昔梁家河就和山顶洞人一个样，
原始落后穷得没法说。
糠菜半年粮；
牛粪当柴火；
饮用泛井水，
苦涩又浑浊；
跳蚤打游击，
难逮又难捉。
他闯这四关受折磨，
脱胎换骨志不挪，
耕种锄刨全学会，
还掌握了挑粪担粮外带着收割。
北京娃手上的老茧铜钱厚，
铁肩膀挑上二百多斤还洒洒脱脱。
他平易近人宽厚仁义，
社员们全为他挑起大拇哥。
赵二嫂说：“近平为咱村挖的这口深水井，
甜似甘霖可真好喝。”
梁大伯说：“近平为村头修整厕所，

男女分开中间砌墙两相隔。”
有一位知青说：“近平他灯下读书常年不辍，
边研读边琢磨边写心得，
有一次夜读三更肚子里饿，
他起身到窗前仰望星空默默地说：
“这梁家河常年不食肉滋味，
半年也尝不到白面馍馍，
这是为什么，到底为什么……
近平他心潮滚滚开了锅，
不由得一阵阵泪水儿婆娑，
要让百姓把富裕的日子过，
才对得起父辈流血牺牲换来的新中国。”
青年习近平忧国忧民心存志远，
不忘百姓对他厚爱恩泽，
延水河畔滋润着一棵幼苗茁壮成长，
他为民，自信从容执着，
要做黄土地好儿子，
宏图伟愿大气磅礴，
鲲鹏励志经风雨，
双翅遥唱大梦歌。
习近平二十岁任村支书，
他掌握群众需要什么他就做什么，
百姓想什么他就干什么。
不忘初心人为本，
大梦的种子孕育而生出了壳儿。
那一晚他在油灯底下看报纸，
用手把榆木灯座儿轻轻抚摸。
一则沼气做饭照明的报道眼前一亮，
他两次赴川求取“神火”，

因地制宜反复实践细琢磨，
常言说“铁打的房柁磨绣针，
功夫到了自然得。”
到后来他成为陕北沼气专业户，
文明圣火温暖着梁家河。
又推荐近平到清华把大学上，
乡亲们吼一路信天游震撼黄土坡。
把亲人送过杨家岭，
在延安集体照相把影合。
现如今改革开放四十载，
梁家河以新时代“缩影”走向全国。
好梦成真日子就像蜜里过。
想亲人盼亲人，
您何日再来惦念您的梁家河。
那一天朝霞映红梁家河村，
全村百姓去到村口迎亲人，
沐浴着朝霞心情振奋，
迎着一轮朝阳向前奔。
忽听得云天外歌声袅袅，
峁塬上隐隐传来天籁之音，
“啊——父老乡亲，
啊——父老乡亲。”
树高千尺也忘不了根，
树高千尺也忘不了根。

山东快书

送 猪

说的是，城东八里刘家堡，
这一带有个旧风俗，
三月三媳妇全都回娘家，
要不然，娘家人心里不舒服。
今年又到三月三，
大路上，一拨儿一拨儿地过媳妇。
这一个，一边走着一边笑，
好东西捎了一嘟噜。
那一个，心理高兴哼小曲，
也不知她唱的哪一出？
你细往那边留神看，
这个媳妇真特殊。
只见它，浑身上下一身黑，
大耳朵长得挺有福。
走起路，就像得了气管炎，
小尾巴来回直拨噜。
（白）那位问了，这是小媳妇？
这是一口老母猪。
老母猪就在前头走，
身后边，又敲锣来又打鼓。
敲锣打鼓的是解放军，
一个个满面春风好威武。
轰猪的是个大高个儿，

他的名字叫古大儒。
还有那五个战士在身后，
他们是，小吴、小卢、小顾、小苏和小胡。
古大儒他是指导员，
他背着筐，筐里有十只小花猪。
他们今天送猪回娘家，
呀，老母猪成了新媳妇啦！
（白）有这模样儿的新媳妇吗！
这老母猪听着锣鼓响，
眼里头，扑簌簌地滚泪珠。
“小奴家，自幼生在刘家堡，
家里有兄弟姐妹和父母。
父母说俺长得俊，
要给俺找个好丈夫。”
刘家堡挨着飞机场，
军民关系如胶似漆挺热乎。
解放军支农常到村里来，
村民们，也常为部队把力出。
那一天，村长在村头正积肥，
走过来书记大老傅。
他们在猪圈边上谈着话，
俺句句都听得很清楚。
老傅说：“解放军训练很紧张，
生活上咱要来照顾。
昨天俺帮助他们垒猪圈，
俺发现，圈里只有一口猪。
这口猪是公不是母，
咱不能，让这公猪当绝户啊！”
村长讲：“你的意思俺明白，

打光棍儿的公猪太孤独。
这一回，咱俩做大媒，
给公猪娶个猪媳妇。”
就这样，他们挑了挑，选了选，
决定让俺把嫁出。
当时俺，高兴得一宿没睡觉，
想不到，俺也到部队当家属啦！
（白）看把她美的。
俺细拿耳朵一打听，
心里头有点不舒服。
原来是，那公猪已有妻和子，
它老婆刚刚病死在月初。
去了这是当添房，
俺心里别扭真想哭。
又一想，如果俺嫁到那边去，
这是为部队来服务。
个人的得失算什么，
俺一定当好猪媳妇！
（白）它还表决心了。
可那天就在猪圈外，
村长跟支书正嘀咕了：
“哎，昨天俺到部队去，
说给公猪送个猪媳妇，
人家部队不同意，
看样子，这门亲事要悬乎啊？”
支书说：“人家部队有纪律，
咱这样送去白辛苦。
俺看咱如此这般这么着，
部队上就能收下这口猪。”

这时候，日落黄昏天将黑，
俺吃罢了晚饭正散步。
村长他，拿了个麻袋让俺钻进去，
说送俺结婚找丈夫。
俺心想，人家结婚都是车子接，
俺钻麻袋太特殊啊！
万般无奈俺钻进去，
拖拉机一开突突突。
霎时间来到营房内，
老村长，打开麻袋将俺扶，
俺出了麻袋留神看，
眼前一口大公猪。
俺一看全都明白了，
它就是俺的猪丈夫。
虽说是，喜事新半要简朴，
也不该，偷偷摸摸地做媳妇啊！
（白）这不合法呀！
俺丈夫，看俺伤心直落泪，
走上前来直安抚。
“猪媳妇，你不要急，不要哭，
你听俺把话说清楚。
这样结婚委屈了你，
可眼前的情况很特殊。
你们村一片深情和厚意，
让你来给俺当家属。
咱不该，忘了他们的情和意，
为部队，咱要玩了命地多下猪。”
（白）猪多伙食好嘛。
一句话，说得俺红了脸，

羞答答叫声猪丈夫，
“猪丈夫，你这话道理说得好，
就是言语太粗鲁，
怎么能说那是多下猪啊，
应该说，在繁殖后代上下功夫。”
新婚日，俺们俩一起吃了结婚饭，
又一起跳了结婚舞。
新房布置得真不错，
就是有门没窗户。
（白）猪圈都那样。
第二天，部队的同志发现了俺，
忙打听谁家丢了猪？
他们跑遍了四村八寨十里堡，
认猪的告示也贴出。
可就是没人找来没人认，
就这样，俺在这里落了户。
落户到了五个月，
俺这个肚子像面鼓。
俺一窝就生了十个小猪崽，
个顶个，肥头大耳圆乎乎。
俺丈夫对俺也不错，
小家庭，美满和睦又幸福。
谁知道，纸里是难包住火，
解放军，暗地察访问清楚。
三月三，要送俺回刘家堡，
俺怎不伤心怎不哭？
“猪丈夫，俺这次要回刘家堡，
真好像钢刀扎肺腑，
很可能，咱夫妻两个成一别，

我真不是个好媳妇。”
“哎，一日夫妻百日恩，
我看你观念太糊涂。
送你来，那是村民一片心，
送你回，那是部队的纪律如钢铸。
咱应该从大局来考虑，
你放心，俺不会忘了你猪媳妇。
你可以常到这里来探亲，
俺也能，常到你们刘家堡。
无论是部队和地方，
多下猪，那是咱俩的总任务。”
（白）这是什么任务啊！
说着话，公猪母猪分了手，
两只猪，难分难舍还挺黏乎哪！
“那俺走了？”
“哎，你走吧。”
“常来信。”
“放心吧，俺一天一封。”
且不说，猪夫妻分手多伤心，
再说那指导员率众来送猪。
老母猪低头往前走，
眼前就来到了刘家堡。
刘家堡迎来了众村民，
领头的正是书记大老傅。
古大儒一把拉住了大老傅，
大老傅，他也拉住了古大儒。
“指导员，我给你点火抽根烟，
要喝酒你就快进屋。”
老古说：“俺也不抽烟，俺也不喝酒，

今天的任务是来送猪。”
村长一旁忙分辩：
“你们这样不应该，
俺刘家堡从未丢过猪。”
古大儒听罢笑了笑：
“这件事，我们已经查清楚。
是你们偷偷把猪送，
给我们的公猪娶了媳妇。
谢谢你们的一片情，
这片情，让我们部队的士气足。
我们要加倍搞训练，
国防强大万民福。
今天我们不但要把母猪送，
还送来十只小花猪。”
古大儒，把十只小猪递上去，
那老傅，说什么不接那十只小花猪。
大老古，又把小猪递给村长，
村长把小猪又推回大儒。
古大儒，面对村长和老傅，
掏出了，五百五十五块五毛五，
要把这猪钱来付出。
村长他把钱推回去，
老傅又把钱给了大儒。
就这样，他们推来又让去，
来了那，县委书记他叫武志福。
这武志福，曾经在机场当政委，
说出话来让人服。
“这样吧，老母猪夫妻生活要照顾，
咱要让他们多下猪。

十只小猪，你们二一添作五，
让他们多多来造福。”
这正是：军民送猪一件事，
到下回，老母猪接着下小猪。

找老伴

过去老年人找老伴儿，别人准笑话，
老年人的婚姻问题现在都不算啥。
我说说前几年张大爷找老伴儿，您就知道是真假。
当时他儿子就是不同意，他娶刘大妈。
为这事，张大爷和儿子吵了无数次架，
他儿子说："您这么做就是忘了我的妈。"
张大爷说："我心里对你妈总牵挂。
你妈去世三年零八个月，我时时刻刻都想念她。
我们一辈子，夫妻恩爱，人人都把我们夸。
你这孩子怎么能说我忘了你的妈。
你每天上班儿，是成天不在家。
我就是想找个老伴儿，说会子话儿呀。"
"那您也得考虑考虑，我们儿女的面子呀！
要是您娶了刘大妈，街坊邻居既笑话您来，是又笑话她。
说你们老了老了还要找点刺激的啊。"
"胡说！你再胡说就给我滚出咱这个家。"
"好！既然您不听劝，我也不想待着啦！"
说着话他抬腿就走啊，气得张大爷直哆嗦，手脚还发麻。
居委会主任听说了这件事啊，
就一次一次地来调查。
经过对张大爷儿子的劝说，他有了改变呀，
同意他爸爸迎娶刘大妈。
婚礼上儿子向爸爸直道歉："我不该跟您吵架说了好多过头儿的话。"

张大爷说："孩子！这事儿不怪你，就怨我当初不该娶你妈。
我要是不娶你的妈，甭说咱爷儿俩吵架，就连你这小子都没有啦！"
大家闻听，全都笑哈哈！
这就是张大爷找老伴儿，一个小段儿传佳话呀！
我祝老年朋友们，身体健康，都活到一百八呀。

京东大鼓／

龙飞凤舞中国梦

金风送爽枫叶红，
菊花初绽香味浓，
渤海湾风筝比赛大聚会，
碧海蓝天飞彩虹。
望空中，有四对宫灯风筝随风舞。
细留神，八面花篮风筝飘摆在悬空。
在花篮中，有一对风筝是仙鹤，
仙鹤的顶上一点红，
这丹顶鹤口衔彩绸迎风摆，
绿地白字儿醒目鲜明。
这条是放飞心中梦，
那幅是追梦中华龙。
在沙滩上，千万个赛手在攒动，
千万面风筝手中擎，
千万面风筝齐飞放，
千万面风筝腾在天空。
有拉着风筝往前跑，
有拽着风筝往后行，
有摇着风筝放长线，
还有的，晃动丝线找平衡。
赛手们，一拉一松，一拽一绷，一摇一停，一晃又一静，
您瞧那个风筝呀，噌噌地往上升。
飘满了半悬空，碧海映风筝，滨海在沸腾，

在空中，千万种风筝千万种色，
万紫千红点缀长空。
有红风筝、黄风筝、
粉红的风筝、花风筝，
花风筝旁边是红风筝，
红风筝下边是黄风筝。
一面面风筝惹人爱，
一双双巧手绘丹青。
您要问什么样的风筝什么人爱？
什么人爱看什么风筝？
小顽童爱看“哪吒闹海”，
大姑娘爱看“游湖借伞”雨中情，
棒小伙爱看“英雄武松打老虎”，
老太太爱看“麻姑献寿”喜盈盈，
老爷子爱看“骑鹿托桃”笑咪咪的寿星老。
我爱看气势雄伟龙风筝，
哎，为什么这盛会不见龙飞舞？
猛听得，一阵阵悠扬的乐曲在苍穹，
您屏气凝神仔细看，
嗡嗡嗡，嗡儿嗡儿嗡儿，犹如风吹弓弦声，
音韵婉转似古乐，
天籁之音悦耳动听。
我顺着声音留神看，
见一只丹凤，扶摇直上展翅飞鸣。
引来了百鸟朝凤齐啼转，
望长空，有一条巨龙在升腾。
这巨龙显神通，
龙眼一瞪亮晶晶，
龙嘴一张吐云雾，

龙鼻子一哼烈焰腾，
龙须子一甩能刮风，
龙爪一伸驱闪电，
龙身子一晃响雷鸣。
又听得，长鸣一声山河动，
五湖四海起了回声。
仔细听，这腾飞的巨龙吟声不断。
定睛看，不是龙吟，是列车轰鸣。
不由得心旷神怡似美妙梦境，
山水云雾千姿百态都像龙。
那就是，地上的火车似龙一样，
入海的巨轮似长龙。
环渤海经济项链飞龙崛起，
京津冀，协同发展好似出彩的一条巨龙。
黄河似金龙，
黄山似盘龙，
长江似银龙，
长城似苍龙，
用龙的精神圆中国梦，
让国家强，民族兴，家家乐融融。

西河大鼓／

小区新歌

改革的号角震天涯，
姹紫嫣红开满了花，
城市里盖起了高楼大厦，
老百姓高高兴兴搬进新家。
小区的环境很幽雅，
树影婆娑映着晚霞，
丝竹声声在花间绕，
引来了小鸟叫喳喳。
人们凑在一块儿聊闲话，
七嘴八舌，都夸咱盛世好年华！
小区景色无限好，
可也有，不和谐的音符在里边夹杂。
你看那，小区的一角吵起了架，
吵架的，楼上楼下人两家，
楼上的嫂子她叫马玉娜，
楼下的嫂子她叫那凤霞。
马玉娜，阳台上养花兴致雅，
下了班回到家用水浇花。
马玉娜浇花把水浇大，
水大漫过花盆儿就往下滴嗒。
楼下的厨房就在阳台下，
那凤霞，正开着窗户炸大虾，
这儿油炸大虾，那儿浇花的水流下，

水溅油锅就炸起了油花，
炸起的油花烫了那凤霞，
那凤霞的脸颊上就烫起了疙瘩！
凤霞嚷："哎，楼上的，你浇花水大往下滴嗒，
我在楼下炸大虾，水溅油炸烫起了疙瘩！"
玉娜喊："楼下的，你炸大虾水溅油炸烫起了疙瘩，
碍不着我浇花，水漫花盆儿往下滴嗒！"
那凤霞探出窗户把马玉娜来骂，
马玉娜挨骂脑袋一炸手一划拉，
就只见，花盆儿一歪就往下砸，
差点儿砸了凤霞的脑袋瓜。
那凤霞，找到楼上大骂马玉娜，
马玉娜，出了家门要打那凤霞。
那凤霞，推了马玉娜一个仰八叉，
马玉娜，打了那凤霞一个满脸花。
这俩人婆婆妈妈把楼都闹炸，
惊动了小区的主任，热心的张大妈！
张大妈，听说这里把架打，
走上前来问根芽。
玉娜说："她不该张嘴把人骂，
还上楼推了我玉娜一个仰八叉。"
凤霞讲："马玉娜不说人话，
她还打了我一个满脸花！"
张大妈，好言她把俩人劝，
批评了玉娜批评凤霞。
"咱小区，文明管理环境典雅，
和谐的社会人人夸。
你们俩，今天不该来吵架，
更不该，打人骂人在这喧哗。

邻里间，团结互助和为贵，
怎么能够，为这点小事儿结成冤家！”
张大妈这里正说话，
忽然间，有人上楼喊凤霞：
“凤霞呀，快快快，你家的孩子趴在窗台上，
要是摔下去，那可就抓了瞎！”
那凤霞，一听此事头像雷炸，
就觉得眼前一黑，整个的天要塌！
原来是，凤霞的女孩儿刚八个月，
名叫那小华，常在床上爬，
哪想到，她家的窗户没关好，
她爬到窗外可急坏凤霞。
凤霞她，一掏钥匙发了傻，
光顾了吵架，没把钥匙拿。
没有钥匙难把门打，
那凤霞，急得直把那头发抓！
张大妈，急忙报警打了电话，
这时候，马玉娜上前叫凤霞。
“妹子呀，这阵儿你千万别害怕，
你赶快到我玉娜的家。”
说着话，她俩就把马家的房门进，
“妹子，你到阳台上稳住小华。”
那凤霞，站在阳台上往下看，
见小华，坐在窗台上正咦哩哇啦。
这时候，很多的邻居聚在楼下，
面对着险情人声嘈杂。
有的在楼下把纸箱子码，
有的抱来棉被准备接小华。
再说马玉娜，忘了刚打架，

麻绳就把那个腰来扎，
腰扎麻绳她胆子真大，
胆大的玉娜她把楼爬，
爬楼的玉娜把窗台下，
哪怕楼高楼的墙滑。
霎时间，玉娜来到那家窗户外，
楼下的小华大眼直眨巴。
马玉娜，抱起小华进了那家，
那凤霞，两行热泪就往下滴答。
说话间，房门打开人声儿哑，
门前跪下了那凤霞：
“大姐呀，我凤霞烫起疙瘩，不该把你骂，
更不该，推了你一个仰八叉！”
马玉娜，搀起凤霞说了话，
“妹子呀，咱邻里邻居的别结疙瘩。
也怪我，浇花水大不管楼下，
我刚才不该呀，打了你个满脸花！”
一句话说得大家哈哈笑，
张大妈把她俩的手来拉。
这正是：小区新歌一段佳话，
和谐的社会幸福了千万家！

戏法魔术篇

戏法

八大吉祥

甲：这回我给您变个戏法。

乙：好。

甲：我先交代交代毯子。

乙：对。

甲：毯子面儿上。

乙：没戏法。

甲：毯子里面儿。

乙：藏不住。

甲：毯子搭在肩膀上，一伸手戏法这就来了。

乙：哦？

甲：长啊，开！（变出一盘果品）

乙：嚯！（接过果品）这和前面变的一样啊！

甲：你往后看呀！

乙：哦，好。（把果品放在台上）

甲：戏法又来了。（变出一盘果品）

乙：（接过果品放在台上）

甲：这还有。（变出一盘果品）

乙：（接过果品放在台上）这不还是和前面一样吗！

甲：你别着急呀！说不一样就是不一样。

乙：哪儿不一样？

甲：我这碟子比他们大。

乙：那管什么用！

甲：这是开玩笑。

乙：那你这哪儿不一样？

甲：他们不是光能变出来吗？

乙：啊。

甲：我不但能变出来，还能把它变回去。

乙：哦？戏法讲究能变十回取，不变一回送。

甲：嘿！您是行家！这回我就给大家露一手，把它变回去。

乙：好！我们开开眼。

甲：变回去您得帮帮忙。

乙：没问题。

甲：您拉着这尖儿。

乙：好。

甲：我扽着这角儿。拿起这个，摞上这个，盖上这个。说戏法走了吧，开！（把毯子扔给乙）

乙：嘿，还真送走啦！

甲：怎么样，和他们不一样吧？

乙：啊……倒是不一样。

甲：（鞠躬欲下台）

乙：（拦住甲）等会儿！你这就完了？

甲：啊，完了。

乙：这就完了！

甲：都不一样了，可不就完了呗。（鞠躬欲下台）

乙：（拦住甲）不，你这也太简单啦！

甲：我能变出来还能变回去，这还简单？

乙：你这变得太少啦！

甲：您那意思想让我多变点儿？

乙：对。

甲：那好办。我再交代交代毯子。

乙：好。

甲：毯子面儿上。

乙：没戏法。

甲：毯子里面儿。

乙：藏不住。

甲：毯子搭在肩膀上，一伸手戏法这就来了。长啊，开！（变出一盘果品）

乙：嚯！（接过果品）这不还一样啊？

甲：你往后看呀！

乙：哦，好。（把果品放在台上）

甲：戏法又来了。（变出一盘果品）

乙：（接过果品放在台上）

甲：这还有。（变出一盘果品）

乙：（接过果品放在台上）还是这三盘儿。

甲：后面儿就不一样啦！开！（变出一盘果品）

乙：哦，这回多变一盘。（接过果品放在台上）

甲：再看这个。（变出一盘果品）

乙：多变两盘。（接过果品放在台上）

甲：又来啦！（变出一盘果品）

乙：多变三盘。（接过果品放在台上）

甲：这回不少了吧？

乙：你还是没人家变得多。

甲：变得多有什么用。我还能变回去呢！不信？你拉着这尖儿……

乙：你打住吧！

甲：干嘛？

乙：这回啊，我给你增加点儿难度。

甲：哦？

乙：我说怎么变你就怎么变。行吗？

甲：行，你说怎么变？

乙：我给你做个示范。左腿压在右腿上，右腿压在左腿上，腿叠十字麻花儿扣儿，大褂儿不能往后扔，往后一扔，戏法都扔后头去了，大褂儿得往前拢，然后，盘腿坐在台上。

甲：我还没见过坐着变戏法的。

乙：难度就在这了，（站起来）你行吗？

甲：没问题。

乙：好。你来来！

甲：（学乙）左腿压在右腿上，右腿压在左腿上，腿叠十字麻花儿扣儿，大褂儿不能往后扔，大褂儿要往前拢，盘腿坐在台上。

乙：没错。

甲：这就开始变了？

乙：别着急，还没完了。

甲：还干什么？

乙：还得蹲三下。

甲：蹲三下？

乙：对。

甲：怎么蹲？

乙：你看着，（坐台上，用手撑着台板）一蹲，两蹲，三蹲。

甲：这不都蹲坏了吗！

乙：难度就在这了，（站起来）你行吗？

甲：没问题。

乙：好。你来！

甲：（用手撑着台板）一蹲，两蹲，三蹲。

乙：四蹲还没蹲，你爸爸叫老孙。

甲：嗨！谁爸爸叫老孙？

乙：我记得有这么一句。

甲：您别用这儿啊！

乙：行行行。你蹲得还真不错。

甲：咱跟他们不一样。

乙：又来了！你得变得不一样。

甲：你看着呀。变戏法离不开毯子。

乙：没错。

甲：您再给我帮个忙。

乙：啊。

甲：把毯子给我盖上。

乙：好。我要盖得快。

甲：我就变得快。

乙：我要盖的面。

甲：我就变碗面。我变面干嘛呀！

乙：我要盖得慢。

甲：我就变得慢。

乙：好，咱开始。（把毯子盖在甲身上）

甲：要看戏法这就来了。（咕噜毛儿）开！（变出一碗凉水和两条金鱼）

乙：嘿！好。（接过碗展示）

甲：还一碗。（变出一碗凉水和两条金鱼）

乙：好！

甲：祝各位身体健康！

合：吉庆有余！

魔术 ／

三张大牌

甲：观众朋友们大家好！

乙：观众朋友们大家好！

甲：我叫××。

乙：我叫××。

甲：我出生在魔术世家。

乙：我也出生在魔术世家。

甲：我爷爷是戏法大师。

乙：我爷爷也是戏法大师。

甲：我爷爷是×××。

乙：我爷爷也是×××。

甲：这你也学呀？

乙：谁学啦！

甲：你不刚学的吗！（推乙）

乙：谁刚学啦！（推甲）

甲：嚯！（武术架势）

乙：（武术架势）

甲：（猴拳架势）

乙：嘻！（猴拳架势）真假美猴王！

甲：（笑）这是跟大家开个玩笑。其实，我们是哥儿俩。

乙：（笑）对，一爷公孙。

甲：我爷爷是×××。

乙：我爷爷也是×××。

甲：又来了！

乙：这不你起的头吗！

甲：（笑）其实我们哥儿俩呀，这是高兴的表现。

乙：对，每次看到亲爱的观众朋友们，我们就特别高兴。

甲：因为我们演员，都是各位观众朋友培养出来的。

乙：这话没错。

甲：所以我们就得拿出点儿精彩的节目奉献给大家。

乙：对。

甲：今天我就给大家露一手绝活儿。

乙：没错，咱是魔术世家呀，咱露一手魔术绝活儿。

甲：就这么着了。我把道具展示一下。

乙：好。

甲：你看见了吗，这有三张扑克牌。

乙：嚯，这么大张！

甲：你眼神儿不好，怕你看不清。

乙：哦，还是为我好。

甲：这扑克牌是两张黑，一张红，让你猜猜，哪张是红的。

乙：（指中间红牌）这张红的。

甲：好嘛，就这么猜呀？

乙：怎么猜？

甲：翻过去猜。

乙：哦，那也好猜。来回试试！

甲：好，我先把牌翻过去。（在牌架后借翻牌时将第一、第二张倒托。再将第一、第二张换位，然后将第一、第三张换位，此时第二张是红的。观众认为第三张是红的）你猜哪张是红的。

乙：（指第三张）这张红的。

甲：哦，这张红的。（翻开第三张黑的）

乙：咦！

甲：别纳闷儿，红的在这了。（翻开第二张，再翻开第一张黑的）这红的根本就没动。

乙：我这眼神儿是不好。不，你再来一遍。

甲：好，我再来一遍。（在牌架后借翻牌时将第二张倒托。再将第一、第三张换位，然后将第一、第二张换位，此时没有红的。观众认为第一张是红的）你猜哪张是红的。

乙：（指第一张）这张红的。

甲：哦，这张红的。（翻开第一张黑的）

乙：嘿！

甲：红的在这了。（倒托翻开第三张红的，再翻开第二张黑的）

乙：（纳闷儿）

甲：纳闷儿去吧！咱这是绝活儿。（走到牌架前）

乙：不，你不知道我眼神儿不好吗！这么着，你再来一遍。这回我猜不着，给你买条中华。

甲：是这话？

乙：没错！

甲：好嘞！（回到牌架后把三张牌翻过来，再走到牌架前）我不是跟各位吹，咱这是绝活儿，咱是魔术世家出身。（笑）话又说回来了，有的是魔术世家出身，他也不会。咱是绝……

乙：（趁甲说话时在第三张红牌上贴个小纸条做个标记并倒托，此时没有红的）唉！行了行了，大家都知道是绝活儿，你再来一次。

甲：猜不着买中华去？

乙：那当然啦！

甲：软包！

乙：行行行。

甲：（回到牌架后将第二、第三张换位，然后将第一、第三张换位）一条中华啦！再来一下（将第一、第二张换位，此时没有红的，观众认为第一张是红的）你猜哪张。

乙：（指第一张）没错，这张。

甲：哦，这张红的。（翻开第一张黑的）

乙：唉！

甲：你以为做标记就能猜着啦！（把纸条贴乙脑门儿）

乙：嗨！（把纸条揭下来）我猜的是那张！（指第二张）

甲：哦，这张。（翻开第二张黑的）

乙：不，我猜的是那张！（指第三张）

甲：这张。（翻开第三张黑的）

乙：哦，都是黑的！

甲：要不咱这是绝活儿呢！

乙：（笑）有点意思。

甲：甭有意思，赶紧买中华去！

乙：（笑）我那是说着玩儿呢！

甲：哦，骗我呀！

作品评论篇

浅谈群口相声《新八扇屏》表演技法

文本介绍：此文本是以群口相声用白字入活的《八扇屏》为基础，将给捧哏挑白字改为捧哏的表演相声，四人要求捧哏的说他们不会的，捧哏的满有把握地答应，结果捧哏的说什么，四人都会。由此引起四人向捧哏的发难，捧哏的只得道歉。由此又转入由白字入活的文本后半部分，这样改的目的，只是改不再用白字入活，因观众太熟悉了。变换变换会产生新鲜感。此文本由五位相声演员表演，很受观众欢迎。

【捧甲、乙、丙、丁鱼贯而上，捧站中央，甲、乙在捧右侧，丙丁在捧左侧。】

捧：今天我给大家说段相声。

甲、乙、丙、丁：（同时说，各说各的词）

捧：（听到有干扰，逐渐提高音调，四人同时也随着提高，捧一生气不说了，看甲、乙、丙、丁，甲、乙、丙、丁立刻闭嘴不语）

【捧再说，甲、乙、丙、丁再说，捧停，甲、乙、丙、丁也停，重复三遍。捧张嘴欲说，甲、乙、丙、丁同时也张嘴欲说，捧收回，四人也收回，重复两遍。】

【第三次捧一张嘴高调说，四人同时高调说。】

捧：（生气地）成心起哄啊？！

甲：（迷惘地）怎么急啦?

捧：我这正要表演你们搅和什么呀?

乙：您表演什么呀?

捧：我说相声。

甲：这样吧，今天我帮你说一回。

捧：你帮我说?

丙：你需要人来帮助哇。

捧：我需要帮助?

丁：我帮助你说好相声。

捧：什么？什么？什么？

甲：你烫着啦？

捧：你一个个小毛孩还帮我说相声？

乙：对！

捧：我还告诉你们，我说相声不敢说多好，但是，我是说、学、逗、唱无一不通，声、台、形、表无一不精，传统相声无一不会，现代相声无一不行，我有个外号。

丙：叫什么？

捧：相声篓子。你们看（拍肚子）这里没别的。

丁：全是米饭。

捧：我是饭桶啊？！今天我就说一段，叫你们见识见识！

甲：要说你可得说新鲜的。

捧：那当然啦。

乙：你得说我们不会的。

捧：哼，你能会多少哇？

丙：你说吧。

捧：我今天给您说段相声的贯口，我请您吃（背诵《报菜名》贯口）蒸羊羔、蒸熊掌、蒸鹿尾儿、烧花鸭、烧雏鸡、烧仔鹅……

甲：（接着背诵《报菜名》贯口）卤猪、卤鸭、酱鸡、腊肉、松花、小肚儿、晾肉、香肠。这段叫《报菜名》对吗？

捧：（迷惘地）啊，对呀！怎么啦？

甲：这段我们会。连我们门口卖烤白薯的都会，“大哥，我来两块钱的烤白薯。”“好了，蒸羊羔、蒸熊掌、蒸鹿尾儿……收您五块，找您三块，给您白薯……板鸭筒子鸡。”

捧：这是干嘛呀？

甲：“饶您最后一句。”

捧：嗬！你们听这段——我考考您的智力，你猜这是什么，听着：说远看灯笼大，近看大灯笼……

乙：拿起灯笼看，灯笼净窟窿……破灯笼。这段儿叫《打灯谜》对吗？就连我们门口卖冰棍儿的大娘都会，"大娘，我买棵冰棍儿。""给你，哎，别走，远看像小四儿，近看像冰棍儿，走近一看，又像小四儿，又像冰棍儿，小四儿吃冰棍儿！嘿嘿，饶给你一个灯谜。"

捧：（生气地）嘿，今天我就不信啦！你们再听这段儿，说吃葡萄不吐葡萄皮儿……

丙：《绕口令》！我会！就连我们门口收废品的大姐都会，"大姐，给您这几个塑料瓶子，易拉罐儿。""（用河南口音说）好，给恁五角钱，别走，饶给恁一段绕口令，说吃葡萄不吐葡萄皮儿，不吃葡萄倒吐葡萄皮儿。"

捧：听这个！走清河、沙河……

丁：昌平县，《地理图》！我们会！

捧：（生气地）你会，你说！我不说啦！听你说！

甲：怎么又急啦？

捧：（更生气、着急地）我能不急吗？一上来你就要跟我说，还得叫我说你不会的，结果我说什么，你会什么，干吗？！成心难为人？最可气的，说什么你门口，卖烤白薯的、卖冰棍儿的，就连收废品的都会！还都是白饶出去的！我这相声成什么啦？啊？

甲：你不是相声篓子吗？

捧：啊，篓子也不一定多好哇，下棋还有臭棋篓子呢。

乙：听听，你这不是强词夺理吗！

捧：这传统相声，观众熟悉的就是这些段子。

丙：对！你说大伙不熟的。你说新鲜的。你说段我不会的。你说段是人说不了的。

捧：噢，我不是人？

丁：你说段我说不了的。

捧：不会！相声都这么说。你愿意听就听，不愿意听该干吗干吗去！走，走，走！

甲：哎，我问问你……

捧：怎么又回来了？

乙：你是干什么的？

捧：说相声的。

丙：演员？

捧：对呀。

丁：我呢？

捧：观众。

甲：观众是你们相声演员的什么呀？

捧：衣食父母。

乙：这父母是什么呀？

捧：家长啊。

丙：你对你家长就这种态度哇？！啊？（突然大声地）说呀！！

捧：你吓我一跳。

丁：我吓死你。作为一个演员，应该对观众十分尊敬，特别是对我这种热心观众更应该特别尊重。你呢，愣往外轰我，你这是跟谁学的？你师父是这样教你的吗？

捧：没有。

甲：你们领导叫你这样做呀？

捧：没有。

甲：那你为什么这样对我呢？！（大声地）说！！

捧：你别老这么一惊一乍的。都叫你吓出毛病来了。

甲：自高自大，自命不凡，我有心骂你，显得我没有修养；我有心打你，又怕打不过你。不打你不骂你，又难消我心中怒气，我送给你一句外语教训教训你。

捧：你说吧。

甲：你真是个"比茄多尔"。

捧：这"比茄多尔"是什么意思？

甲：我说你比茄子多俩耳朵。

捧：噢，这么个"比茄多尔"呀！

乙：告诉你，限你三分钟给我答复。否则我在你这儿上吊，绳子呢？哪有绳子？

捧：（忙拦住）别价！好么，这几位还没完没了，其实这事儿也怨我，刚才我给力给大啦。这都是衣食父母，不能得罪呀！干脆，我跟他们认个错就完啦，哎，几位，（笑）嘿嘿嘿嘿……

四人：（厉声地）别笑！严肃点儿！

捧：（很客气地）几位，别生气，刚才怨我啦，别看我个儿大，可我岁数小，你们就拿我当个小孩儿吧。

乙：（质问）小孩儿有这么大个儿的吗？

捧：（紧将就地）我激素吃多啦！嗨！我说你们拿我当个小孩子。

四人：你说什么？

捧：你们拿我当个小孩子。

四人：小孩子你也比得了？

捧：（不理解地）我连小孩儿都比不了？

四人：那是几位古人。

捧：我怎么不知道？

四人：我们说说你听听，在想当初。

捧：这“想当初”是什么意思？

四人：就是从前的事儿。

捧：噢。过去的事啦。

甲：（用手将捧转向甲）大宋朝文彦博，幼儿倒有灌穴浮球之智。

乙：（用手将捧转向乙）司马温公，倒有破瓮救儿之谋。

丙：（用手将捧转向丙）汉孔融，四岁让梨懂得谦逊之礼。

丁：（用手将捧转向丁）十三郎五岁朝天。

甲：（用手将捧转向甲）唐刘晏七岁举翰林。

乙：（用手将捧转向乙）汉黄香九岁温席奉亲。

丙：（用手将捧转向丙）秦甘罗十二岁有宰相之才。

丁：（用手将捧转向丁）吴周瑜七岁习文。

甲：（用手将捧转向甲）九岁学武。

乙：（用手将捧转向乙）一十三岁官拜水军都督。

丙：（用手将捧转向丙）统带千军万马。

丁：（用手将捧转向丁）执掌六郡八十一州生杀之兵权。

四人：（同时拉住捧）施苦肉，献连环，祭东风，借雕翎，火烧战船，使曹操望风鼠窜，险些命丧江南。虽有卧龙、凤雏之相帮，那周瑜也算小孩子之中一魁首。这些小孩子你比得了哪个？

捧：谁？

四人：周瑜！

捧：我连带鱼也比不了哇，我说，你们说就说吧，干嘛扒拉我呀？我都成了捻捻转儿啦！得啦，瞧你们，一个个都是大老爷们儿，就别跟我一般见识了。

乙：你是女的呀？

捧：（顺势学女子委屈地说）我只是个小女人，你们就拿我当个小女人吧。

乙：什么？

捧：拿我当个小女人。

乙：这小女人你可比不了。

捧：（不服气地）我连小女人都比不了？

乙：那也是一位古人。

捧：我怎么不知道哇？

乙：我说说，你听听，在想当初……

捧：还是过去的事儿。这回就你自己说吧。再来回拨拉，我这胳膊就掉环儿啦。

乙：（诵说"贯口"）宋辽对峙……（略，详见八扇屏中贯口"小女人"）穆桂英你比得了吗？

捧：（自嘲地）我连萝卜缨儿也比不了哇。

乙：（赞扬地）人家是浑天侯。

捧：（自贬地）我是钻天猴儿。我告诉几位，其实我这个人就是粗线条的。你们就当我是个粗鲁人吧。

丙：你粗鲁？

捧：（急忙地）对，对，你们就拿我当个粗鲁人吧。

丙：什么？！

捧：我说拿我当个粗鲁人。

丙：粗鲁人你比得了吗？

捧：我连粗鲁人都比不了？

丙：那也是一辈古人。

捧：我怎么不知道？

丙：我说说你听听，在想当初。

捧：（补充说明）还是从前的事儿。

丙：（诵说“贯口”）大唐朝……（略，详见八扇屏中贯口“粗鲁人”）尉迟恭，门神爷你比得了吗？

捧：我连兔儿爷也比不了哇！（无奈地）其实我刚才就是一时糊涂。

丁：（驳斥）糊涂就是浑。

捧：（忙承认）对，对，你们就拿我当个浑人吧。

四人：（大声地）什么？！

捧：（害怕地）吓我一跳！我说拿我当个浑人。

丁：浑人你比得了吗？

捧：我连浑人都比不了？

丁：那又是一位古人。

捧：我怎么不知道哇？

丁：我说说你听听，在想当初！

捧：（向观众）我倒霉就倒在这“在想当初”！

丁：（诵说“贯口”）在春秋战国时期……（略，详见八扇屏中贯口“浑人”）霸王你比得了吗？

捧：霸王啊，他倒个个儿，我也比不了哇！

五人同时：啊，（大声地）答复我！！

捧：（歉意地）我就知道是这句。几位，刚才我是一时莽撞，你们就拿我当个莽撞人吧。

四人：（大声地）什么？！莽撞人你可比不了。

捧：怎么呢？

四人：那又是一辈古人。

捧：我怎么不知道？“我说说，你听听，在想当初！”我替你们说了吧。

四人：在想当初，后汉三国有一位莽撞人。此人曾桃园三结义。

甲：大哥姓刘名备字玄德。

乙：二弟姓关名羽字云长。

丙：三弟姓张名飞字翼德。

丁：后续四弟，姓赵名云字子龙，百战百胜，后封为常胜将军。

四人：只皆因长坂坡前，一场鏖战，

甲：那赵子龙为救幼主单枪匹马，闯进曹营，砍倒大纛旗两杆，夺槊三条。却被曹操兵马团团围住。依仗那赵子龙杀法骁勇，怀揣幼主，杀了个七进七出，这才闯出重围。

丁：曹操一见：“这样勇将，焉能放走！”就在后面紧紧追赶。

四人：追至当阳桥，张飞赶到，

甲：高叫：“四弟，不必惊慌，某家在此，料也无妨！”让过赵云的人马，单人独骑断后于当阳桥。

丁：曹操赶到，不见赵云，见一黑脸大汉立于桥上。忙问夏侯惇：“他是何人？

丙：夏侯惇言道：“他乃是张飞莽撞人。”

丁：曹操闻听，大吃一惊，“久闻其名，未会其面，今日一见，真乃三生有幸。来！撤去某家青罗伞盖，待我观观莽撞人武艺如何。”

四人：青罗伞盖撤下，只见张飞跳下马来，身高足有八尺开外，细腰乍背，双肩抱拢，头如麦斗，膀阔三停，面如润铁，黑中透亮，亮中透黑，豹头环眼，压耳黑毫，颔（此处常读作“海”）下一部黑钢髯，扎里扎煞，犹如钢针，恰似铁线。头戴镔铁盔，朱缨飘洒，二龙斗宝，赤金磨合，上嵌八宝，轮、螺、伞、盖、花、罐、鱼、长。腰系丝鸾带，身披锁子大叶连环甲，内衬皂罗袍，大红滚裤，一双虎头战靴，胯下马万里烟云兽，手使丈八蛇矛。立于桥上，咬牙切齿捶胸愤恨，大骂曹操：“你且听真，今有你家三爷在此，尔或攻，或战，或进或退，或争或斗。不攻不战，不进不退，不争不斗，乃匹夫之辈。”

大喊一声，曹兵后退；大喊二声，顺水横流；大喊三声，将当阳桥桥梁喝断。后人有诗赞之曰："当阳桥前救赵云，吓（此处常读作"赫"）退曹操百万军，姓张名飞字翼德，万古流芳莽撞人！"

【从此之后捧连连致歉，四人分别用谐音跟捧打岔，开玩笑。】

甲：张飞你比得了吗

捧：我连咖啡也比不了哇！

四人：你答复我们！要不咱没完！

捧：说两句就得啦。

甲：得了还不吃去？

捧：你瞧喂。

乙：我瞧你练哪？

捧：你听啊。

丙：我听你唱啊？

捧：你看哪。

丁：我看你变哪？

捧：别价。

甲：别借过得去吗？

捧：算啦。

乙：蒜辣吃韭菜。

捧：我说我算啦。

丙：甭算你属狗的。

捧：嗬！

丁：别喝啦，连汤一块扒拉吧。

捧：我的错。

甲：我的剪子五金店有。

捧：我不好。

乙：请大夫瞧哇

捧：我小。

四人：我们没欺服你。

捧：我岁数小。

四人：几岁啦？

捧：三岁。

四人：该进幼儿园啦。

捧：我呀！

群口相声《训徒》传承脉络及表演提要

文本介绍：《训徒》是由三人表演的群口相声，业内人称为“群活”。是由相声界老前辈们传承下来的传统节目，各种版本大同小异。此节目为：群口活，代言体，讽刺类。节目中一位演员仍以相声演员的身份出现，即甲；其余两位，一位扮演师父，即乙，为捧哏者，也是位相声演员，与甲是好友；另一位扮演徒弟，即丙，为逗哏者（也有人认为丙是腻缝者，甲为逗哏者）。以下呈现的版本，是红桥区曲艺团相声名家刘奎珍、杨少奎和刘聘臣三位老先生在20世纪60年代，挖掘整理传统曲目时表演的。刘聘臣先生扮演“相声演员”，杨少奎先生扮演“师父”，刘奎珍先生扮演“徒弟”。这三位老先生的版本有许多独到之处，设计了许多别致的“包袱儿”，喜剧效果异常强烈。为保存此版本，在杨志刚先生的恳请下，三位老先生将此版本亲授于杨志刚先生。20世纪七八十年代，红桥区文化馆相声队排演了此版本，先后演出二百多场，很受观众欢迎。后杨志刚先生又传授给弟子夏璟华和王跃，笔者与夏璟华、王跃共同表演相声《训徒》，效果很好，并在天津电视台《相声大会》栏目录制播放。

当年三位老先生传授此节目时，提示杨志刚先生，这个节目讽刺的是师父，徒弟年幼无知、天真烂漫、一张白纸、童言无忌，他的表现直接暴露的是师父，就算不是师父成心教的，也是潜移默化地受其影响。杨志刚先生在整理此文本时又强调了这一点。这个节目很像《扒马褂》，只是没有那种难度，相比之下比较容易掌握。应该引起演员注意的是，万万不可把徒弟刻画成弱智、傻子、残疾人，更不要在外表上丑化，应把握四个字：“天真烂漫”。给观众的印象应是童言无忌、活泼可爱。

文本及表演提示：节目一开始，甲、乙二人上台表演相声节目，引出乙正在教授徒弟，乙夸赞徒弟“才貌双全”，怎样漂亮，如何有本领、有学问，从而引起甲的好奇心，这也给观众造成一个“悬念”，以甲为代表的都想见识见识乙的这位高徒。在这一段落中，乙要将“悬念”造足，铺垫瓷实，为丙上场前加强甲和观众急于见到这位“奇人”的欲望。

甲：您在这儿说呢？

乙：对，在这儿表演。

甲：我最爱听您的相声了。

乙：欢迎您常来。

甲：（奇怪地）可是最近总没听您说了。

乙：（说明原因）这些日子我忙着教徒弟呢。

甲：（赞赏地）好哇，名师出高徒哇，您这个徒弟准错不了。

乙：（炫耀地）不敢说有多好，反正是才貌双绝。

甲：嚯，有才。相声说得好？

乙：（吹嘘地）不光是说相声好，还特别有学问。

【由此开始甲、乙为丙上场造足悬念，使观众渴望一睹为快。】

甲：（好奇地）噢，有什么学问哪？

乙：（十分夸张地）天文地理无一不知，三教九流无所不晓，掌握阴阳八卦，精通古文外语，了解宇宙奥秘，熟悉自然科学，什么琴棋书画、诗词歌赋、光学、电学、航天学全都了如指掌。外号“万事通”，别名“全知道”，外号“大百度”，他就是一部大百科全书。

甲：（吃惊地）哎呀，简直就是一位神人哪！

乙：（洋洋得意地）神人不敢当，应该说是一名神童。

甲：（好奇地）您刚才说才貌双绝，那长得一定漂亮啊。

乙：（忘乎所以地）不是漂亮，是特别漂亮，非常漂亮，贼漂亮！这么跟你说吧，听说过古代的潘安吗？

甲：（称赞地）那是过去的美男子呀。

乙：（夸张地）潘安的脑袋还没有我徒弟的脚后跟好看呢。

甲：嚯！叫您这一说我真得见识见识，哪天我上您家去，看看您这位高足。

乙：还哪天干吗呀，今天他就来啦。

甲：我见见他行吗？

乙：（强调这一句，做好铺垫）你找他？

甲：对，我找他。

乙：（装腔作势地）我给你喊喊哪——别扭！别扭！

甲：（不解地）别扭？

乙：（强调"别扭"）啊，我徒弟小名叫"别扭"。你不是找别扭吗？

甲：（觉得新鲜）……啊，我找别扭？

乙：（四处呼喊）别扭，别扭！

甲：（自语）我听着有点儿别扭。

乙：哪去啦，（自语地）我的个爹哎！

【丙上，打扮得像个中式的大娃娃。】

丙：哎！（边答应边上）

乙：（引甲瞧）瞧，这就是我徒弟。

甲：（看，因年龄与打扮反差大，吓一跳）怎么这模样儿啊？

乙：（夸大地）这模样儿怎么啦？瞧这俩眼多精神哪！

甲：（故意贬低地）俩死羊眼！

乙：（夸张地）死羊眼？就这俩眼，二十米以外飞个蚊子，他能分出公母儿来。

甲：眼神儿真好。哎，我能跟他谈谈吗？

乙：你想跟他交流交流？

甲：对。

乙：（害怕暴露故意引导甲）你要跟他谈可以，你千万跟他说大白活。

甲：（不解地）为什么呀？

乙：（故意吓唬甲）因为你要说白话，他也说白话，你能听得懂。你要一说文言，他也要说文言，可你说的文言他全懂，他说的文言你要不明白，就把您窝这儿了，你可就寒碜啦。

甲：好，我跟他说白话儿。

乙：对，千万别拽文。

甲：（走至丙近前，丙抬手挠痒痒，甲吓了一跳，自语）什么毛病啊？来啦！

丙：（高门大嗓，中气十足地）来啦！

甲：嗓门儿还够大。跟谁来的？

丙：跟我师父来的。

甲：谁是你师父哇？

丙：您！（读“摊”音）

甲：（向乙）他怎么把你给摊啦！

乙：你怎么说话呢？

甲：我问他跟谁来的，他一指你说您（摊）。

乙：（耻笑地）哎呀！你真没学问，什么也不懂，这一个“你”字底下加个“心”字念什么呀？

甲：念“您”呀。

乙：一个“他”字底下加个“心”字呢？

甲：我还真不知道。

乙：这个字念您，是他对我的尊称。

甲：噢，明白啦。（冲丙）你干什么来啦？

丙：说相声来了。

甲：会几段啊？

丙：七（读“几”音）八段。

甲：这叫什么舌头哇。（欲学）七……我还来不了。你贵庚啦？

丙：（毫不犹豫地）吃完饭啦！

甲：（出乎意料地）吃……不是，（加重语气）我问你贵庚啦？

丙：（很得意地）吃的炸酱捞面。

甲：（更出乎意料地）炸……你听明白喽，（再加重语气）我是问你贵庚啦？

丙：（高兴地）还有蒜呢！

甲：（向乙遗憾地）完了，完了，栽喽，栽喽！

【以下一段都是甲、乙为丙铺垫，丙翻“包袱儿”，丙在翻“包袱儿”时要干脆利索，切不可拖拉！】

乙：（胸有成竹地）早知道你得栽喽，我徒弟那么大学问，你跟他谈话，你能不栽吗！泥娃娃洗脸……找寒碜！

甲：（实言相告）谁栽啦？你徒弟栽啦！

乙：（坚决否认地）凭我徒弟那么大学问，跟你说话他能栽喽？不能，不能，不能……

甲：你先别晃脑袋。你听我说，我刚才问他……

乙：你问他什么了？

甲：我说，"来啦？"

乙：他说，什么啦？

甲：他说，"来啦！"

乙：可不是来了吗，这么个大活人你看不见？

丙：（突然地）你成心装蒜！

甲：我问他，"跟谁来的？"

乙：他怎么说？

甲：他说，"跟我师父来的。"

乙：对呀，他是我徒弟，我是他师父，可不跟我来嘛，他能跟他师娘来吗？

丙：（向甲）我能跟你出来吗？

甲：（向丙）这里没我的事！（向乙）我问他，"谁是你师父？"他一指你说，"您（摊）。"

乙：那是他对我的尊称啊。

甲：我问他，"干什么来的？"

乙：他怎么说的呀？

甲：他说，"说相声来了。"

乙：对呀，他从小就跟我学相声，我们当然是说相声来啦。他能跑到这儿卖冰棍儿吗？

丙：（吆喝）我们也不卖，汽水儿、雪糕！

甲：我问他会多少段，他说七八段。

乙：这是跟你谦虚，实际会的多得多。

丙：（自语）我会两火车。

甲：可是我一问他贵庚啦，他说，吃完饭啦。

乙：哎呀，这都几点啦，我们还不吃饭？

丙：（冲甲蔑视地）跟你们家似的，三天不揭锅！

甲：（强调炸酱捞面）不，您听明白喽，我问他贵庚啦，他告诉我吃的炸酱捞面。

乙：这有什么新鲜的，我就给徒弟吃炸酱面。

丙：（冲甲贬低地）跟你们家似的，总喝“汆汆汤”！

甲：我是问他贵庚啦，他说还有蒜呢。

乙：我徒弟就爱吃蒜。

丙：（得意地）哎，吃冰棍儿还就蒜呢。

甲：（向观众）好么，爷俩一对儿糊涂虫，这问贵庚能说吃饭了吗？

乙：（质问）对呀问贵庚怎么能说吃饭呢？谁说的？

甲：你徒弟呀。

乙：（倒打一耙）噢，我徒弟问你贵庚啦，你告诉他吃了饭。

甲：（忙解释清）哎，谁呀？是我问你徒弟贵庚啦，他告诉我吃饭啦。

乙：（坚决否认地）不可能！凭我徒弟那么大学问，他能回答贵庚是吃饭啦？不能不能不能……（色厉内荏地否认）

甲：（令乙亲自体验）你要不信，你自己问去呀。

乙：（心中无底而硬撑）我问，也不可能！

甲：（坚决地）你过去问哪。

乙：（用大话恐吓甲）我问他贵庚啦，他要说吃了饭啦，我当场就自杀！可是他要没这么说，你要向我们赔礼道歉，还要包赔我名誉损失费十万元！

甲：（一惊，但有把握地）嚯！数还不小，你先去问你徒弟吧。

乙：（无奈地只能硬撑）问就问，（看丙）长得多漂亮，我瞧着就爱。来啦？

丙：来啦！

乙：（浮夸地）嘿，听听，云遮月的嗓子。多好听。跟谁来的？

丙：跟我师父来的。

乙：谁是你师父？

丙：（迷迷地抬头冲乙，轻声而亲密地）您。

乙：（找借口欲回避）听见了吗，跟你指我说他，跟我就说您。多懂事儿！错不了。

甲：（坚持地）您接着问。

乙：（万般无奈地）干嘛来啦？

丙：说相声来啦。

乙：会多少段？

丙：七八段儿。

乙：（仍想回避）我说错不了就错不了，甭问啦。

甲：（仍然坚持地）不行，到了关键的地方啦，往下问吧。

乙：（小心翼翼地）注意呀，你贵庚啦？

丙：吃完饭啦！

乙：（语塞）吃……

甲：怎么样！啊，还是吃饭啦。（兴灾乐祸地）噢！（鼓掌）

丙：（向甲气恼蛮横地）别起哄啊！要找倒霉是吗？！

乙：对呀！你凑什么热闹？（找借口）我们没听清。

甲：你再问哪。

乙：（加重）我问你贵庚啦？

丙：吃的炸酱捞面。

乙：（再加重）我呀，问你贵庚啦？！

丙：还有蒜哪。

甲：得，这回没说的了吧。

乙：（向丙述说衷肠地）你……在家里我怎么跟你说的，到外边跟人家说话的时候，知道的再说，不知道的别说。我夸你有多大多大的学问，你呢，不加思索张嘴就说，说错啦，人家不笑话你，是我没面子，丢人！我……（哭）我……

丙：（毫不同情地）别哭！留着眼泪儿洗脚后跟吧。

乙：我收你这么个徒弟算倒了霉啦。我把你捧得"乌丢乌丢"的，你把我摔得"啪嗒啪嗒"的，我跟人家戗上火啦。你要真这么说的，我当众自杀！你说我要死了，你哪找这么好的师父去！

丙：（开解地）你别死，大小算条性命啊！

乙：（训斥地）行啦！少说废话吧！人家问你贵庚是吃了饭了吗？知道再

说，不知道不能瞎说，圣人云：知之为知之，不知为不知，是知也。敏而好学不耻下问。你不懂问我呀！我能告诉你呀！这样就不会叫人家笑话啦。告诉你，再有人问你贵庚，不是吃饭没有，也不是炸酱面，更没有蒜的事。这贵庚啊，就是问你洗脚没有！

甲：（将乙拉走，批评地）行啦，行啦，这贵庚是问洗脚没洗呀？就这能耐还教徒弟，还在这训徒弟呀？干脆，看我的吧。（冲丙）你说，你干嘛跟他学？他一肚子稻草。

丙：（下意识地）你一肚子大粪。

甲：（大度地）咳！这是什么语言？我不怪你，我是教你长学问。告诉你，如果再有人问你贵庚啦，不是什么吃饭啦，也不是他说的洗脚没有，我告诉你可记住了，这贵庚啊，就是问你娶媳妇儿没有！

乙：（猛地将甲拉回）你一边儿歇会吧。贵庚是问娶媳妇儿没有哇？你以为我们真不懂啊。（冲丙）听着师父告诉你，这贵庚啊，就是问你多大啦。

丙：（下意识地）我多大啦？

乙：（很失望地）我……你怎么连多大都不知道哇？

甲：好嘛，真聪明！真没见过这么灵的人。

丙：（生气地）少甩闲话啊！不爱听啊！干吗？找乐呀！抽你！

甲：（害怕地）嚯！还够厉害。

乙：（拦甲）别搅和！（丙）你不是十五了嘛。

丙：（干脆地）十五。

乙：贵庚啦？

丙：十五了！

乙：属什么的？

丙：（干脆地）属猫的。

甲：有属猫的吗？

乙：（启发地）你不是属虎的嘛。

丙：（实在地）我没老虎个儿大。

乙：那也得属虎。

丙：属虎的。

乙：贵庚啦？

丙：十五啦。

乙：属什么的？

丙：属虎的。

乙：（自夸地）我这个徒弟就是聪明，一教就会。不信你再问问。

甲：好，我再问问，贵庚啦？

丙：十五啦。

甲：属什么的？

丙：属虎的。

【甲反复问这两句。丙连续说，憋得无气儿，后挺。乙忙扶住，伸手不停地帮丙从上至下顺气。丙嘴仍不停嘟囔“十五，属虎……”】

乙：这要一口气儿上不来，给我们憋坏了怎么办？

丙：（理直气壮地）找他们家赔！

甲：我上哪找这样儿的去？

乙：确实难找哇。

甲：别说您这位徒弟还是挺可爱的。哎，您瞧咱俩有日子没见啦，在前几天我碰见老爷子啦。老爷子体格可真棒，哎，老爷子贵庚啦？

乙：（自语）我爸爸？

丙：（紧接着很有把握地）十五啦！

乙：谁问你啦！他问的是我爸爸。再说了大人说话小孩子掺和什么呀，不象话！……

甲：哎，你跟个小孩儿干吗生这么大气呀？

乙：这也怨你，问老爷子有问贵庚的吗？应该问高寿。

甲：对，老爷子高寿啦？

乙：十五啦！（脱口而出，立刻发觉不对，忙改正）嗨！我也乱啦！五十啦。

甲：老爷子属什么的？

乙：我爸爸……

丙：属虎的。

乙：谁问你了？！啊？你答什么茬儿呀？（用食指点丙）

丙：别点！留神崩了手。

乙：（双手下垂）

丙：嘿，死螃蟹，耷拉爪啦。

乙：（袖手）

丙：枣饽饽，还揣上了。

乙：（双手叉腰）

丙：洋茶壶，双把的。

乙：（双手背后）

丙：谁又给绑上啦？

乙：（伸手摸脖子后方）

丙：摸脖子，你要挨刀哇！

乙：（责问）这些闲白儿你跟谁学的？

丙：（坦率地）都是你教的！

乙：你！（冲丙瞪眼）

丙：（气壮地）我可告诉你！你少跟我瞪你那俩肚脐眼儿！

乙：这是肚脐眼儿呀？

丙：别动！（打乙脸）蚊子，（手指放眼近前细看）还是个公呢。

乙：（自我解嘲地）哼，要不是你替我逮了蚊子我非打你不可。记住喽，大人说话，小孩子不许插嘴，不许你再说话啦！要有人问你为什么不说话，你就说我不让你说话。就是我问你为什么不说话，你都可以说，“不是你不叫我说话吗？”记住了吗？

丙：（点头）记住了。

乙：哎，别让我生气。

丙：（劝解）您沉住凉气换丹气，慢打哈欠别着急。

甲：（将乙拦回）行啦，行啦，咱俩接着说话吧。您说我见着老爷子啦，我得先打招呼哇。

乙：那当然啦。

甲：我说老爷子，您上哪去？

乙：我爸爸说什么了？

甲：老爷子没说话。

乙：上年纪啦，耳音有点背啦，你大点声。

甲：（加重）我说老爷子，您上哪儿去？

乙：这回我爸爸说什么了？

甲：还没说话。

乙：你再大点声。

甲：我说：（再加重）老爷子，您上哪去呀？

乙：我爸爸说什么了？

甲：还没说话。

乙：（犹如自问地）哎，我爸爸怎么不说话呢？

丙：（自然地）是你不让我说话嘛！

甲　乙：还是他呀！

此节目三名表演者是以三个不同身份的人物出现的，表演时各自掌握人物的性格特点，突出人物的个性。甲、乙之间是朋友，乙比较自以为是，好吹嘘、爱炫耀、很要面子，本想在甲的面前显示显示自己的爱徒如何优秀，谁料自己日常言行对本来非常天真幼稚的徒弟已经造成很深的影响，今日在甲面前暴露无遗，使自己大跌眼镜。告诫人们平日注意自己的言行对儿童们的影响，潜移默化往往大于正面教育。

论文篇

天津茶馆相声之我见

近年来，茶馆相声声名鹊起，很多年轻观众到茶馆听相声，或情侣双双，或友朋相约，他们把这当作一种时尚，迷上了茶馆相声。走进相声茶馆，你会为茶馆相声的魅力所折服，这里才是相声艺术的天地，一段段相声，一阵阵笑声，台上的演员和台下的观众融为一体，有互动，有交流，在这里听相声真是一种艺术享受。

茶馆相声对观众为什么有这么强烈的吸引力？这要从相声的渊源说起。

相声是一种民间艺术，它植根于民间，又发展于民间。相声艺术经过几辈相声艺人的耕耘及传承，几百段相声已成为后辈相声演员演出的范本。这些相声段子经过千锤百炼，结构严谨，包袱响脆，再加上演员在相声段子中加入了时代的元素，为这些传统段子增加了新的生命力。

茶馆相声实际上是一种小剧场演出。不知何时，媒体的一篇文章就把这种小剧场演出定名为“茶馆相声”了。可我认为，这是一种谬误，这种相声演出形式应该定位为“小剧场相声”。小剧场演出的座位一般不多，大都不超过三百人，这样有利于演员与观众的交流。这里与一般的剧场不同，小剧场里可以卖些小吃，如：崩豆、萝卜、瓜子等。观众在这里听相声既是一种消遣、娱乐，又能从相声段子中体味一些人生哲理或从相声段子中获得一些社会知识。

这种小剧场演出并不是现代的产物。早期的相声只是露天演出（演员称之为画锅）。演出地点多是平民百姓杂居的热闹场所。如：北京的天桥、隆福寺、西单，天津的南市、鸟市、地道外、谦德庄等处。后来，为了遮风避雨，在原来的露天演出地点简单地搭起了席棚。凭借说相声来养家糊口的相声艺人们，就是这样靠画锅来维持生计。相声真正的小剧场演出源于北京的启明茶社，这是相声名家常连安先生创建的第一所相声茶社，地点在西单，启明茶社广邀当时的相声名家，这里的相声大会一时名噪京城。

相声这门艺术，北京是它的发源地，而天津是它的发祥地。这是因为天津是水旱码头，五行八作、三教九流四方杂居，民间艺人在这里云集，这里更适合相声艺术的生存和发展。正因为这种原因，继北京的启明茶社之后，天津的相声茶馆应运而生。如：天津南市的万有、连兴，六合市场的六合，鸟市的生远、广荣，地道外的立通，谦德庄的元合等，这些都是演出相声大会的园子。像燕乐、庆云、群英、大观园、小梨园等剧场，虽是演出十样杂耍，但必不可少地要邀请相声演员来参加联合演出。还有大舞台等演出戏剧的剧场，权乐、开明、上全仙等电影园子，在戏剧演出、电影上演的空档，也会邀请相声演员来此献艺。这些相声小剧场的产生，既为相声演员提供了演出的阵地，也为广大的相声观众提供了欣赏相声艺术的娱乐场所。由于天津相声小剧场多了起来，天津观众又特别会欣赏相声，北京的很多演员蜂拥来到天津，天津一时成了相声演员大展技艺的码头，在这里，天津观众捧红了很多相声演员。应该说天津相声小剧场的产生，是相声艺术走向繁荣的一个重要转折点。

新中国成立以后，相声艺术也得到了长足的发展。在北京，相继成立了中央广播文工团说唱团、北京曲艺团，在天津相继成立了天津曲艺团、和平区曲艺团、红桥区曲艺团、南开区相声队。全国各地也相继成立了很多曲艺、相声社团。

有了自己的社团，相声演员翻身做了主人，他们不再为温饱而发愁，更不再为恶势力而担忧，他们创作新相声，演出新相声，用这些新相声针砭时弊、讴歌新时代，使相声艺术达到了一个新的巅峰。特别是相声艺术家侯宝林先生等在北京成立了相声研究会，这个研究会提倡说新相声，提倡在传承传统相声的同时，要剔除传统相声中的糟粕，说文明相声。这为相声艺术的健康发展做出了巨大的贡献。

相声社团的建立，标志着相声发展进入了一个崭新的时代。这些社团大都坚持小剧场演出。他们除了创演新相声，也努力在传承传统相声的同时，为净化相声舞台、让相声更适应时代的发展做了大量的工作。这时的相声小剧场异常活跃，相声演员经常要赶场演出。为了适应观众的需求，天津很多小剧场采用计时收费的方法，这样，观众可以选择演员，可以选择演员演出的曲目，愿意听多长时间就听多长时间。这种方法既可以让观众看他喜欢的节目，又能促进演员在技艺上自觉上进。在这个阶段，天津又涌现出很多相声小剧场，如：劝业场六楼的天乐，南市的燕乐，地道外的民艺、白花等。此时的天津小剧场相声，演出场所星罗棋布，相声演员名家颇多，他们风格各异，群芳吐艳。包括相声界的“八德”，以及张寿臣、常连安、马三立、郭荣起、小蘑菇（本名常宝堃）、赵佩如、常宝霆、白全福、苏文茂、朱相臣等，他们的相声脍炙人口，他们的相声段子已成为后辈演员学习的模范。

正因为前辈演员多年来坚持小剧场的演出，相声这门艺术才得以发展，相声队伍不断扩大，相声这门艺术已经成为大众的艺术，它在民间开花结果，深入人心。

“文化大革命”时期，相声艺术步入了低谷。在此期间，很多相声小剧场移为它用，很多相声团体被勒令解散，传统相声被禁演，很多相声演员被下放到工厂、农村。在这个时期，除少数相声演员、相声作家创作、演出歌颂相声外，广大的相声观众被拒之门外，小剧场相声也就此偃旗息鼓。

改革开放后，相声艺术迎来了新的发展阶段。有关相声的条条禁令开始解除，下放的相声演员回来了，传统相声可以说了，小剧场相声又有了新的生机。在此期间，天津曲艺团召回、吸纳了不少相声演员，他们在中华曲苑等小剧场又重新说起了小剧场相声。和平区也将下放的曲艺演员、相声演员重新召回，成立了实验曲艺团，他们在长虹曲艺厅开始了相声的专场演出。但这种演出好景不长，由于“文化大革命”，很多相声观众已远离小剧场，再加上电视机的普及，其他艺术门类的冲击，这种小剧场演出也只好搁浅。

小剧场相声的低迷，让很多相声演员感到困惑。但他们相信，总有一天小剧场相声会重新燃起希望，热爱相声的观众会重新回到小剧场来。

这里要提及的是，尹笑声先生、黄铁良先生、佟守本先生等相声名家，他们集聚在一起，凭着对相声艺术的执着，毅然扛起了振兴天津小剧场相声的大旗。1999 年他们率先成立了天津市众友相声艺术团，并相继在南市的燕乐、中华曲苑开始了定期的相声大会演出。相隔一个月，在相声作家宋勇先生和相声名家于宝林先生的倡导下，天津市哈哈笑艺术团在天津市群众艺术馆成立了，并定期在名流茶馆、中华曲苑举办营业性演出。

相声回归小剧场，道路是曲折的。开始的时候，演出场次很少，每周也就是两三场，观众也很少，有时听相声的观众比后台的演员都少，一场下来，演员的收入微薄，甚至分到的劳务费还不够来回的车票钱。演员们说："如果为了赚钱，就不说这相声了。"面对重重困难，这些相声界的有识之士就是凭着对相声事业要走下去的坚强信念，咬牙坚持。相声一场一场地演，观众一个一个地培养，他们深信，观众会越来越多，小剧场相声一定会迎来灿烂的明天。

特别是哈哈笑艺术团，在经营理念上敢于创新。2002 年他们与相声鲲鹏网站签订合同，在该网站设置"哈哈笑茶苑"专栏，在网上与广大网友进行交流，这为大批青年相声观众走进茶馆来听相声大开了绿灯。一时，网友们相约而来，听相声的年轻人与日俱增。哈哈笑艺术团曾在剧场做过调查，来听相声的观众 87% 是 30 岁以下的青年观众，68% 是大学生。原来进茶馆听相声的观众年龄结构偏高龄，大部分是超过四十五岁的老观众。经过网上宣传，来听相声的观众年龄结构发生了很大的变化，年轻人成了相声观众的主力军。观众多了，众友、哈哈笑两个演出团体的演出场次由每周的两三场逐渐增加到了七八场，就这样，仍不能满足广大相声观众的需求，经常在演出场地的舞台两侧坐满了买加座票的热情观众。

由于相声市场的火爆，天津又相继产生了谦祥益文苑、天华景戏院、大金台相声茶馆、中国大戏院小剧场、金乐茶楼等一批相声小剧场。众友、哈哈笑这两个演出团体的演出场次也增加到了每周十六七场。

小剧场相声蓬勃地发展起来了，在这些小剧场，相声的魅力得到了充分的展示。

小剧场相声有别于晚会相声和大剧场相声。

小剧场相声大都演出传统相声，这些相声段子更能体现相声的特点。相声的生命力在于它的讽刺性，相比之下，很多传统相声段子以讽刺见长，刻画人物细腻，常常把被讽刺人物勾画得惟妙惟肖。另外，传统相声更具有娱乐性。在小剧场听相声，演员和观众近在咫尺，上下交流，观众更有亲切感，包袱也更加响脆，这样更能营造出火爆强烈的相声氛围。还有，传统相声更具有趣味性和知识性，很多传统相声段子是几辈相声艺人苦心雕琢出来的，里边蕴藏着丰富的社会知识和风土世故。有的更有深奥的哲理，它会给人以积极向上的启迪。

在这里，笔者并不是贬低晚会相声和大剧场相声，晚会相声和大剧场相声在弘扬相声艺术以及配合宣传党的中心工作上做出了极大的贡献。笔者之所以提倡小剧场相声的回归和发展，就是因为相声艺术的根在小剧场，相声艺术要走出低谷，就要贴近民众，让观众近距离地欣赏相声。这样振兴相声、繁荣相声才有希望。

纵观小剧场相声走过的历程，不难看出相声这一民间艺术有着顽强的生命力。相声要生存、要发展，需要管理严谨的演出团体和具备一定水准的相声演员，更需要经营得力的演出阵地，特别是离不开喜爱相声艺术的广大观众。相声演出团体和演员是鱼，相声观众是水，相声小剧场是盛水的容器。这三个基本要素相辅相成，缺一不可。天津小剧场相声的复苏，得益于这里存在着相声得以复苏的三个要件。首先，这里有长期立志相声艺术的多位艺术家和大批具有相当表演技能的中青年相声演员，这些演员基功扎实，事业心强，一经组织起来，就会成为相声复苏的基本要素，特别是中国北方曲艺学校就在天津，这给天津小剧场相声源源不断地提供了后备军。这些立志相声事业的年轻演员，经过舞台实践，将会成为未来小剧场相声的主力。小剧场复苏的另一个条件就是可供相声演出的小剧场，小剧场的开办，不需要太多的资金，经营管理者只要选好地址、经营得当，就可得到相应的回报。再就是相声观众，天津是相声艺术的发祥地，这里有着得天独厚的相声观众基础。只要我们做好宣传，一旦他们走进小剧场，就会迷上小剧场相声。

小剧场相声的火爆是件好事，但有几个问题也应该引起我们的重视。

首先就是要抓好相声剧团的规范化管理。目前，天津相声演出队伍鱼龙混杂，不少相声团体拼凑演员，不顾演出质量，甚至欺骗观众。有些社团为了吸引观众，演员在台上“洒狗血”，说荤段子，就是他们把相声引入了歧途。这说明相声队伍缺乏规范化的管理，不抓规范化的管理，相声艺术就不能健康发展。

再就是，要加强相声团队间的团结。目前，相声队伍之间可以说是一片散沙。虽说相声界有一些行规，人们会自觉地去遵守。可就是有这样一些人，他不顾相声界基本的艺德和做人的基本准则，为了一些私利，挖其它团的演员，抢其它团的地，甚至说出“要不惜代价，把某某团搞垮了”。这样的人是相声界的蛀虫，就是这种人的一意孤行，把天津的相声演出队伍给搞乱了。在这方面，我赞成哈哈笑和众友两个相声团体。笔者在哈哈笑艺术团时，团长宋勇先生就告诫全体演员，“要搞好与众友的团结，打咱们嘴里不能说众友的一句坏话”。十余年来，这两个团体亲如兄弟，缺场可以借演员，有事可以商量办，这才是相声一家人啊！听说众友相声艺术团和哈哈笑艺术团提议，要在天津成立相声艺友同盟会，这是件大好事，相声艺人团结在“同盟会”的旗帜下，以法律为准绳，争取和维护相声演员的合法权利，“同盟会”主张相声市场要规范化管理，并要求“同盟会”成员要团结起来，杜绝相声界的歪风邪气，让相声艺术在正确的轨道上迈进。这才是相声的希望。综上，小剧场相声克服了以上弊病，就会更加繁荣、昌盛。

相声应从围城中走出

近年来，相声这个群众喜闻乐见的艺术形式已不再有往日的那种辉煌，它正在从昔日的巅峰悄悄地滑向了低谷。尽管有些业内人士不愿承认这个现实，但确实是相声在人们心目中的地位大不如以前了。想想相声艺术的鼎盛时期，电台、电视台、大小剧场无不被相声这支生力军占领。在老百姓的心目中，可以说没有相声就不算是演出，没有相声就不算是晚会。人们喜欢相声到了缺它不可的地步。那时，街头巷尾议论的是相声，茶余饭后聊的是相声，一段段脍炙人口的相声老百姓爱听爱学，一位位相声名家、新秀老百姓如数家珍。然而，时过境迁，昔日相声艺术那红火的局面渐渐地暗淡下来。虽然在每年的春节晚会上都有几位相声名家出现，但与其它姊妹艺术相比，我们不得不面对相声的大势已去的现实。那种尴尬，那种无奈，让人感到相声艺术似乎在苟延残喘。笔者时时在为相声艺术的现状而流泪，为它昔日的辉煌，也为它今日的颓势。

相声走到这个地步，我们不禁要问：是相声观众不喜欢这门艺术了吗？不，不是！我觉得相声这门艺术是好的，人们是喜欢它的。而人们不喜欢的是那些低质量、登不了大雅之堂的相声，是那些片面追求低级趣味的相声，是那些让人们笑后又骂它不是玩意儿的相声，是那些让相声艺术走向低谷的相声。相声之所以滑坡，究其原因，是我们相声作家、我们相声评论家、我们相声演员、我们相声观众以及电台、电视台的业内人士，自己给自己的相声设置了重重围城。为重重围城所困的相声，必然走向衰败，走向末路。这不是危言耸听！我们要振兴相声，要让相声从低谷中迈出，就必须认识到这重重围城给我们相声艺术带来的危害，自觉地将这些围城拆掉，大胆地从这些围城中走出。只有这样，我们的相声艺术才能得到健康的发展。

相声要发展，首先要抓好创作。创作是相声艺术发展之本，这个问题应该引起我们业内人士足够的重视。20世纪七八十年代，相声艺术之所以蓬勃发展，是因为我们有一个作家群。如湖北的夏雨田，中央广播说唱团的马季、姜昆、冯巩，海政文工团的常宝华，天津的王鸣录、杨志刚，铁路文工团的沈永年，北京的王存立、廉春明、刘凯。这些作家创作了大量的优秀相声作品，这是那个时期相声走向繁荣、走向巅峰的根本。现在，这些相声作家大都不写相声作品了。原因很多，自然都有他们各自的苦衷。有心里不平衡者，常把写相声这点微薄的稿酬与那些说相声的明星大腕儿们的巨额出场费相比，自然就越比越不想再写相声了。偶尔有登门造访者约其写段相声，少要了觉得不合算，多要了又张不开口，大着胆子要个数，人家推三阻四又不好好付稿酬，也就不了了之。时间一长，相声创作就门可罗雀、无人问津了。另有改弦易辙者，写电视剧、写串场词、写小品、写什么都比写相声省劲儿，写什么都比写相声实惠。有了经济效益，手里攥着大把的钞票，看看为相声艺术苦苦坚守阵地的同行，脸上不免露出得意之色。还有弃艺为官者，艺途坎坷，另辟蹊径。一旦"黄袍加身"，虽喜欢相声艺术，但官身不由已，想写也苦于没有时间，久而久之，对相声这门艺术也就生分了。更有下海经商者，整日忙忙碌碌，与孔方兄打交道，早就把"相声"二字丢到九霄云外了。这些相声作家们都不去写相声了，而那些相声演员们要说相声，于是，他们就写开了相声。但由于一些相声演员文化层次低、文学修养差，难免产生一些不尽如人意的拙劣之作。如此下去，我们的相声能不滑坡吗？还有就是我们的文艺评论家。过去，他们笔锋犀利，敢于向相声界的不正之风开战，敢于对相声作品中的瑕疵提出批评。而现在，他们面对明星大腕儿，手似乎软了，就是偶尔写篇文章，也少了筋骨。特别是当前出现了一些"痞子相声"，这是人所共知的丑现象，是相声界、相声观众不能容忍的。但对此我们的文艺批评家们竟一篇批评文章不见，见到的文章倒是为他们歌功颂德，真是咄咄怪事。可见，没有了文艺批评的相声艺术，还能健康地发展吗？相声要从低谷中走出，就必须要狠抓创作，狠抓文艺批评。一方面，相声作家们要站出来，用他们的才智创作一批相声精品；另一方面，相声演员要写相声，就要提高自己的文化水平和艺术素质，这样才能保证相声创作的质量。特别更要抓好文艺批评，这就要求文艺批评家们的振兴相声、繁荣相声为己任，给相声作品挑刺儿，给相声演员挑刺儿。有了评论家的监督，相声才会走正路。应该说，相声的滑坡是一件憾事，希望那些曾为相声艺术做出过贡献的相声作家们、评论家们重新拿起创作、评论之笔，将相声事业推向新的高峰。而不应该自己给自己设下围城，站在一边观阵，直到看着它寿终正寝，这样的做法是不对的。我们都要从相声艺术的大局出发，为振兴相声艺术的大业着想，多做些对相声艺术有益的事。

相声滑坡的另一个原因就是相声演员在自己“作贱”自己。大家都知道，相声是群众喜闻乐见的一种民间艺术形式。自这门艺术产生以来，它就以自己独特的艺术风格和艺术魅力令万千观众倾倒。它给人以愉悦，给人以欢欣。人们喜欢相声，是因为它植根于百姓之中，说百姓之事，道百姓之情，诉百姓之苦，言百姓之愿。相声对人们生活中的真、善、美给以褒奖，对人们生活中的假、恶、丑给以鞭鞑。它像一把匕首直刺社会之时弊，它似一把利刃猛劈人间之陋习。人们之所以这样钟爱它，就是因为它代表了人们的心声。我们有些相声演员恰恰就不明白这一点，他们不以民众的心声为重，只把自己当作给大家取乐的工具。他们在舞台上忘了自己的责任，而是哗众取宠。为了在台上的火爆，不惜降低人格，耍贫逗嘘，出尽洋相。相声产生笑料的艺术手法是包袱，包袱是通过铺包袱皮儿、填包袱瓤儿、系包袱扣儿、抖包袱底儿四个环节来完成。当包袱抖开时，出乎预料之外，又在情理之中。这样观众就会发笑，这是艺术。然而，一些相声演员，由于受到旧相声观念的影响，常常强调相声的娱乐功能，忘掉了它文化宣传的社会功能。相声大师侯宝林先生为相声语言的净化做出了巨大的贡献。而如今的一些相声演员，却把那些早已被历史淘汰的糟粕又重新搬上了舞台。我们不是不要继承传统，但旧相声段子里演员之间的伦理包袱、相互谩骂，甚至把男女间的龌龊事、荤包袱也说给观众，这是极其要不得的。旧的相声段子，大都是旧社会江湖艺人为了糊口谋生在街头或相声场子说的，如今要把它搬上舞台，需要进行加工整理才能上演，这样不负责任地胡说乱说，只能给观众造成不好的印象，演员也是在自己糟蹋自己。这样下去，相声又怎么能不滑坡哪？相声滑坡还在于相声演员本身的文化素质，我们都知道，相声演员的文化水平普遍是不高的，相声是一门语言艺术，一个相声演员不提高自己的文化水准，怎么能有好的相声语言？没有好的相声语言又怎么能说好相声哪？改革开放以来，观众的文化水准在大大地提升，他们对相声艺术的要求更高了，如果相声演员的文化水平跟不上去，那就不适应相声艺术的发展了。改革大潮给了一些相声演员极好的机遇，他们成了大腕儿，名利双收，从包装上看，仪表堂堂，可从潜质上看，流露出来的仍是骨子里的卑贱。要知道，一个人的素质是多种文化修养在他身上的体现。一些相声演员要富起来，走穴演出增加收入，这本来是件无可厚非的好事。但是，金钱的负面影响也正是相声走向滑坡的一个重要因素。常听人说“走穴赚钱，一个段子说半年”。如果相声演员不搞业务训练，不排练新的相声节目，相声还有什么出路？我觉得，如果相声演员把自己困入围城，不走出围城，相声只能是穷途末路。

相声滑坡还有一个原因，那就是一部分相声观众也给自己喜欢的相声艺术筑起了围城。这一部分观众在相声艺术的观念上也很陈旧，他们喜欢那些低品位、低格调、低趣味的相声。他们与那些耍贫逗噱、哗众取宠的相声演员上下呼应，为其叫好、为其鼓掌、为其喝彩。当前“痞子相声”的走红正是这样的产物。“痞子相声”本是相声艺术发展过程中出现的怪胎，从作品上看，此类相声大都是写社会的阴暗面、写痞子人物，作者对这些阴暗面和痞子人物又不进行批判，而是从欣赏的角度去宣扬。从演员的角度来看，说这样相声的演员又大都与相声所反映的痞子人物质地相近。这样的痞子相声早就应该受到批评和唾弃，可有人却把它捧成家珍。其中，一部分观众对这些痞子相声的偏爱正是让“痞子相声”走红的重要原因，也正是这种偏爱，助长了那些庸俗相声特别是痞子相声的蔓延。应该肯定，大多数热爱相声艺术的观众，对相声的滑坡是痛心的，他们不愿意看到相声步入低谷，不愿意看到庸俗相声的蔓延，不愿意看到“痞子相声”的走红。相声艺术是大众的艺术，只有人民大众来爱护它、扶持它，它才能茁壮成长。

另外，相声艺术的发展理应像其他姊妹艺术一样，既要遵循艺术的一般规律，又不能忽视相声的特殊规律；既要考虑主旋律，又要注重多样化，要充分发挥相声的讽刺作用，正确认识相声艺术的娱乐功能，而无须附加那些束缚相声发展的条条框框。我们承认，相声应该成为配合政治任务和进行思想教育的宣传工具。但是，过分强调社会政治价值，急功近利，就容易使相声直、白、浅、露，将相声的艺术品位降格为一般的宣传品。围城应该拆除，这更利于相声艺术的发展。

相声滑坡的原因是很多的，只有全面地提升相声的文学品位和艺术品位，在相声艺术的观念和创作方法上大胆地革新，相声才能走出低谷，走出束缚相声发展的围城。